ELLIS PETERS

DER GEHEIMNISVOLLE EREMIT

Ein mittelalterlicher Kriminalroman

Deutsche Erstausgabe

WILHELM HEYNE VERLAG
MÜNCHEN

HEYNE ALLGEMEINE REIHE
Nr. 01/8230

Titel der Originalausgabe
THE HERMIT OF EYTON FOREST
Aus dem Englischen übersetzt
von Jürgen Langowski

4. Auflage

Copyright © 1987 by Ellis Peters
Copyright © der deutschen Ausgabe 1991 by
Wilhelm Heyne Verlag GmbH & Co. KG, München
Printed in Germany 1992
Umschlagillustration: Andreas Reiner
Umschlaggestaltung: Atelier Ingrid Schütz, München
Gesamtherstellung: Elsnerdruck, Berlin

ISBN 3-453-04841-5

1

Es geschah am achtzehnten Tag im Oktober des Jahres 1142, daß Richard Ludel, der Erbsasse des Gutes von Eaton, an einer zehrenden Schwäche infolge einer Verwundung verschied, die er sich in den Diensten von König Stephen in der Schlacht von Lincoln zugezogen hatte.

Die Nachricht wurde pflichtgemäß Hugh Beringar in der Burg von Shrewsbury übermittelt, da Eaton zu den vielen Anwesen der Grafschaft gehörte, die William Fitz-Alan fortgenommen worden waren, nachdem dieser mächtige Edelmann sich im Kampf um den Thron auf die falsche Seite geschlagen und Shrewsbury für die Kaiserin Maud verteidigt hatte. Als König Stephen die Stadt belagert und schließlich gestürmt hatte, war FitzAlan nur noch die Flucht geblieben. Seine weiten Ländereien, die nun mit Fug und Recht der Krone gehörten, waren der Obhut des Sheriffs unterstellt worden, doch die alteingesessenen Pächter hatte man in Ruhe gelassen, da sie klug genug waren, den Ausgang des Kampfes zu akzeptieren und dem König ihre Gefolgstreue zu schwören.

Ludel hatte mehr getan als nur seine Treue zu erklären. Er hatte sie bei Lincoln tatkräftig unter Beweis gestellt und nun, wie es schien, einen hohen Preis für seine Loyalität bezahlt, denn er war im Augenblick seines Todes nicht älter als fünfunddreißig Jahre.

Hugh nahm die Neuigkeit mit dem leisen Bedauern eines Unbeteiligten auf, der den Toten kaum gekannt hatte und dessen Tagesablauf durch diesen Todesfall kaum gestört werden würde. Es gab einen Erben und keinen zweiten Sohn, der das Erbe streitig machen konnte, und so bestand kein Anlaß, in den Gang der Dinge einzugreifen. Die Ludels waren treue Anhänger von Stephen, auch wenn der neue Gutsherr in den nächsten Jahren wohl kaum mit der Waffe für den König kämpfen würde, denn wie Hugh sich erinnerte, war der Erbe erst zehn Jahre alt. Der Junge besuchte die Schule der Abtei, in die ihn der Vater nach dem Tode der Mutter gegeben hatte; höchstwahrscheinlich eher, wie man gerüchteweise hörte, um ihn dem Zugriff der herrschsüchtigen Großmutter zu entziehen, und weniger, damit er lesen und schreiben lernte.

So schien es, daß die Abtei, wenn nicht sogar die Burg in dieser Angelegenheit eine wenig beneidenswerte Verantwortung zu tragen hatte, denn irgend jemand mußte dem jungen Richard beibringen, daß sein Vater gestorben war. Die Begräbnisfeier oblag nicht den Pflichten der Abtei, da Eaton eine eigene Kirche und einen Gemeindepriester hatte, doch die Vormundschaft über den Erben war eine durchaus wichtige Angelegenheit. Und was mich angeht, so dachte Hugh, will ich mich vergewissern, ob Ludel einen fähigen Verwalter hinterlassen hat, der für den Knaben das Gut führen kann, solange dieser noch zu jung ist.

»Du hast noch nicht den Ehrwürdigen Abt unterrichtet?« fragte er den Knecht, der ihm die Botschaft überbracht hatte.

»Nein, Herr, ich kam zuerst zu Euch.«

»Und hast du Anweisung von der Herrin, selbst mit dem Erben zu sprechen?«

»Nein, Herr, das soll denen überlassen bleiben, die für ihn sorgen.«

»Das ist vernünftig«, stimmte Hugh zu. »Ich will selbst zu Abt Radulfus gehen und mit ihm sprechen. Er wird schon wissen, wie man am besten verfährt. Und was die Erbfolge angeht, so soll sich Frau Dionisia keine Sorgen machen, denn der Anspruch des Jungen ist unanfechtbar.«

In derart unruhigen Zeiten, da Cousin und Cousine erbittert um den Thron kämpften und opportunistische Adlige die Seiten wechselten, je nachdem wie das Pendel des Glücks ausschlug in diesem wetterwendischen Krieg, war Hugh nur zu froh, einer Grafschaft vorzustehen, die nur ein einziges Mal den Besitzer gewechselt hatte. Danach war sie zur Ruhe gekommen. König Stephens Anspruch war unangefochten, und die Wirren des Krieges spielten sich außerhalb der Grenzen ab, auch wenn von den Streitkräften der Kaiserin, von den unvorhersehbaren Ausfällen der wilden Waliser aus Powys im Westen oder vom berechnenden, ehrgeizigen Grafen von Chester im Norden gelegentlich Gefahr drohte. Hugh unterhielt schon seit einigen Jahren mit recht gutem Erfolg zu all diesen gefährlichen Nachbarn mehr oder weniger ausgewogene Beziehungen. Es wäre eine Torheit gewesen, auch nur daran zu denken, Eaton an einen anderen Herrn zu übergeben, so mißlich es auch scheinen mochte, die Erbfolge ungebrochen auf ein Kind übergehen zu lassen. Warum eine Familie erzürnen, die sich gehorsam und treu gezeigt und sogar die Stellung gehalten hatte, als ihr Lehnsherr nach Frankreich floh?

Neuere Gerüchte besagten, daß William FitzAlan wieder in England sei und sich in Oxford der Kaiserin angeschlossen habe, und das Wissen um seine Gegenwart, selbst wenn er noch fern war, mochte einige Gutsherren an alte Treueschwüre erinnern; doch war dies eine Gefahr, mit der man umgehen mußte, wenn sie sich offen zeigte. Eaton einen neuen Herrn zu geben hätte womöglich bedeutet, alte Gefühle der Verbundenheit ohne Not aus ihrem weisen Schlaf zu wecken. Nein, Ludels Sohn sollte zu seinem Recht kommen. Aber es wäre klug, den Aufseher im Auge zu behalten und festzustellen, ob man ihm vertrauen konnte, daß er den Besitz seines verstorbenen Herrn ordentlich führte und die Interessen und das Land seines neuen Herrn behütete.

Hugh ritt am späten Morgen, nachdem der Frühnebel sich gelichtet hatte, ohne Eile durch die Stadt. Es ging leicht bergauf zum High Cross, dann wieder steil bergab durch die gewundene Wyle zum Osttor und über die Steinbrücke zur Vorstadt hinaus, wo der mächtige Turm der Abteikirche in den hellblauen Himmel ragte. Der Severn strömte ruhig und still unter den Brückenbögen. Er hatte noch den gleichen niedrigen Wasserstand wie im Sommer, und die beiden kleinen, grasbewachsenen Inseln mit braungebleichten Rändern würden erst überflutet werden, wenn die Regenfälle der Herbststürme in Wales den Fluß anschwellen ließen. Links voraus, wo sich die Hauptstraße öffnete, erstreckten sich die dichten Büsche und Bäume am Flußufer bis zum staubigen Saum der Straße hinauf, bevor sie den Höfen und Gärten der Vorstadt wichen. Rechts lag zwischen grasbewachsenen Böschungen der Mühlteich, über dessen silberner Oberfläche noch einige letzte Dunstschwaden ausharrten, und darüber erhob sich die Mauer der Abtei mit dem Torbogen und dem Torhaus.

Hugh stieg ab, als der Pförtner herauskam, um ihm das Pferd abzunehmen. Er war hier gut bekannt und stand mit den Benediktinerbrüdern auf gutem Fuße.

»Wenn Ihr zu Bruder Cadfael wollt, Herr«, erklärte der Pförtner hilfsbereit, »der ist in St. Giles, um den Arzneienschrank nachzufüllen. Aber er ist schon etwa eine Stunde fort; er ist gleich nach dem Kapitel aufgebrochen. Ihr müßt sicher nicht lange auf ihn warten, er wird bald zurück sein.«

»Zunächst muß ich mich mit dem Abt besprechen«, erwiderte Hugh, der ohne Protest die Unterstellung hinnahm, daß er nur gekommen sein konnte, um seinen engsten Freund aufzusuchen. »Zweifellos wird aber auch Cadfael die Geschichte hören, falls er sie nicht ohnehin schon weiß! Der Wind scheint ihm stets alle Neuigkeiten zuzutragen, bevor sie uns gewöhnliche Sterbliche erreichen.«

»Er kommt durch seine Pflichten mehr herum als die meisten anderen hier«, meinte der Pförtner freundlich. »Übrigens frage ich mich, wie die armen kranken Seelen in St. Giles so viel von dem erfahren können, was in der weiten Welt vorgeht. Denn Cadfael kommt selten einmal ohne Neuigkeiten zurück, die jeden hier und in der Vorstadt in Erstaunen versetzen. Der Vater Abt ist in seinem Garten. Er hat eine Stunde oder länger mit dem Sakristan über den Büchern gesessen, aber ich habe gesehen, wie Bruder Benedict ihn vor einer Weile verließ.« Er streckte eine von Adern durchzogene braune Hand aus, um vorsichtig den Hals des Pferdes zu kraulen. Hughs großer, grobknochiger Grauer war ebenso ungeschlacht wie stark und verachtete jeden Menschen außer seinen Herrn, und selbst den betrachtete er eher als Ebenbürtigen, der respektiert, aber im Zaum gehalten werden mußte. »Gibt es noch keine Neuigkeiten aus Oxford?«

Selbst hier im Kloster wartete man gespannt auf Nachrichten über die Belagerung. Wenn sie erfolgreich verlief, konnte die Kaiserin sogar in Gefangenschaft geraten, was endlich diesen Krieg, der das Land zerriß, beenden könnte.

»Nicht, seit der König seine Armeen durch die Furt führte und in die Stadt eindrang. Mag sein, daß wir bald etwas erfahren, wenn einige, die noch aus der Stadt herausgekommen sind, in unsere Gegend verschlagen werden. Aber die Garnison hat sicher dafür gesorgt, daß die Vorratskammern der Burg gut gefüllt sind. Ich fürchte, es wird sich noch einige Wochen dahinschleppen.

Eine Belagerung ist wie ein langsames Erwürgen, und Geduld und Zähigkeit waren noch nie König Stephens Stärke gewesen; vielleicht fand er es langweilig, einfach dazusitzen und darauf zu warten, daß seine Feinde verhungerten, so daß er die Belagerung aufgab, um sich an einem anderen Ort ins Kampfgetümmel zu stürzen. Es wäre nicht das erste Mal, und es konnte jederzeit wieder geschehen.

Hugh tat die Schwäche seines Lehnsherrn mit einem Achselzucken ab und wanderte über den großen Hof zu den Gemächern des Abtes, um Radulfus bei der Pflege seiner kostbaren, wenn auch schon etwas verblühten Rosen zu stören.

Bruder Cadfael, inzwischen vom Hospital in St. Giles zurückgekehrt, war in seiner Hütte emsig damit beschäftigt, Bohnen für die Aussaat des nächsten Jahres auszusortieren, als Hugh die Gemächer des Abtes verließ und das Herbarium betrat. Cadfael, der die raschen, leichten Schritte auf dem Kies erkannte, begrüßte ihn, ohne den Kopf zu heben.

»Der Bruder Pförtner sagte mir, daß Ihr etwas mit dem Abt zu besprechen hattet. Was ist im Gange? Neuigkeiten aus Oxford?«

»Nein«, erwiderte Hugh, während er sich gemählich auf die Bank an der Holzwand setzte, »viel näher. Genauer gesagt habe ich Neuigkeiten aus Eaton. Richard Ludel ist tot. Die Witwe schickte heute morgen einen Knecht. Der Sohn besucht Eure Schule hier.«

Cadfael drehte eine Tonschale mit Samen, die noch am Stock getrocknet waren, in der Hand. »So ist es. Nun, dann ist also sein Vater gestorben? Wir hörten schon, daß er sehr schwach sei. Der Junge war höchstens fünf, als er zu uns kam, und seine Familie hat ihn nur selten nach Hause geholt. Der Vater glaubte wohl, sein Kind sei hier unter Gleichaltrigen besser aufgehoben als am Krankenlager eines Sterbenden.«

»Und besser als unter der Fuchtel einer äußerst energischen Großmutter, wie ich hörte. Ich kenne die Dame nur vom Hörensagen«, erklärte Hugh nachdenklich. »Den Mann kannte ich allerdings, wenn ich ihn auch nicht mehr gesehen habe, seit wir unsere Verwundeten aus Lincoln zurückbrachten. Ein guter Kämpfer und ein anständiger Mann, aber verschlossen und schweigsam. Wie ist der Junge?«

»Klug und lebhaft... Um die Wahrheit zu sagen, ein sehr gewinnendes Bürschchen, das sich ständig in Schwierigkeiten bringt. Er lernt schnell, aber viel lieber spielt er draußen. Paul wird es auf sich nehmen müssen, ihm vom Tod seines Vaters zu berichten und ihm zu sagen, daß er nun der Herr eines Gutes ist. Es könnte für Paul schwerer werden als für den Jungen selbst. Der Knabe kannte seinen Vater ja kaum. Ich nehme an, daß es über die Erbfolge keinen Streit gibt?«

»Gewiß nicht! Ich will mich nicht einmischen, und Ludel hat sich sein Gut verdient. Es ist ein schöner Besitz, fruchtbares Land, das meiste gut bestellt. Gutes Weideland, Feuchtwiesen und ein Stück Wald. Alles gut gepflegt, wie es scheint, denn heute wird sein Wert höher geschätzt als vor zehn Jahren. Aber ich muß den Verwalter kennenlernen und mich vergewissern, daß er das Wohl des Jungen im Auge hat.«

»John von Longwood«, sagte Cadfael prompt. »Er ist ein guter Mann und ein fähiger Aufseher. Wir kennen ihn gut, wir hatten oft mit ihm zu tun. Man kann mit ihm reden, und er ist ehrlich und aufrichtig. Das Land liegt zwischen dem Besitz der Abtei in Eyton am Severn auf der einen und Aston-under-Wrekin auf der anderen Seite. John hat unserem Förster daher immer erlaubt, den Weg zwischen den beiden Waldstücken zu benützen, um ihm Zeit und Mühe zu ersparen. Wir holen auf diesem Weg auch unser Holz aus dem Wald von Wrekin. Beides kommt uns sehr entgegen. Ludels Teil vom Eyton-Wald schiebt sich dort ein Stück in den unseren, und es wäre närrisch, sich gegenseitig Steine in den Weg zu legen. In den letzten beiden Jahren hat Ludel alle Entscheidungen John überlassen, so werdet Ihr mit ihm sicher keine Schwierigkeiten haben.«

»Der Abt erklärte mir«, sagte Hugh, indem er die wohlwollende Beschreibung des Nachbarn nickend zur Kenntnis nahm, »daß Ludel ihm bereits vor vier Jahren die Vormundschaft über den Jungen übertrug, falls er selbst sterben sollte, bevor der Knabe das Mannesalter erreichte. Anscheinend hat er alle Vorkehrungen für die Zukunft getroffen, als hätte er seinen Tod kommen gesehen.« Und etwas bitter fügte er hinzu: »Leider haben die meisten Menschen keinen so klaren Blick, denn sonst müßten sich jetzt nicht in Oxford ein paar Hundert beeilen, um Messen für ihre Seelen zu bestellen. Der König belagert die Stadt. Sie wird ihm von selbst in die Hände fallen, sobald er die Furt überquert hat. Aber die Burg wird sich noch bis zum Ende des Jahres halten, und die ist eine härtere Nuß. Er muß sie aushungern. Und wenn Robert von Gloucester in der Normandie dies alles noch nicht weiß, dann sind seine Spione unfähiger, als ich zu glauben wagte. Sobald er aber erfährt, in welcher Bedrängnis seine Schwester ist, wird er Hals über Kopf nach Hause zurückkehren. Es wäre nicht das erste Mal, daß aus Belagerern Belagerte werden.«

»Er wird eine Weile brauchen, um zurückzukommen«, widersprach Cadfael gelassen. »Und er wird gewiß nicht besser gerüstet sein als bei seinem Fortgehen.«

Der Halbbruder und beste Soldat der Kaiserin war gegen seinen erklärten Willen über den Kanal geschickt worden, um im Namen der kriegerischen Dame die Hilfe des nicht gerade liebenden Ehemannes zu erbitten. Graf Geoffrey von Anjou aber war, wie man hörte, viel mehr an seinen eigenen Plänen in der Normandie interessiert als an denen seiner Frau in England. Der gerissene Herr von Anjou hatte den Grafen Robert sogar überredet, ihm zu helfen, in der Normandie eine Burg nach der anderen zu pflücken; dabei hätte Anjou an die Seite seiner Frau eilen und ihr zur Krone von England verhelfen sollen. Da seine Schwester ihn so sehr gedrängt und weil Geoffrey darauf bestanden hatte, Robert zu bekommen, wenn er denn schon einen Gesandten seiner Gattin empfangen mußte, war Robert trotz seiner Bedenken bereits im Juni von Wareham aufgebrochen. Nun war der September vorbei, Wareham war wieder in Händen von König Stephen, und Robert stand immer noch in Geoffreys Diensten in der Normandie. Nein, so schnell und ohne weiteres würde Robert seiner Schwester nicht zu Hilfe kommen können. Der eiserne Ring der Belagerung lag fest um die Burg von Oxford, und ausnahmsweise schien Stephen einmal nicht zu einem raschen Sinneswandel geneigt. Noch nie war er so nahe daran gewesen, seine Cousine und Rivalin gefangenzunehmen und zu zwingen, ihn als Herrscher des Landes anzuerkennen.

»Ob er wohl weiß«, fragte Cadfael, während er die Schale mit den ausgewählten Samen mit einem Deckel verschloß, »wie nahe er vor seinem Ziel ist, sie in die Gewalt zu bekommen? Wie würdet Ihr Euch an seiner Stelle fühlen, Hugh, wenn Ihr sie beinahe schon in Eurer Gewalt hättet?«

»Der Himmel möge es verhüten!« rief Hugh erschrokken und grinste dann bei dem Gedanken. »Ich wüßte nicht, was ich mit ihr tun sollte! Und ich glaube, auch Stephen weiß es nicht. Wenn er bei Sinnen gewesen wäre, hätte er sie am Tag, als sie in Arundel landete, in Gewahrsam nehmen müssen. Aber was hat er getan? Er gab ihr eine Eskorte und schickte sie nach Bristol zu ihrem Bruder! Doch wenn die Königin diese Dame in die Finger bekommt, dann sieht die Sache anders aus. Er mag ein guter Kämpfer sein, aber sie ist der bessere Stratege, und sie weiß ihren Vorteil zu wahren.«

Hugh stand auf und streckte sich. Eine Brise fuhr durch die offene Tür, zauste sein glattes schwarzes Haar und ließ

14

die an den Deckenbalken baumelnden Büschel getrockneter Kräuter rascheln. »Nun, eine Belagerung dauert eben ihre Zeit, wir müssen abwarten und sehen. Wie ich hörte, hat man Euch endlich einen Burschen gegeben, der Euch im Kräutergarten hilft? Ich habe gesehen, daß Eure Hecke ein zweites Mal gestutzt wurde. War das sein Werk?«

»Allerdings.« Cadfael begleitete ihn über den Kiesweg zwischen den Kräuterbeeten hindurch. Die Pflanzen wirkten jetzt, am Ende der Wachstumsphase, etwas dürr. Die Buchsbaumhecke war an einer Seite tatsächlich sauber getrimmt, und die zottigen Sprossen des Spätsommers waren zurückgeschnitten. »Ihr könnt Bruder Winfrid unten auf den abgeernteten Bohnenfeldern umgraben sehen. Ein großer, ungelenker Bursche, nur Ellbogen und Knie. Er hat sein Noviziat noch nicht lange hinter sich. Sehr bereitwillig, aber langsam. Doch er macht sich ganz gut. Ich glaube, man hat ihn zu mir geschickt, weil er für Schreibfeder und Pinsel zu ungeschickt war; doch mit einem Spaten in der Hand kommt er gut zurecht. Das liegt ihm.«

Jenseits des umfriedeten Kräutergartens erstreckten sich die Gemüsebeete, und hinter der leichten Erhebung zu ihrer Rechten liefen die abgeernteten Erbsenfelder bis zum Meole-Bach hinunter, der die rückwärtige Grenze der Abtei bildete. Und dort unten war Bruder Winfrid in voller Tatkraft zu sehen, ein großer, schlaksiger Junge mit einem drahtigen Haarkranz um die Tonsur. Er hatte die Kutte hochgebunden, die kräftigen Knie entblößt und einen Spaten mit einem Stahlblatt in der Hand, den er mit einem breiten, in einer Holzpantine steckenden Fuß durch das Gewirr der Bohnenwurzeln trieb. Er strahlte sie an, als sie vorbeigingen, und wandte sich sofort wieder

15

seiner Arbeit zu, ohne auch nur einen Augenblick innezuhalten. Hugh bemerkte sein wettergegerbtes Bauerngesicht und große, arglose blaue Augen.

»Ja, er wird sich bestimmt gut machen«, meinte er ebenso beeindruckt wie amüsiert, »ob mit dem Spaten oder einer Streitaxt. Ein Dutzend von dieser Sorte könnte ich in der Burg gut gebrauchen.«

»Er würde Euch nichts nützen«, erwiderte Cadfael bestimmt. »Wie die meisten großen Männer hat er eine zarte Seele. Er würde sein Schwert fortwerfen, um dem Mann aufzuhelfen, den er gefällt hat. Es sind immer die kleinen, schrillen Hunde, die die Zähne blecken.«

Sie gingen weiter zwischen den Blumenbeeten hinter dem Küchengarten, wo dürre Rosensträucher ihre Blätter abwarfen. Nachdem sie die Ecke der Buchsbaumhecke umrundet hatten, betraten sie den großen Hof, der um diese Stunde, da überall gearbeitet wurde, fast verlassen war. Nur ein oder zwei Reisende waren in der Nähe des Gästehauses zu sehen, und irgendwo in den Ställen regte sich etwas. Gerade als die beiden Männer um die hohe Hecke bogen, kam eine kleine Gestalt aus dem Tor des Bauernhofes geschossen, wo Ställe und Scheunen zu drei Seiten einen kleinen Hof umgaben. Der Junge rannte quer über den Hof zum Kreuzgang, um Augenblicke später am anderen Ende des Wandelganges gemessenen Schritts und mit demütig gesenktem Blick wieder aufzutauchen, die plumpen Kinderhände artig vor dem Gürtel gefaltet, ein Inbegriff der Unschuld. Cadfael blieb rücksichtsvoll stehen und legte Hugh eine Hand auf den Arm, damit sie den Jungen nicht in Verlegenheit brachten.

Das Kind erreichte die Ecke der Krankenstation, umrundete sie und verschwand. Beide hatten den Eindruck,

16

daß er, sobald er außer Sicht von Beobachtern im großen Hof war, sofort wieder rannte, denn sie sahen noch eine nackte Ferse eilig um die Ecke verschwinden. Hugh mußte grinsen. Cadfael bemerkte den Blick seines Freundes, schwieg aber.

»Laßt mich raten!« sagte Hugh blinzelnd. »Ihr habt gestern Äpfel gepflückt, und sie sind noch nicht auf den Brettern im Dachboden ausgelegt. Ein Glück, daß er nicht von Prior Robert erwischt wurde, in seinem Kittel, der ausgebeult ist wie bei einer Matrone!«

»Oh, es gibt hier schon einige, die schweigen und verstehen. Er hat sicher die größten genommen, aber nur vier. Er ist ein bescheidener Dieb. Teilweise aus echtem Gehorsam und teilweise, weil es nur dann Spaß macht, wenn er hin und wieder den Autoritäten trotzen kann.«

Hugh hob amüsiert und fragend eine schwarze Augenbraue. »Warum gerade vier?«

»Weil wir nur vier Schuljungen haben, und wenn er überhaupt stiehlt, dann stiehlt er für alle. Wir haben einige Novizen, die kaum älter sind, aber ihnen gegenüber fühlt er sich nicht verpflichtet. Die müssen für sich selbst stehlen oder darben. Und wißt Ihr wohl«, fragte Cadfael listig, »wer dieser junge Bursche war?«

»Ich weiß es nicht, aber Ihr werdet mich sicher gleich in Erstaunen versetzen.«

»Das bezweifele ich. Es war der junge Richard Ludel, der neue Herr von Eaton. Wenn er es auch offenbar noch nicht weiß«, sagte Cadfael, während er wehmütig an den Schatten dachte, der sich bald über die Unschuld legen würde.

Richard saß mit untergeschlagenen Beinen am grasbewachsenen Ufer über dem Mühlteich und knabberte nachdenklich die letzten Bröckchen Fruchtfleisch vom Kerngehäuse, als einer der Novizen ihn fand.

»Bruder Paul will dich sehen«, verkündete der Bote mit dem strengen, gelassenen Gesicht eines Menschen, der im Bewußtsein seiner eigenen Tugend einem anderen eine wahrscheinlich unheildrohende Botschaft überbringt. »Er ist im Sprechzimmer. Beeile dich lieber.«

»Mich?« Richard bekam große Augen. Niemand hatte Anlaß, vor Bruder Paul, dem Novizenmeister, große Angst zu haben, denn er war ein sanfter und äußerst geduldiger Mann, doch auch von ihm gescholten zu werden, war nicht angenehm. »Was will er denn von mir?«

»Das wirst du wohl selbst am besten wissen«, antwortete der Novize leicht boshaft. »Er hat es mir nicht verraten. Geh nur und finde es selbst heraus, wenn du wirklich keine Ahnung hast.«

Richard warf die abgenagten Reste des Apfels in den Teich und stand langsam auf. »Im Sprechzimmer sagst du?« Der feierliche Ort verhieß etwas Ernstes, und obwohl er sich aus den letzten Wochen nur einiger läßlicher Sünden bewußt, bekam er es mit der Angst. Er ging langsam und nachdenklich davon, schlurfte mit den nackten Füßen durch das kühle Gras, streifte dann geräuschvoll mit den festen Fußsohlen über die Kiesel im Hof und meldete sich pflichtschuldigst im kleinen, düsteren Sprechzimmer, wo Besucher von der Außenwelt gelegentlich mit ihren im Kloster lebenden Söhnen ungestört sprechen durften.

Bruder Paul stand mit dem Rücken zum einzigen Fenster, und so war der kleine Raum noch dunkler als sonst.

Der glatt geschnittene, kurze Haarkranz um den polierten Schädel war trotz seiner fünfzig Jahre noch schwarz und üppig, und er stand und saß stets etwas vorgebeugt, da er so viele Jahre mit nur halb so großen Geschöpfen zu tun gehabt hatte, die er eher beruhigen und trösten als durch Statur und Haltung einschüchtern wollte. Er war ein freundlicher, belesener und nachsichtiger Mann, aber trotzdem ein guter Lehrer, der seine Schutzbefohlenen in Zucht hielt, ohne sie in Angst und Schrecken versetzen zu müssen. Der älteste verbliebene Oblat, den man mit fünf Jahren Gott überantwortet hatte und der jetzt mit fünfzehn seinem Noviziat entgegensah, konnte schreckliche Geschichten über Bruder Pauls Vorgänger erzählen, der mit der Rute regiert und einen Blick besessen hatte, der einem das Blut in den Adern gefrieren ließ.

Richard machte eine kleine, höfliche Ehrenbezeugung und baute sich gelassen vor seinem Lehrer auf. Er blinzelte mit undurchdringlichem Gesicht, in dem zwei blaugrüne Augen in strahlender Unschuld glänzten, gegen das Fensterlicht. Ein lebhaftes Kind, klein für seine Jahre, doch beweglich und flink wie eine Katze, mit einem dicken Lockenschopf aus hellbraunem Haar und einer Spur goldener Sommersprossen auf den Wangen und dem Rücken seiner schönen, geraden Nase. Er stand mit auseinandergestellten Füßen selbstsicher im Raum, die Zehen etwas gegen die Dielenbretter gekrümmt, und starrte gehorsam und arglos in Bruder Pauls Gesicht hinauf. Paul war diese Unschuldsmiene gut bekannt.

»Richard«, sagte er sanft, »komm, setz dich zu mir, ich muß dir etwas sagen.«

Dies hätte an sich schon gereicht, um eine leichte kindliche Unsicherheit durch eine tiefere, ernstere zu ersetzen, denn Pauls Tonfall war so einfühlsam und vorsichtig, daß die Notwendigkeit für weiteren Trost bereits angekündigt wurde. Doch in Richards plötzlich verdüstertem Gesicht war nichts weiter zu lesen als Verwirrung. Widerstandslos ließ er sich zur Bank ziehen und setzte sich, die nackten Zehen baumelten ein Stückchen über dem Boden, und Bruder Paul legte den Arm um ihn. Er war auf Schelte gefaßt gewesen, doch nun kam etwas, auf das er nicht vorbereitet war, und er wußte nicht, was tun.

»Du weißt doch, daß dein Vater bei Lincoln für den König gekämpft hat und verwundet wurde? Und daß er seitdem bei schlechter Gesundheit war?« Der robuste und behütete Junge wußte kaum, was eine schlechte Gesundheit war, außer daß so etwas nur alten Menschen geschah. Doch er sagte: »Ja, Bruder Paul!« mit kleiner, fügsamer Stimme, da es von ihm erwartet wurde.

»Deine Großmutter hat heute morgen einen Knecht zum Sheriff geschickt. Er hat eine traurige Nachricht überbracht, Richard. Dein Vater hat seine letzte Beichte abgelegt und die Sakramente empfangen. Er ist tot, mein Kind. Du bist sein Erbe, und du mußt dich als würdiger Nachfolger erweisen. Im Leben wie im Tod«, schloß Bruder Paul, »sind wir alle in der Hand Gottes.«

Der Ausdruck nachdenklicher Verwirrung hatte sich nicht verändert. Richards Zehen kratzten ein wenig über den Boden, und seine Hände packten die Kante der Bank, auf der er hockte.

»Mein Vater ist tot?« wiederholte er vorsichtig.

»Ja, Richard. Früher oder später trifft es jeden von uns. Jeder Sohn muß eines Tages in die Fußstapfen seines Vaters treten und dessen Pflichten übernehmen.«

»Dann bin ich jetzt der Herr von Eaton?«

Bruder Paul beging nicht den Fehler, die Frage als Ausdruck des Triumphes über einen persönlichen Gewinn zu verstehen. Vielmehr verriet sie kluge Einsicht in das Gehörte. Der Erbe mußte die Bürde auf sich nehmen, die der Vorfahr angelegt hatte.

»Ja, das bist du, oder du wirst es sein, sobald du das rechte Alter erreicht hast. Du mußt lernen, um weise zu werden, auf daß du deine Ländereien gut führst und dich um deine Leute zu deren Wohlergehen kümmerst. Das hätte dein Vater von dir erwartet.«

Richard, der immer noch überlegte, welche praktischen Folgen diese Wendung hatte, suchte in seiner Erinnerung nach einem klaren Bild seines Vaters, dem er sich nun als würdiger Nachfolger erweisen mußte. Bei seinen seltenen Besuchen daheim zu Weihnachten und Ostern hatte man ihn bei seiner Ankunft und zum Abschied in ein Krankenzimmer gebracht, das nach Kräutern und vorzeitigem Alter roch, und ihm erlaubt, ein graues, strenges Gesicht zu küssen und einer tiefen, jedoch geschwächten Stimme zu lauschen, die ihn als Sohn bezeichnete und ermahnte, fleißig zu lernen und tugendhaft zu sein. Viel mehr fand er nicht, und selbst das Gesicht war in seiner Erinnerung verblaßt. Schüchternheit war das stärkste Gefühl, an das er sich erinnerte; sie waren sich nie nahe genug gewesen, um tiefere Gefühle entwickeln zu können.

»Du hast doch deinen Vater geliebt und dich nach Kräften bemüht, es ihm recht zu machen, nicht wahr, Richard?« drängte Bruder Paul ihn sanft. »Du mußt auch jetzt noch tun, was er sich wünschte. Und wenn du Gebete für seine Seele sprichst, werden sie auch dir ein Trost sein.«

»Muß ich jetzt nach Hause?« fragte Richard, der eher Informationen als Trost brauchte.

»Gewiß, zum Begräbnis deines Vaters. Aber nicht, um dort zu bleiben; noch nicht. Es war der Wunsch deines Vaters, daß du lesen und schreiben lernst und im Rechnen unterwiesen wirst. Und da du noch jung bist, wird der Verwalter dein Gut führen, bis du das Mannesalter erreichst.«

»Meine Großmutter«, begann Richard zu erklären, »hält es nicht für angebracht, daß ich lesen lerne. Sie war zornig, als mein Vater mich herschickte. Sie sagt, auf einem Gut braucht es nur einen belesenen Schreiber, und Bücher seien keine rechte Beschäftigung für einen Edelmann.«

»Aber gewiß wird sie sich den Wünschen deines Vaters fügen. Gerade weil er nun tot ist, trägst du eine heilige Verantwortung.«

Richard schob zweifelnd eine Lippe vor. »Aber meine Großmutter hat andere Pläne für mich. Ich soll die Nachbarstochter heiraten, weil Hiltrude keinen Bruder hat und Leighton und Wroxeter erben wird. Großmuter wird das jetzt noch mehr denn je wollen«, sagte Richard einfach und blickte unschuldig in Bruder Pauls leicht verblüfftes Gesicht.

Es dauerte einige Augenblicke, bis der Novizenmeister diese Neuigkeit verdaut und mit dem Eintritt des damals fünfjährigen Jungen in die Abteischule in Einklang gebracht hatte. Die Ländereien von Leighton und Wroxeter lagen zu beiden Seiten von Eaton und waren sicher eine große Versuchung. Aber Richard Ludel hatte sich offensichtlich nicht den ehrgeizigen Plänen seiner Mutter für den Enkelsohn gefügt, denn er hatte den Sohn außer

Reichweite der Dame gebracht und ein Jahr später Abt Radulfus zu Richards Vormund gemacht, falls ihm selbst ein frühes Ende drohte. Der Vater Abt würde wissen, was zu tun war, dachte Bruder Paul. Aber er würde gewiß nicht zulassen, daß sein Schutzbefohlener, noch dazu ein Kind, zu selbstsüchtigen Zwecken mißbraucht wurde.

Sehr vorsichtig sagte er, den festen Blick des Jungen ernst erwidernd: »Dein Vater hat nicht gesagt, welche Pläne er für dich hatte, sobald du herangewachsen bist. Das wird sich finden, wenn die Zeit gekommen ist, aber es ist noch nicht soweit. Du brauchst dir in den nächsten Jahren noch nicht den Kopf über eine Heirat zu zerbrechen. Du stehst unter dem Schutz des Vater Abtes, und er wird tun, was das beste für dich ist.« Und er fügte, einer natürlichen menschlichen Neugierde nachgebend, vorsichtig hinzu: »Kennst du eigentlich dieses Kind – diese Nachbarstochter?«

»Sie ist kein Kind«, antwortete Richard verächtlich. »Sie ist schon ziemlich alt. Sie war schon einmal versprochen, aber der Bräutigam starb. Meine Großmutter war erfreut, weil Hiltrude, nachdem sie einige Jahre auf ihn gewartet hatte, nicht mehr viele Freier hat. Außerdem ist sie nicht hübsch, und deshalb bleibt sie für mich.«

Bruder Paul lief es kalt den Rücken herunter. ›Ziemlich alt‹ bedeutete wahrscheinlich höchstens ein paar Jahre über zwanzig, aber selbst dies war ein inakzeptabler Altersunterschied. Natürlich wurden recht häufig solche Ehen geschlossen, wenn es um Besitz und Land ging, aber sie wurden nicht gebilligt. Abt Radulfus hatte lange mit sich gerungen, ob er weiterhin Kinder auf Wunsch ihrer Väter ins Kloster aufnehmen sollte und schließlich beschlossen, keine Knaben mehr zuzulassen, solange sie nicht alt genug waren, für sich selbst zu entscheiden. Und ebenso entrüstet würde er reagieren, wenn er hörte, daß andere für ein Kind das ebenso ernste und bindende Eheversprechen abgegeben hatten.

»Nun, das alles soll dich nicht weiter kümmern«, sagte Paul fest. »Deine einzige Sorge heute und in den nächsten Jahren muß es sein, eifrig zu lernen und den Beschäftigungen nachzugehen, die sich für dein Alter ziemen. Du kannst jetzt zu deinen Gefährten zurückkehren, wenn du willst; du kannst aber auch eine Weile allein hierbleiben.«

Richard glitt sofort aus dem tröstenden Arm und baute sich stämmig vor der Bank auf, bereit, sich der Welt und seinen neugierigen Schulkameraden zu stellen; er sah keinen Grund, die Begegnung auch nur einen Augenblick hinauszuzögern. Er mußte das, was ihm nun geschehen war, erst noch begreifen. Die Tatsachen verstand er, doch sie hatten noch nicht sein Herz erreicht.

»Wenn du noch eine Bitte hast«, sagte Bruder Paul, der ihn besorgt beobachtete, »oder wenn du Trost oder Rat brauchst, dann komm nur zu mir, und dann gehen wir zusammen zum Vater Abt. Er ist klüger als ich und kann dir durch diese schwere Zeit helfen.«

Das mochte zwar sein, aber ein Schuljunge setzte sich kaum freiwillig einer Begegnung mit einer so ehrfurchtgebietenden Persönlichkeit aus. Richards ernstes Gesicht sah jetzt aus wie das brütende Antlitz eines Menschen, der sich einen Weg durch unvertraute, dornige Wege bahnt. Er verbeugte sich zum Abschied und ging rasch hinaus, und Bruder Paul, der ihm aus dem Fenster nachsah und keine akute Verzweiflung bemerkte, ging zum Abt, um ihm zu berichten, was die Dame Dionisia Ludel angeblich für ihren Enkelsohn geplant hatte.

Radulfus hörte ihn aufmerksam und mit nachdenklichem Stirnrunzeln an. Eaton mit den beiden Nachbargütern zu vereinen, war ein sehr verständliches Bestreben. Der sich daraus ergebende Besitz wäre in der Grafschaft eine Macht, und die tatkräftige Dame hielt sich zweifellos für befähigt, das Gut über die Köpfe von Braut, Brautvater und kindlichem Bräutigam hinweg mit eigener Hand zu regieren. Die Gier nach Land war ein starker Antrieb, und Kinder waren gegenüber einem so begehrenswerten Ziel ein leicht verzichtbarer Besitz.

»Aber wir machen uns unnötige Sorgen«, meinte Radulfus und tat die Angelegenheiten mit einem Achselzucken ab. »Der Junge untersteht meiner Obhut, und er bleibt hier. Was immer sie beabsichtigen mag, sie wird ihn nicht anrühren können. Wir können die Sache getrost vergessen. Sie ist keine Bedrohung für Richard oder für uns.«

So weise er sonst war, dies war eine der seltenen Gelegenheiten, bei denen Abt Radulfus feststellen mußte, daß seine Voraussagen weit an der Wahrheit vorbeigingen.

2

Sie waren am Morgen des 20. Oktober alle im Kapitel versammelt, als der Verwalter des Gutes von Eaton sich vorstellte und um Gehör für eine Botschaft von seiner Herrin bat.

John von Longwood war ein stämmiger, bärtiger, fünfzigjähriger Mann mit schütterem Haar und zielstrebigen, abgezirkelten Bewegungen. Er erwies dem Abt höflich die

Ehre und brachte seinen Auftrag unumwunden und direkt zur Sprache wie ein Mensch, der seine Pflicht erfüllt, ohne sich jedoch zu Äußerungen von Billigung oder Mißbilligung hinreißen zu lassen.

»Mein Herr, die Frau Dionisia Ludel schickt mich mit ihren ergebensten Grüßen und bittet Euch, ihren Enkelsohn Richard mit mir zurückzuschicken, auf daß er als rechtmäßiger Herr von Eaton an die Stelle seines Vaters trete.«

Abt Radulfus lehnte sich im Gestühl zurück und betrachtete den Boten mit unbewegtem Gesicht. »Gewiß soll Richard der Beerdigung seines Vaters beiwohnen. Wann soll sie stattfinden?«

»Morgen, mein Herr, vor dem Hochamt. Aber das ist nicht, was meine Herrin meint. Der junge Herr soll seine Studien hier aufgeben und seinen Platz als Herr über Eaton einnehmen. Ich soll ausrichten, daß die Dame Dionisia sich für geeignet hält, ihn zu beaufsichtigen, da er nun sein Erbe antreten wird; und genau dafür will sie ohne Verzögerung und Behinderung Sorge tragen. Ich habe Anweisung, ihn mit mir zurückzubringen.«

»Ich fürchte, Herr Verwalter«, erwiderte der Abt nachdenklich, »daß Ihr Euren Befehl nicht werdet ausführen können. Richard Ludel übertrug mir die Vormundschaft über seinen Sohn für den Fall, daß er selbst sterben sollte, bevor der Junge das Mannesalter erreichte. Es war sein Wunsch, daß der Junge ordentlich erzogen werde, damit er den Besitz, den er erbt, gut verwalten kann. Ich habe die Absicht, mein Versprechen zu halten. Richard bleibt in meiner Obhut, bis er das richtige Alter erreicht hat und seine Angelegenheiten selbst erledigen kann. Und ich bin sicher, daß Ihr ihm bis zu diesem Zeitpunkt ebenso dienen und für seine Ländereien sorgen werdet, wie Ihr seinem Vater gedient habt.«

»Das will ich gewiß tun, Herr«, antwortete John von Longwood mit erheblich mehr Wärme, als er beim Vortrag der Botschaft seiner Herrin gezeigt hatte. »Seit der Schlacht von Lincoln hat mein Herr alle Angelegenheiten mir überlassen, und er fand nie etwas an mir auszusetzen, und auch sein Sohn wird mir keine Pflichtvergessenheit vorwerfen können. Darauf könnt Ihr Euch verlassen.«

»So sei es. Und deshalb können wir hier beruhigt fortfahren und uns um Richards Bildung und Wohlbefinden kümmern, wie Ihr Euch um sein Gut kümmert.«

»Und welche Antwort darf ich der Frau Dionisia übermitteln?« fragte John ohne Anzeichen von Enttäuschung oder Mißbilligung.

»Richtet eurer Herrin aus, daß ich ihr im Namen Christi meine ergebensten Grüße entbiete und daß Richard morgen, wie es sich geziemt, mit einer angemessenen Begleitung zum Begräbnis kommen wird«, sagte der Abt mit einem leicht warnenden Unterton. »Jedoch bindet mich der Wunsch seines Vaters, sein Vormund zu sein, bis er ein Mann ist, und ich werde dem Wunsch seines Vaters Folge leisten.«

»Ich will es der Herrin sagen, Ehrwürdiger Vater«, erwiderte John mit großen Augen. Er verneigte sich tief und verließ anscheinend unbekümmert das Kapitelhaus.

Als Bruder Cadfael und Bruder Edmund, der Krankenwärter, in den großen Hof traten, bestieg der Bote von Eaton gerade am Torhaus sein stämmiges walisisches Pony und ritt ohne Eile zur Vorstadt hinaus.

»Da reitet ein Mann«, bemerkte Bruder Cadfael weise, »der, wenn ich mich nicht sehr irre, keineswegs über die unverblümte Ablehnung der Bitte seiner Herrin enttäuscht ist. Und er scheint keine Angst zu haben, die Botschaft zu überbringen. Man könnte fast glauben, daß er sich darüber freut.«

»Er ist nicht vom guten Willen der Dame abhängig«, sagte Bruder Edmund. »Nur der Sheriff als Vertreter des Königs kann seine Stellung gefährden, solange der Junge noch kein Mann ist, und John weiß, was er selbst wert ist. Und das weiß die Dame sicher auch, denn sie hat einen klugen Kopf und weiß einen guten Verwalter zu schätzen. Um des lieben Friedens willen überbrachte er ihre Bitte, doch er braucht dies nicht begeistert zu tun; es genügt, wenn er sich selbst heraushält.«

Da John von Longwood in der Tat kein Freund vieler Worte war, würde es ihm sicher nicht schwerfallen, seine Mißbilligung zurückzuhalten und seiner Herrin ein steinernes Gesicht zu zeigen.

»Doch die Angelegenheit ist damit nicht bereinigt«, warnte Cadfael. »Wenn sie mit gierigen Blicken nach Wroxeter und Leighton hinüberschielt, dann wird sie nicht so einfach aufgeben, und der Junge ist ihre einzige Möglichkeit, die Ländereien zu bekommen. Wir werden noch von Frau Dionisia Ludel hören.«

Abt Radulfus hatte die Warnung ernst genommen. Der junge Richard wurde von Bruder Paul, Bruder Anselm und Bruder Cadfael nach Eaton begleitet, einer Leibwache, die Manns genug war, auch eine gewaltsame Entführung abzuwehren, wenn diese auch äußerst unwahrscheinlich schien. Es war weit wahrscheinlicher, daß sich die Dame der sanften Mittel wie Zuneigung und Blutsbande bedienen würde, um den Jungen mit Tränen und

Schmeicheleien zu bearbeiten, bis er im Feindeslager ein heimwehkranker Verbündeter war. Wenn sie diese Absicht hatte, so überlegte Cadfael, während er Richards Gesicht unterwegs musterte, unterschätzte sie die unschuldige Verschlagenheit von Kindern. Der Junge war recht gut in der Lage, seine Interessen abzuwägen und das beste aus seinen Möglichkeiten zu machen. Er fühlte sich in der Schule wohl, er hatte gleichaltrige Gefährten, und er würde ein vertrautes und angenehmes Leben nicht ohne weiteres für ein fremdes aufgeben, in dem es keine Brüder gab und in dem ihm eine in seinen Augen viel zu alte Braut drohte. Zweifellos wußte er seine Erbschaft zu schätzen und sehnte sich danach, doch sie gehörte ihm so oder so, und ob in der Schule oder daheim, er würde sein Land doch nicht regieren können, wie er wünschte. Nein, es würde mehr als großmütterliche Tränen und Umarmungen brauchen, um Richard umzustimmen; ganz besonders, da die Tränen und Umarmungen von einem Menschen kamen, der sich nie als übermäßig liebevoll erwiesen hatte.

Es waren etwa sieben Meilen von der Abtei bis zum Gut von Eaton, und um das Kloster von St. Peter und St. Paul bei einem so feierlichen Anlaß würdig zu vertreten, waren die Mönche beritten. Frau Dionisia hatte einen Knecht mit einem stämmigen walisischen Pony für ihren Enkelsohn geschickt; vielleicht das erste Manöver in einem Feldzug, um ihn als Verbündeten zu gewinnen. Das Geschenk war mit großer Freude aufgenommen worden, aber es würde nicht unbedingt dazu führen, daß der Junge sich mit einer ähnlichen Freundlichkeit bedankte. Ein Geschenk ist ein Geschenk, und Kinder sind klug und besitzen ein scharfes Gespür für die Motive der Erwachsenen. Sie nehmen gern, was unverlangt geboten wird, ohne sich herabzulassen, dafür auf die Weise zu bezahlen, die von ihnen erwartet wird. Richard saß stolz und glücklich auf seinem neuen Pony und vergaß im schönen, taufeuchten Herbstmorgen, vom Schulunterricht befreit, beinahe den traurigen Anlaß des Rittes. Der Knecht, ein langbeiniger sechzehnjähriger Junge, hüpfte fröhlich neben ihm her und führte das Pony am Zügel, als sie durch die Furt bei Wroxeter platschten, wo vor Jahrhunderten die Römer den Severn überquert hatten. Nichts war von ihrem Vorstoß geblieben außer einer einsamen, zerbrochenen Mauer, die dunkel im grünen Feld stand; die Dörfler bedienten sich hier, wenn sie Steine für ihre Häuser brauchten. An der Stelle, an der einst eine Stadt und eine Festung gestanden haben sollen, breitete sich jetzt ein blühendes Landgut aus, gesegnet mit fruchtbarem, gutem Boden und einer aufstrebenden Kirche, die sich vier Diener leisten konnte.

Cadfael betrachtete den Besitz mit einigem Interesse, als sie vorbeiritten, denn dies war eines der beiden Landgüter, die sich Frau Dionisia aneignen wollte, indem sie Richard mit Hiltrude Astley verheiratete. Ein so schöner Besitz war sicher eine große Versuchung. Er umfaßte einen weiten Landstrich auf der Nordseite des Flusses – üppige Feuchtwiesen und gewellte Felder, die sich hier und dort zu sanften Hügeln erhoben, besetzt mit Baumgruppen, die gerade ihren ersten herbstlichgoldenen Schimmer bekamen. Das Land verschmolz am Horizont mit dem Rand des Waldes, der zum Wrekin gehörte; das war ein großes, hügeliges Gebiet, das sich bergab bis zum Severn erstreckte. Eine dicke Strähne dieser dunklen Mähne drang bis ins Land der Ludels und in die Abteibesitzungen in Eyton am Severn vor. Zwischen dem Bauernhof von Eyton dicht am Fluß und Richard Ludels Haupthaus in Eaton lag kaum eine Meile. Sogar die Namen entstammten der gleichen Wurzel, wenn sie sich auch später unabhängig voneinander weiterentwickelt hatten; die normannische Vorliebe für Ordnung und saubere Aussprache hatte sich hier ausgewirkt.

Als sie näher herankamen, wechselte auch ihr Ausblick auf den Stachelrücken des Waldes, und als sie dann das Gut erreichten, betrachteten sie den Wald von seinem spitz zulaufenden Ende aus. Der Hügel hatte sich jetzt in einen steilen Berg verwandelt, dessen nackte Flanken knapp unter dem Gipfel den Pelz aus Bäumen durchbrachen. Das Dorf lag still inmitten von Wiesen knapp unter den Vorbergen, das Herrenhaus und die Kapelle wurden von einem Palisadenzaun geschützt. Die Kirche war ursprünglich eine Außenstelle der Gemeinde von Leighton gewesen, die ein paar Meilen weiter flußab lag.

Sie stiegen in der Umfriedung ab, und Bruder Paul nahm Richard fest an der Hand, sobald die Füße des Jungen den Boden berührten, denn Frau Dionisia kam mit wehenden Gewändern aus der Halle und die Treppe herunter, um sie zu begrüßen. Sie näherte sich im Bewußtsein ihrer Autorität dem Enkelsohn und beugte sich nieder, um ihn zu küssen. Richard hob ihr etwas unsicher sein Gesicht entgegen und ließ die Begrüßung über sich ergehen, doch er hielt Pauls Hand fest. Bei der einen Macht, die das Sorgerecht über ihn beanspruchte, wußte er, woran er war; bei der anderen nicht.

Cadfael musterte die Dame interessiert. Ihr Ruf war ihm bekannt, doch er hatte sie noch nie gesehen. Dionisia war groß und aufrecht, höchstens fünfundfünfzig Jahre alt und bei bester Gesundheit. Sie war außerdem eine schöne Frau, wenn auch eine etwas beängstigende Erscheinung, mit scharfen, klaren Gesichtszügen und kühlen grauen Augen. Doch die Kühle wurde von einem warnenden, heißen Funken durchbrochen, als die Augen Richards Eskorte abschätzten und die Stärke des Gegners zur Kenntnis nahmen. Die Diener waren hinter ihr herausgekommen, der Gemeindepriester stand neben ihr. Hier und heute würde nichts weiter geschehen. Später vielleicht, wenn Richard Ludel sicher unter der Erde war und sie der Trauergesellschaft ihre Gastfreundschaft anbot, würde sie den ersten Zug wagen. Der Erbe konnte an diesem wichtigen Tag kaum ständig außer Reichweite seiner Großmutter gehalten werden.

Die Begräbnisfeier für Richard Ludel verlief wie vorgesehen. Bruder Cadfael nutzte die Zeit, um den ganzen Haushalt des Verstorbenen zu begutachten, von John von Longwood bis zum jüngsten leibeigenen Hirten. Alles sprach dafür, daß der Besitz unter Johns Leitung aufgeblüht war, und alle Männer waren mit ihrer Stellung zufrieden. Hugh würde gut daran tun, alles zu belassen, wie es war. Auch einige Nachbarn waren anwesend, darunter Fulke Astley, der mit wachsamem Auge einschätzte, was er selbst zu gewinnen hatte, falls die versprochene Ehe tatsächlich zustande kam. Cadfael war ihm ein oder zweimal in Shrewsbury begegnet. Er war ein ungehobelter, überheblicher Mann von Ende vierzig, der langsam fett wurde und sich schwerfällig bewegte. Ganz gewiß war er kein ebenbürtiger Partner für die ruhelose, aktive und temperamentvolle Frau, die mit grimmigem Gesicht über der Bahre ihres Sohnes stand. Richard war bei ihr, und sie hatte mehr besitzergreifend als beschüt-

32

zend eine Hand auf seine Schulter gelegt. Der Junge hatte die Augen weit aufgerissen und sah mit ernstem Gesicht zu, wie das Grab seines Vaters geschlossen wurde. Eine Nachricht über einen Tod ist eine Sache, seine Gegenwart ist eine ganz andere. Bis zu diesem Augenblick hatte Richard noch nicht die Endgültigkeit dieses Verlustes und seine Bedeutung verstanden. Die großmütterliche Hand wurde nicht von der Schulter genommen, als der Trauerzug langsam zum Herrenhaus zurückkehrte und der Leichenschmaus in der Halle begann. Die langen, schlanken, nicht mehr jungen Finger hielten ständig einen Zipfel des besten Rocks des Jungen fest. Dionisia steuerte ihn zwischen Gästen und Nachbarn vor sich her und stellte ihn mit etwas übertriebenem Nachdruck als den Herrn des Hauses und als Hauptperson bei der Trauerfeier seines Vaters vor. Nun, das konnte nicht schaden. Richard war sich seiner Stellung sehr wohl bewußt und würde sich jede Beschneidung seiner Privilegien verbitten.

Bruder Paul sah allerdings einigermaßen besorgt zu und erklärte Cadfael flüsternd, daß man den Jungen am besten wieder fortschaffen müsse, bevor die Gäste sich verabschiedeten, weil man ihn sonst aus Mangel an Zeugen nicht mehr herausbekommen könne. Solange der Priester und einige andere Fremde noch anwesend waren, konnte der Junge kaum mit Gewalt zurückgehalten werden.

Cadfael hatte vor allem die Teilnehmer an der Gesellschaft beobachtet, die ihm nicht oder kaum bekannt waren. Da gab es zwei grau gewandete Mönche aus dem Kluniazenserhaus von Buildwas, das ein paar Meilen weiter flußab lag und dem sich Ludel gelegentlich als großzügiger Gönner erwiesen hatte. Bei ihnen war eine

Person, die sich bescheiden im Hintergrund hielt und weit schwieriger einzuordnen war. Er trug ein mönchisches Gewand, tiefbraun oder schwarz und an den Säumen recht abgestoßen, doch unter der Kapuze war sein Kopf ungeschoren, und ein Lichtfunke fing sich in zwei oder drei Metallscheiben an der Schulter, die aussahen wie Medaillen mehrerer Pilgerschaften. Vielleicht ein Wanderbruder, der sich den Mönchen anschließen wollte. Das Kloster von Buildwas war vor mehr als vierzig Jahren von Roger de Clinton, dem Bischof von Lichfield, gegründet worden. Diese drei waren sicher gute, unparteiische Beobachter. Vor so hochstehenden Gästen konnte es keine Gewalt geben.

Bruder Paul wandte sich höflich an Dionisia, um sich diskret zu verabschieden und seinen Schutzbefohlenen mit sich zu nehmen, doch die Dame nahm ihm mit einem kurzen, stählernen Blick den Wind aus den Segeln und sagte mit täuschend süßer Stimme: »Bruder, erfüllt mir die Bitte und laßt mir Richard über Nacht hier. Er hatte einen anstrengenden Tag und wird müde sein. Er sollte nicht vor morgen früh abreisen.« Doch sie sagte nicht, daß sie ihn am Morgen zurückschicken werde, und ihre Hand hielt nach wie vor Richards Schulter. Sie hatte laut genug gesprochen, um von allen gehört zu werden – eine aufmerksame, mütterliche Frau, die sich um ihren Jüngsten sorgt.

»Madam«, sagte Bruder Paul, das Beste aus seiner ungünstigen Lage machend, »ich wollte Euch gerade sagen, daß wir aufbrechen müssen. Ich habe nicht die Erlaubnis, Richard hier bei Euch zu lassen, und wir werden zur Vesper zurückerwartet. Ich bitte Euch um Verzeihung.«

Die Dame lächelte zuckersüß, doch ihre Augen waren scharf und kalt wie Messerklingen. Sie nahm einen zweiten Anlauf, wahrscheinlich eher, um ihre Position bei den aufmerksam zuhörenden Gästen zu festigen, als daß sie in diesem Augenblick etwas zu erreichen hoffte. Denn sie wußte, daß sie angesichts der Umstände keine Aussicht darauf hatte.

»Abt Radulfus würde gewiß meinen Wunsch verstehen, das Kind noch einen Tag bei mir zu haben. Er ist mein Fleisch und Blut, der einzige, der mir geblieben ist, und ich habe ihn in den letzten Jahren so selten gesehen. Ihr laßt mich enttäuscht und traurig zurück, wenn Ihr ihn mir so bald schon wieder fortnehmt.«

»Madam«, antwortete Bruder Paul fest, aber unbehaglich, »ich bedaure wirklich, Eurem Wunsch nicht entsprechen zu können, aber ich habe keine Wahl. Ich muß meinem Abt gehorchen und Richard vor dem Abend mit mir zurückbringen. Komm, Richard, wir müssen gehen.«

Sie brauchte einen Augenblick, um sich zu fassen, und war wohl in Versuchung, trotz der Gäste einen weiteren Vorstoß zu machen, doch sie besann sich. Dies war nicht der Augenblick, sich ins Unrecht zu setzen; vielmehr mußte sie Mitgefühl erwecken. Sie öffnete die Hand, und Richard schlich unsicher zu Paul.

»Sagt Eurem Abt«, erklärte Dionisia, während sie ihn mit Blicken durchbohrte, obwohl ihre Stimme immer noch sanft und süß klang, »daß ich ihn bald aufsuchen möchte.«

»Madam, das will ich gern ausrichten«, erwiderte Bruder Paul.

Und sie hielt Wort. Schon am nächsten Tag ritt sie in die Enklave der Abtei ein, unter Geleitschutz und mit ihrer besten, beeindruckendsten Kleidung angetan, um den Abt um eine Audienz zu bitten. Sie blieb fast eine Stunde mit ihm in Klausur und kam dann voll kalter Wut wieder heraus. Wie ein Donnerwetter stürmte sie über den gro-ßen Hof, trieb unschuldige Novizen wie braune Blätter auseinander und ritt mit einer Geschwindigkeit nach Hause, die ihrer ruhigen Stute überhaupt nicht zusagte, während die Knechte stumm und ängstlich zurückfielen.

»Da geht die Dame hin, die es gewöhnt ist, ihren Willen durchzusetzen«, bemerkte Bruder Anselm. »Aber dies-mal, denke ich, hat sie ihren Widerpart gefunden.«

»Aber wir werden noch von ihr hören«, meinte Bruder Cadfael trocken, der zusah, wie sich hinter ihr der Staub wieder legte.

»Ich stelle ihren Willen nicht in Frage«, stimmte An-selm zu, »aber was kann sie tun?«

»Das«, sagte Cadfael und erregte damit einige Neugier bei dem anderen Bruder, »werden wir zweifellos bald sehen.«

Sie mußten nur zwei Tage warten. Der gesetzeskundi-ge Schreiber der Frau Dionisia meldete sich ordentlich im Kapitel an und bat um Gehör. Er war ein älterer, magerer Mann, sauber und ordentlich gekleidet und anscheinend von leicht entflammbarem Gemüt. Er stürmte mit einem Bündel Pergamente unter dem Arm ins Kapitelhaus und wandte sich in steifer, vorwurfsvoller Würde, mehr be-sorgt als erzürnt, an die Versammlung. Er gab seiner Verwunderung darüber Ausdruck, wie ein gelehrter und gebildeter Kirchenmann wie der Abt, dessen Rechtschaf-fenheit und Wohlwollen außer Frage standen, die Kraft der Blutsbande verleugnen und sich weigern könne, Richard Ludel in die Obhut und liebevolle Pflege seiner einzigen überlebenden Verwandten zu überantworten, besonders da diese jetzt ihres letzten männlichen Verwandten beraubt und mehr als bereit sei, ihrem Enkelsohn in seiner neuen Rolle als Herr zu helfen, ihn anzuleiten und zu beraten. Großmutter wie Kind werde ein großer Schmerz zugefügt, indem ihnen ihr natürliches Bedürfnis und der Ausdruck ihrer gegenseitigen Zuneigung versagt werde. Und abermals brachte der Schreiber die feierliche Bitte vor, daß dieser Fehler korrigiert und Richard Ludel mit ihm nach Eaton zurückgeschickt werde.

Abt Radulfus saß geduldig und mit unbewegtem Gesicht auf seinem Stuhl und hörte höflich die einstudierte Ansprache bis zu Ende an. »Ich danke Euch für die Botschaft«, sagte er freundlich, »sie wurde wohlwollend zur Kenntnis genommen. Doch kann ich Euch keine andere Antwort geben als Eurer Herrin selbst. Richard Ludel, der jetzt tot ist, übertrug mir die Sorge für seinen Sohn durch ein Schriftstück, das unter Zeugen aufgesetzt wurde. Ich übernahm diese Pflicht, und ich kann mich ihr jetzt nicht entziehen. Es war der Wunsch des Vaters, daß der Sohn hier erzogen werde, bis er das Mannesalter erreicht und sein Leben und seine Angelegenheiten selbst in die Hand nehmen kann. Das versprach ich, und mein Versprechen werde ich halten. Der Tod des Vaters macht meine Verpflichtung nur um so heiliger und bindender. Sagt dies Eurer Herrin.«

»Mein Herr«, antwortete der Schreiber, der offenbar nichts anderes erwartet hatte und sofort bereit war, den nächsten Schritt zu tun, »angesichts der veränderten Umstände kann ein solches Dokument nicht das einzige Argument sein, das vor einem Gerichtshof Gültigkeit hat. Die Richter des Königs würden gewiß die Bitte einer hochstehenden Dame anhören, die verwitwet ist und jetzt auch noch ihren Sohn verloren hat, die zudem ohne weiteres in der Lage ist, ihrem Enkelkind jeden Wunsch zu erfüllen, abgesehen von dem ganz natürlichen Bedürfnis nach seiner Gegenwart. Meine Herrin wünscht Euch zu informieren, daß sie Klage erheben wird, um ihn zurückzubekommen, falls Ihr den Jungen nicht herausgebt.«

»Ich kann ihre Absicht nur billigen«, erwiderte der Abt heiter. »Eine Entscheidung vor einem Gerichtshof des Königs muß für uns beide befriedigend sein, da sie uns die Qual der Wahl erspart. Sagt ihr dies und sagt ihr weiter, daß ich die Verhandlung voller Zuversicht erwarte. Doch bis ein Urteil gesprochen wird, muß ich halten, was ich geschworen habe. Ich bin froh«, fügte er mit einem spröden, leisen Lächeln hinzu, »daß wir in diesem Punkt übereinstimmen.«

Der Schreiber konnte nichts tun, als die unerwartet freundliche und nachgiebige Antwort zu nehmen, wie sie war, und sich so aufrecht wie möglich zurückzuziehen. Die Brüder regten sich neugierig und verwundert auf ihren Stühlen im Kapitelsaal, doch Abt Radulfus brachte sie mit einem Blick zum Schweigen. Erst als die Brüder wieder in den großen Hof traten und sich ihren Arbeiten zuwandten, wurden Kommentare und Spekulationen offen ausgedrückt.

»War es denn klug, sie auch noch dazu aufzustacheln?« meinte Bruder Edmund nachdenklich, der mit Cadfael zur Krankenstation hinüberging. »Was, wenn sie wirklich

Klage erhebt? Ein Richter könnte ohne weiteres die Partei einer einsamen Dame ergreifen, die ihr Enkelkind bei sich haben will.«

»Nur die Ruhe«, sagte Cadfael gelassen. »Das war eine leere Drohung. Sie weiß so gut wie jeder andere, daß selbst in den besten Zeiten die Arbeit der Gerichte langsam und teuer ist, und dies sind nicht die besten Zeiten, da der König weit entfernt und mit dringenderen Angelegenheiten beschäftigt ist, zumal die Hälfte seines Königreichs ohnehin über keine Gerichtsbarkeit mehr verfügt. Nein, sie hoffte nur, den Abt umzustimmen und ihm Angst einzujagen. Da ist sie aber an den Falschen geraten. Er weiß, daß sie nicht die Absicht hat, Klage zu erheben. Viel eher wird sie das Gesetz in die eigenen Hände nehmen und versuchen, den Jungen zu stehlen. Und wenn sie ihn einmal hat, braucht es die langsamen Gesetze oder rasches Handeln, um ihn zurückzuholen, und Gewalt kommt für den Abt weit weniger in Frage als für sie.«

»Bleibt nur zu hoffen«, erwiderte Bruder Edmund, der diese Vorstellung entsetzlich fand, »daß sie noch nicht all ihre Überzeugungsmöglichkeiten aufgeboten hat, wenn das letzte Mittel denn die Gewalt sein soll.«

Niemand konnte ergründen, woher der junge Richard so genau über jede Drehung und Wendung im Streit um seine Zukunft Bescheid wußte. Er konnte die Ereignisse im Kapitelsaal nicht belauscht haben, und bei den täglichen Versammlungen waren auch keine Novizen zugegen; und unter den Brüdern gab es keinen, der leichtfertig mit dem betroffenen Kind geschwätzt hätte. Dennoch war klar, daß Richard nur zu genau wußte, was vorging, und sogar heimlich Gefallen daran fand. Bosheit machte das Leben interessant, und da er sich innerhalb der Enklave sicherfühlte vor wirklichen Gefahren, konnte er die Tatsache genießen, daß andere um ihn kämpften.

»Er beobachtet das Kommen und Gehen der Boten von Eaton«, sagte Bruder Paul, als er Cadfael im Frieden des Kräutergartens seine unguten Vorahnungen anvertraute. »Und er ist klug genug, um zu begreifen, was es bedeutet. Er hat genau verstanden, was bei der Beerdigung seines Vaters vorging. Manchmal wünschte ich um seinetwillen, er wäre weniger scharfsinnig.«

»Ach, es ist doch gut, daß er ein helles Licht ist«, widersprach Cadfael behaglich. »Denn die wissenden Unschuldigen vermeiden die Fallgruben. Und die Dame hat sich seit zehn Tagen nicht mehr gerührt. Vielleicht hat sie resigniert und den Kampf aufgegeben.« Doch davon war er alles andere als überzeugt. Frau Dionisia war nicht daran gewöhnt, einfach abgewiesen zu werden.

»Das mag sein«, stimmte Paul hoffnungsvoll zu, »denn wie ich hörte, hat sie einen Wanderbruder bei sich aufgenommen und für ihn die alte Einsiedelei im Wald einrichten lassen. Er soll täglich für die Seele ihres Sohnes beten. Eilmund erzählte uns davon, als er unseren Anteil am Wildbret brachte. Wir haben den Mann bei der Beerdigung gesehen, Cadfael. Er war mit zwei Brüdern aus Buildwas da. Er hatte eine Woche bei ihnen gewohnt, und sie konnten nur Gutes über ihn berichten.«

Cadfael richtete sich mit einem Grunzen zwischen seinen Minzepflanzen auf, die jetzt, Ende Oktober, drahtig und dürr geworden waren. »Der Mann, der die Pilgermuschel trug? Und die Medaille von St. James? Ja, ich erinnere mich an ihn. Also will er sich bei uns niederlassen? Und er nimmt lieber die Klause und ein kleines Stück Garten im Wald statt die graue Kutte in Buildwas! Ich fühlte mich nie zu einem so einsamen Leben hingezogen, aber ich kenne einige, die auf diese Weise besser denken und beten können. Die Klause ist schon lange unbewohnt.«

Er kannte den Ort, obwohl er nur selten dort vorbeikam, denn der Förster der Abtei strotzte vor Gesundheit und brauchte nur selten Kräuterarzneien. Die Einsiedelei, die schon seit vielen Jahren leer stand, lag in einem dicht bewaldeten Tal. Es war eine aus Steinen erbaute Hütte mit einem Stück Land, einst eingezäunt und bestellt, jetzt überwuchert und verwildert. Dort in der Nähe verlief die Grenze zwischen dem Waldland der Abtei und den Ländereien von Eaton, und die Klause stand auf einem Flekken, wo das Land der Ludels ein Stück ins Nachbargebiet hineinragte, dicht an einer vom Förster aufgebauten Schonung. »Dort wird er es ruhig haben, wenn er bleiben will«, meinte Cadfael. »Aber wie ist nun sein Name?«

»Man nennt ihn Cuthred. Einen heiligen Nachbarn zu haben, das ist nicht schlecht, und anscheinend kommen bereits einige mit ihren Sorgen zu ihm. Vielleicht«, erklärte Bruder Paul optimistisch, »hat er die Dame gezähmt. Er muß großen Einfluß auf sie haben, denn sonst hätte sie ihn nie zum Bleiben eingeladen. Und seit zehn Tagen haben wir nichts mehr von ihr gehört. Vielleicht haben wir es ihm zu verdanken.«

Und wirklich, während die milden Oktobertage fließend ineinander übergingen, von trübem, dunstigem Morgengrauen über helle, aber verschleierte Mittagszeiten zu feuchtem, zauberhaft stillem grünem Zwielicht, schien es, als sei der Kampf um den jungen Richard eingeschlafen. Vielleicht hatte es sich Frau Dionisia überlegt, verzichtete auf die Anrufung des Gerichts und ergab sich in das Unvermeidliche. Durch ihren Gemeindeprie-

41

ster schickte sie sogar ein Geldgeschenk, damit bei der Messe in der Marienkapelle für die Seele ihres Sohnes gebetet werde, und diese Geste konnte nur als Versuch einer Versöhnung gedeutet werden. So sah es jedenfalls Bruder Francis, der neue Kirchdiener des Marienaltars.

»Vater Andrew sagte mir«, berichtete er, als der Besucher sich verabschiedet hatte, »daß die Dame, seit die Brüder aus Buildwas diesen Cuthred in ihr Haus brachten, große Stücke auf seinen Rat hält und sich stets nach ihm richtet. Der Mann hat, wie man hört, gelebt wie ein Heiliger. Man sagt, er habe auf die alte Art sehr strenge Gelübde abgelegt und wolle nie wieder seine Klause und seinen Garten verlassen. Doch wenn jemand ihn bittet, verweigert er niemals Hilfe oder Gebete. Vater Andrew berichtet nur Gutes über ihn. Die Einsiedelei ist nichts für uns«, meinte Bruder Francis zum Schluß, »aber es ist nicht schlecht, einen heiligen Mann in der Nähe oder auf einem Nachbargut zu haben. Er kann nur ein Segen sein.«

So dachten alle im Land, denn die Gegenwart eines heiligen Mannes warf auch auf das Gut von Eaton etwas Glanz, und die einzige Kritik über Cuthred, die Cadfael je zu Ohren kam, war die, daß er viel zu bescheiden sei und sich sehr bald schon allzu überschwengliche Lobpreisungen seiner Person verbeten habe. Welche Segnungen auch immer er den Menschen brachte, ob er durch Gebete eine drohende Viehseuche verhinderte, nachdem ein Tier aus Dionisias Herde erkrankt war, ob er durch einen Jungen vor einem kommenden Sturm warnen ließ, der dann tatsächlich ohne Schaden vorüberzog, was auch immer er tat, er wollte nicht zulassen, daß irgend etwas ihm als Verdienst angerechnet werde. Er wurde bitterernst und aufgebracht, wenn man es dennoch versuchte, und drohte jedem mit dem Zorn Gottes, der dieses Verbot mißachtete. Schon einen Monat nach seinem Eintreffen zählte sein Wort in Eaton mehr als das von Dionisia oder Vater Andrew, und sein Ruhm, der nicht offen gepriesen werden durfte, breitete sich dennoch von Nachbarort zu Nachbarort aus wie ein gut gehütetes Geheimnis, über das man insgeheim frohlockte, das man aber vor der Welt verbergen mußte.

3

Eilmund, der Förster von Eyton, kam hin und wieder ins Kapitel der Abtei, um über seine Arbeit oder etwaige Schwierigkeiten zu berichten und gegebenenfalls Hilfe zu erbitten. Es geschah nicht eben häufig, daß er über etwas anderes als einen ruhigen Gang der Dinge zu berichten hatte, doch in der zweiten Novemberwoche kam er eines morgens mit verwirrt gerunzelter Stirn und düsterem Gesicht. Es schien, als wäre sein Wald von einem Unglück heimgesucht worden.

Eilmund war ein kräftig gebauter Mann von über vierzig Jahren, mit dunklem, struppigem Haar, und verfügte über große Körperkräfte und einen scharfen Verstand. Selbstbewußt baute er sich mitten im Kapitelsaal auf und stemmte die starken Beine in den Boden wie ein Ringer, der sich seinem Gegner stellt, um kurz und bündig zu sagen, was er zu sagen hatte.

»Ehrwürdiger Vater, in meinem Wald geschehen Dinge, die ich nicht ergründen kann. Bei dem schweren Gewitter vor einer Woche riß der Bach, der zwischen unserer Schonung und dem offenen Wald verläuft, einige Büsche los und trieb sie zu einem Damm zusammen, so daß der Bach über die Ufer trat, seinen Lauf änderte und die Schonung überflutete. Und kaum hatte ich das Hindernis beseitigt, da stellte ich fest, daß die Flut ein Stück stromauf das Ufer des Grabens unterspült hatte, der die Schonung schützen soll. Das herabgerutschte Erdreich lag wie eine Brücke über dem Graben, und als ich dies feststellte, waren die Rehe schon in der Schonung. Sie haben alle jungen Bäume angefressen, die wir vor zwei Jahren gesetzt haben. Ich fürchte, einige werden absterben, und die meisten werden um Jahre in ihrem Wachstum zurückgeworfen. Dadurch wurde meine ganze Planung zunichte gemacht«, beklagte sich Eilmund, erzürnt über die Störung des Kreislaufs von Aussaat und Holzschnitt.

Cadfael kannte den Ort. Der bestellte Teil des Eytonwaldes war Eilmunds ganzer Stolz; eine ordentliche, sauber angelegte Schonung, wo der regelmäßige Schnitt sechs oder sieben Jahre alter Bäume genug Licht hereinließ, um Unterholz und Wildblumen einen Halt zu geben. Manche Bäume wie Eschen schlagen direkt unterhalb des Schnittes neu aus, während andere wie Ulmen oder Espen neben dem Stumpf aus dem Erdreich neue Schößlinge treiben. Einige dieser alten abgeschlagenen Bäume waren unter Eilmunds Obhut, nachdem er sie mehrmals geschnitten hatte, zu kleinen Hainen herangewachsen, die gut zwei Schritte maßen. Nicht eine Naturkatastrophe hatte bisher sein stolzes Werk gefährdet. Kein Wunder, daß er so bekümmert war. Und auch für die Abtei war es ein schwerer Verlust, denn Schnittholz als Brennstoff, als Holzkohle oder zu Werkzeugstielen verarbeitet brachte jedes Jahr einen schönen Batzen Geld.

»Aber das ist noch lange nicht alles«, fuhr Eilmund grimmig fort, »denn gestern, als ich meine Runde durch die andere Hälfte der Schonung machte, wo der Graben trocken, aber recht tief ist und steile Ufer hat, da waren doch die Schafe von Eaton durch eine Lücke im Zaun gebrochen. Das war genau an der Stelle, wo das Land von Eaton an das unsere angrenzt, und wie Ihr wißt, Herr, ist ein Graben, der Rehe abhält, für Schafe kein Hindernis. Und sie fressen nichts lieber als die zarten jungen Schößlinge von Eschen. Sie hatten die meisten jungen Bäume abgefressen, bevor ich sie hinausscheuchen konnte. Und weder ich noch John von Longwood kann sagen, wie sie durch einen so schmalen Spalt im Zaun herüberkommen konnten. Aber Ihr wißt ja, wenn sich ein Leitschaf etwas in den Kopf setzt, dann ist es nicht aufzuhalten, und alle anderen folgen nach. Es scheint mir, als wäre mein Wald verhext.«

»Weit eher«, wandte Prior Robert ein, der ernst vor sich hinstarrte, »haben wir es hier einfach mit menschlicher Nachlässigkeit zu tun, entweder auf Eurer oder auf der Seite Eurer Nachbarn.«

»Vater Prior«, erwiderte Eilmund mit der Direktheit eines Menschen, der genau wußte, wieviel er in den Augen des Abtes wert war, »in all den Jahren, die ich der Abtei diene, gab es nie Klagen über meine Arbeit. Ich mache täglich meine Runden und häufig auch des Nachts, aber ich gebiete nicht über den Regen, und ich kann nicht überall gleichzeitig sein. Eine solche Folge von Unglücksfällen in so kurzer Zeit habe ich noch nie erlebt. Ich kann auch John von Longwood keinen Vorwurf machen, denn er war stets ein so guter Nachbar, wie man es sich nur wünschen kann.«

45

»Das ist wahr«, sagte Abt Radulfus entschieden. »Wir haben allen Grund, ihm für seinen guten Willen dankbar zu sein, und wir werden ihn jetzt nicht in Zweifel ziehen. Ebensowenig stelle ich Eure Geschicklichkeit und Hingabe in Frage. Dazu gab es noch nie einen Anlaß, und ich sehe auch jetzt keinen. Widrigkeiten werden uns gesandt, auf daß wir sie überwinden, und kein Mensch kann erwarten, sein Leben lang von solchen Prüfungen verschont zu bleiben. Wir können den Verlust verschmerzen. Tut, was in Euren Kräften steht, Eilmund, und wenn Ihr Helfer braucht, dann sollt Ihr sie bekommen.«

Eilmund, der immer stolz darauf gewesen war, seine Arbeit allein verrichten zu können, bedankte sich etwas mürrisch, lehnte das Angebot jedoch für den Augenblick ab und versprach, sofort eine Nachricht zu schicken, falls noch etwas geschehen sollte. Dann ging er so energisch wie er gekommen war wieder hinaus und kehrte zu seiner Hütte im Wald und seiner Tochter zurück. Er haderte mit seinem Schicksal, da er keinen Menschen fand, dem er die Schuld geben konnte.

Auf geheimnisvollen Wegen hatte auch der junge Richard vom außergewöhnlichen Anlaß für Eilmunds Besuch erfahren, und natürlich war alles, was mit seiner Großmutter und den Menschen, die in Eaton arbeiteten und lebten, zu tun hatte, von besonderem Interesse für ihn. So weise und umsichtig sein Vormund, der Abt, auch war, so fähig der Verwalter auch schien, es war seine Pflicht, seinen Besitz selbst in Augenschein zu nehmen. Wenn es in der Nähe von Eaton ein Unglück gegeben hatte, dann mußte er den Grund erfahren. Weit eher als Abt Radulfus war er geneigt, an Bosheit zu glauben, so unverständlich sie auch im Augenblick schien, denn er wußte genau um die Verderbtheit der Menschen, da er selbst nicht selten als mehr oder weniger unschuldiger Missetäter angeklagt worden war.

Wenn die Schafe von Eaton nicht durch die Hand Gottes ins Eschengehölz von Eyton eingedrungen waren, sondern weil jemand ihnen den Weg gebahnt und die Richtung zum Festmahl gezeigt hatte, dann wollte Richard wissen, wer es warum getan hatte. Immerhin waren es seine Schafe.

So beobachtete er jeden Morgen zur Stunde des Kapitels das Kommen und Gehen der Besucher. Zwei Tage später wurde seine Neugierde geweckt, als sich ein junger Mann am Torhaus meldete, den er nur ein einziges Mal gesehen hatte. Der Mann bat sehr höflich um Erlaubnis, im Kapitel eine Botschaft seines Herrn Cuthred vorzubringen. Er war zu früh gekommen und mußte eine Weile warten, was er in heiterer Gelassenheit tat. Das paßte Richard gut, denn er durfte der Schule nicht fernbleiben, doch wenn das Kapitel vorbei war, hatte er frei und konnte dem Besucher auflauern, um seine Neugierde zu befriedigen.

Jeder Eremit, der etwas auf sich hält und Gelübde abgelegt hat, die ihn an seine Klause und seinen eingefriedeten Garten binden, und der über die Gabe der Voraussicht verfügt und die heilige Pflicht hat, sie zum Wohl seiner Nachbarn einzusetzen, braucht einen Gehilfen, der für ihn die Botengänge erledigt und seine Ermahnungen und Vorwürfe übermittelt. Der Junge stand anscheinend schon eine ganze Weile in Cuthreds Diensten und hatte ihn auf seinen Wanderungen begleitet, um sich mit ihm an

47

dem zurückgezogenen Ort niederzulassen, der von Gottes Hand ausgewählt worden war. Bescheiden, doch selbstsicher betrat er das Kapitelhaus und ließ sich gelassen von den neugierigen Brüdern begaffen. Er schien durch die vielen hellen, neugierigen Augen keineswegs aus der Fassung gebracht.

Cadfael, der wie üblich weit im Hintergrund saß, musterte den Besucher interessiert. Ein seltsamer Diener für einen Einsiedler und Heiligen, der nach altem keltischen Brauch lebte und sich nicht um Kanonisierung scherte; doch Cadfael kam nicht so schnell darauf, wo die Unstimmigkeit lag. Vor ihm stand ein junger, etwa zwanzigjähriger Bursche, in einem groben Umhang und einer Hose aus braunem Tuch, das häufig geflickt und stark verblichen war – daran war nichts Ungewöhnliches. Mit seinem leichten, drahtigen Körperbau sah er Hugh etwas ähnlich, doch war er eine Handbreit größer, schlank und braun wie ein Reh, und er bewegte sich mit den gleichen sparsamen, anmutigen Bewegungen wie diese wilden Tiere. Selbst seine gefaßte Ruhe ließ plötzliche, heftige Bewegungen erahnen, gleich einem wilden Tier, das reglos im Hinterhalt lauert. Er konnte gewiß schnell und lautlos laufen und weite, hohe Sprünge machen wie ein Hase. Auch sein Gesicht war gefaßt und wach. Auf dem Kopf trug er eine schwere, dicht gewobene Mütze aus gewelltem Haar in der Farbe von Blutbuchen. Lang und oval war sein Gesicht; er hatte eine hohe Stirn und eine lange, gerade Nase mit weiten Nasenlöchern, und auch dies erinnerte wieder an ein wildes Tier, das jeden Geruch im Wind wittert. Sein feingeschwungener Mund schien wie in geheimer Belustigung leicht zu lächeln, und die großen bernsteinfarbenen Augen mit den dunklen, kupfernen Brauen waren außen in den Winkeln ein wenig nach oben gezogen. Die glänzenden Augen waren von kupfernen Wimpern, lang und voll wie die einer Frau, beschattet, aber keineswegs trüb oder versteckt.

Was tat ein altmodischer Heiliger mit einem derart bildschönen Diener?

Doch der Junge, der gelassen die Musterung über sich ergehen ließ, hob nun die Lider und zeigte Abt Radulfus ein offenes, kindlich unschuldiges Gesicht. Er machte eine sehr einnehmende und respektvolle Ehrenbezeugung und wartete dann, daß man ihn ansprach und befragte.

»Du kommst vom Eremiten von Eyton?« fragte der Abt freundlich und betrachtete aufmerksam das junge, ruhige und beinahe lächelnde Gesicht.

»Ja, Herr. Der heilige Cuthred läßt durch mich eine Botschaft überbringen.« Seine Stimme war ruhig und klar, vielleicht ein wenig zu hoch, so daß sie unter der Kuppeldecke des Kapitelsaals wie eine Glocke klang.

»Wie ist dein Name?« fragte Radulfus.

»Hyacinth, Herr.«

»Ich kannte einmal einen Bischof dieses Namens«, meinte der Abt und mußte einen Moment lächeln, da das schlanke braune Geschöpf vor ihm nicht das geringste mit dem Bischof gemein hatte. »Wurdest du nach ihm benannt?«

»Nein, Herr, ich habe noch nie von ihm gehört. Man sagte mir einmal, daß ein Junge meines Namens in einer alten Geschichte vorkomme. Zwei Götter stritten sich um ihn, und der Verlierer habe den Jungen getötet. Man sagt, aus seinem Blut seien Blumen gesprossen. Ein Priester hat es mir erzählt«, antwortete der Junge unschuldig und sah

49

sich unauffällig im Kapitelsaal um. Anscheinend war er sich der Unruhe, die seine Worte in den Herzen der versammelten Brüder erzeugt hatten, wohl bewußt. Doch der Abt fuhr unbeirrt fort.

In diese alte Geschichte, dachte Cadfael, während er den Jungen angenehm berührt und interessiert betrachtete, paßt du weit besser als in die Nähe von Bischöfen oder Einsiedlern, und das weißt du selbst am besten. Wo in aller Welt hat er dich entdeckt und wie hat er dich nur gezähmt?

»Darf ich nun meine Botschaft übermitteln?« fragte der Junge, die goldenen Augen groß und klar auf den Abt gerichtet.

»Hast du sie auswendig gelernt?« erkundigte Radulfus sich lächelnd.

»Das mußte ich, Herr. Jedes Wort muß richtig ausgesprochen werden.«

»Ein sehr gewissenhafter Bote! Ja, du sollst sprechen.«

»Es muß die Stimme meines Herrn sein, nicht meine eigene«, erklärte der Junge einleitend und senkte die Stimme einige Töne unter seinen normalen, singenden Tonfall. Er ahmte seinen Herrn so genau nach, daß zumindest Cadfael ihn einigermaßen verblüfft und erschrocken betrachtete.

»Ich habe zu meinem Kummer«, sagte die Stimme des Eremiten, »vom Aufseher von Eaton und dem Förster von Eyton von dem Unheil erfahren, das plötzlich das Waldland heimsucht. Ich habe gebetet und meditiert, und ich fürchte, daß wir bisher nur die Vorboten noch schlimmerer Dinge gesehen haben. Schlimmeres wird kommen, solange ein Ungleichgewicht oder eine Abweichung von dem, was Recht ist, bestehen bleibt. Ich weiß von keinem solchen Unrecht, es sei denn, daß Frau Dionisia Ludel ihr Enkelkind vorenthalten wird. Der Wunsch des Vaters muß berücksichtigt werden, doch der Kummer der Witwe darf nicht einfach abgetan werden, da sie nun völlig allein ist. Ich bitte Euch, Ehrwürdiger Abt, im Namen der Liebe Gottes, zu bedenken, ob das, was Ihr tut, auch gut ist, denn ich spüre den Schatten des Bösen über uns allen schweben.«

All dies brachte der verblüffende junge Mann mit der dunklen, schweren Stimme vor, die nicht seine eigene war, und zweifellos tat dieser Kunstgriff seine Wirkung, denn einige abergläubische junge Brüder regten sich unruhig und gafften und murmelten besorgt. Nachdem er seine Botschaft vorgetragen hatte, hob der Bote wieder die Bernsteinaugen und lächelte, als hätte der Ernst seiner Worte überhaupt nichts mit ihm selbst zu tun.

Abt Radulfus schwieg eine lange Weile und beäugte den jungen Mann, der ungerührt und heiter seinen Blick erwiderte, offenbar zufrieden, daß er den Auftrag ausgeführt hatte.

»Das waren die Worte deines Herrn?«

»Wort für Wort, Ehrwürdiger Vater, genau wie er sie mir vorsagte.«

»Und er trug dir nicht auf, in dieser Angelegenheit das Wort zu ergreifen? Willst du nichts hinzufügen?«

Der Junge riß erstaunt die Augen auf. »Ich, Herr? Wie könnte ich? Ich bin nur sein Bote.«

Prior Robert flüsterte dem Abt herablassend ins Ohr: »Es geschieht nicht selten, daß ein Eremit einem Einfaltspinsel Schutz und Arbeit gibt. Es ist ein Akt der Barmherzigkeit. Genau dies ist hier sicher geschehen.« Er hatte leise gesprochen, doch nicht leise genug für Ohren, die

51

scharf und beinahe genauso spitz waren wie die eines Fuchses. Hyacinths Augen funkelten einen Moment, und er lächelte etwas verschlagen. Cadfael, der in etwa den Sinn der geflüsterten Worte verstanden hatte, bezweifelte, ob der Abt hier zustimmen würde. Hinter dem braunen Gesicht schien vielmehr ein äußerst scharfer Verstand zu wohnen, wenn es dem Jungen auch im Augenblick gefiel, den Narren zu spielen.

»Nun«, sagte Radulfus, »du magst zu deinem Herrn zurückkehren, Hyacinth, ihm meinen Dank für seine Sorge und seine Warnung ausrichten und ihm für die Gebete danken, die er, wie ich hoffe, auch weiterhin für uns alle sprechen wird. Bestelle ihm, daß ich Frau Dionisias Beschwerde gegen mich von allen Seiten bedacht habe und daß ich nur tun kann und werde, was ich für richtig halte. Und was die natürlichen Unglücksfälle angeht, die ihm solche Sorgen bereiten, so kann kein gewöhnlicher Mensch sie kontrollieren oder beherrschen, wenn sie auch durch den Glauben zu überwinden sein mögen. Was wir nicht verändern können, darein müssen wir uns fügen. Das ist alles.«

Ohne ein weiteres Wort verneigte sich der Junge tief und anmutig, drehte sich um und verließ ohne Eile das Kapitelhaus, schlank und leichtfüßig mit der beinahe schläfrigen Anmut einer Katze.

Im großen Hof, der um diese Stunde, da die Brüder im Kapitel versammelt waren, fast menschenleer war, zeigte der Besucher keine Eile, zu seinem Herrn zurückzukehren, sondern verweilte, um sich neugierig umzusehen. Er betrachtete die Gemächer des Abtes und den kleinen Rosengarten, das Gästehaus und die Krankenstation und ringsherum den Kreis der Gebäude bis zum Torhaus und der weiten Fläche vor dem Kreuzgang. Richard, der ihm schon seit einigen Minuten auflauerte, kam zuversichtlich aus dem südlichen Bogengang und trat dem Fremden in den Weg.

Da seine Absicht, ein Gespräch zu beginnen, nicht zu verkennen war, blieb Hyacinth gehorsam stehen und betrachtete interessiert das ernste, sommersprossige Gesicht, das ihn ebenso gründlich musterte. »Guten Morgen, junger Mann!« sagte er höflich. »Was willst du von mir?«

»Ich weiß, wer du bist«, antwortete Richard. »Du bist der Diener, den der Eremit mitgebracht hat. Ich habe gehört, daß du mit einer Botschaft von ihm gekommen bist. Ging es dabei um mich?«

»Diese Frage könnte ich besser beantworten«, wandte Hyacinth ein, »wenn ich wüßte, wer dein Herr ist und warum ich mich mit einem so kleinen Jungen abgeben sollte.«

»Ich bin kein kleiner Junge«, erwiderte Richard würdevoll. »Ich bin Richard Ludel, der Herr von Eaton, und die Einsiedelei deines Herrn liegt auf meinem Land. Und du weißt sehr genau, wer ich bin, denn du hast bei der Beerdigung meines Vaters bei den Dienern gestanden. Und wenn du wirklich eine Botschaft gebracht hast, die mich betrifft, dann habe ich das Recht, sie zu erfahren. Es gehört sich so.« Und Richard schob sein kleines, kantiges Kinn vor und baute sich breitbeinig auf, mit unbeirrtem, blaugrünem Blick sein Recht fordernd.

Hyacinth erwiderte einen Moment verwundert den Blick des Jungen. Dann sagte er unumwunden und ganz sachlich, wie ein Mann zu einem anderen und ohne jeden Spott: »Wahr gesprochen, und ich gebe dir recht, Richard. Wo können wir ungestört reden?«

53

Die Mitte des großen Hofes war vielleicht nicht der rechte Ort für ein vertrauliches Gespräch. Richard war sehr von diesem unverkennbar weltlich eingestellten Fremden eingenommen, den er in dieser mönchischen Umgebung als angenehme Abwechslung empfand. Er wollte, da sich jetzt die Gelegenheit bot, soviel wie möglich über ihn erfahren. Außerdem würde das Kapitel bald schließen, und er hatte nicht die Absicht, unter diesen Umständen Prior Roberts Aufmerksamkeit zu erregen oder sich Bruder Jeromes Neugierde auszusetzen. Er faßte Hyacinth zutraulich an der Hand und zog ihn über den großen Hof zur Pforte in der Mauer der Enklave, die als Abkürzung zur Mühle diente.

Dort, auf der Wiese über dem Teich, mit der Mauer im Rücken und dem dicken, federnden Gras unter den Füßen, konnten sie ungestört reden, während sie von der immer noch kräftigen, etwas verschleierten Mittagssonne gewärmt wurden.

»Nun denn!« sagte Richard und kam sofort zur Sache.

»Ich brauche einen Freund, der mir die Wahrheit sagt, denn es gibt so viele Leute, die mein Leben für mich ausrichten wollen und sich dabei doch nicht einig sind. Wie könnte ich auf mich selbst achtgeben und auf alles vorbereitet sein, wenn ich niemanden habe, der mir zuträgt, was sie beabsichtigen. Wenn du auf meiner Seite sein willst, dann kann ich mir überlegen, was ich tun soll. Willst du?«

Hyacinth lehnte sich bequem an die Abteimauer, streckte die wohlgeformten, kräftigen Beine aus und zog im Sonnenlicht die Augen etwas zusammen. »Natürlich kannst du das Beste aus deiner Lage machen, wenn du

54

erfährst, was im Gange ist, Richard. Aber ich kann dir am besten helfen, wenn ich deine Beweggründe kenne. Ich kenne bisher nur das Ende der Geschichte, doch du kennst den Anfang. Wie wäre es, wenn wir alles zusammenlegen und sehen, was daraus entsteht?«

Richard klatschte in die Hände. »Einverstanden! Nun sag mir zuerst, welche Botschaft du heute von Cuthred gebracht hast!«

Hyacinth wiederholte, jedoch ohne die Stimme zu verstellen, Wort für Wort, was er schon im Kapitel vorgetragen hatte.

»Ich wußte es!« sagte das Kind und schlug eine kleine Faust ins dichte Gras. »Ich wußte, daß es irgendwie mit mir zu tun hatte. Also hat meine Großmutter sogar den heiligen Mann durch Schmeicheleien oder Überredung dazu gebracht, für ihre Interessen einzutreten. Ich habe schon gehört, was da in der Schonung passiert ist, aber so etwas passiert eben ab und zu, man kann es nicht verhindern. Du mußt deinen Herrn warnen, nicht auf sie hereinzufallen, auch wenn sie seine Gönnerin ist. Erzähl ihm die ganze Geschichte, denn sie wird es von sich aus nicht tun.«

»Das will ich tun«, stimmte Hyacinth bereitwillig zu, »wenn ich sie kenne.«

»Hat dir noch niemand gesagt, warum sie mich nach Hause holen will? Kein Wort von deinem Meister?«

»Junge, ich erledige nur seine Botengänge, ich bin nicht sein Vertrauter.« Und es schien, als habe der Bote keine Eile, zu seinem Herrn zurückzukehren, denn er setzte sich noch etwas bequemer im Moos an der Mauer zurecht und schlug die schlanken Beine übereinander. Richard kroch näher heran, und Hyacinth rückte noch ein wenig

55

herum, um den spitzen jungen Knochen, die sich an ihn lehnten, einen Halt zu geben.

»Sie will mich verheiraten«, erklärte Richard, »um die beiden Rittergüter neben meinem zu bekommen. Und nicht einmal mit einer richtigen Braut. Hiltrude ist alt – mindestens zweiundzwanzig...«

»Ein beträchtliches Alter«, stimmte Hyacinth ernst zu.

»Aber selbst wenn sie jung und hübsch wäre, wollte ich sie nicht. Ich will keine Frau. Ich mag keine Frauen. Ich brauche keine Frau.«

»Dann bist du hier am richtigen Ort, um ihnen zu entgehen«, bestätigte Hyacinth hilfsbereit. Seine Augen unter den langen kupfernen Wimpern glitzerten belustigt. »Werde Novize und ziehe dich aus der Welt zurück, dann bist du sicher.«

»Nein, dazu habe ich auch keine Lust. Hör zu, ich erzähle dir alles.« Und wortgewandt berichtete er von der drohenden Eheschließung und von den Plänen seiner Großmutter, ihr kleines Reich zu vergrößern. »Willst du also für mich die Augen offen halten und mir alles sagen, was ich wissen muß? Ich brauche jemanden, der ehrlich mit mir ist und mir nicht alles vorenthält, als wäre ich noch ein Kind.«

»Das will ich tun!« versprach Hyacinth bereitwillig und lächelnd. »Ich will Euch, mein Herr, ein treuer Lehnsmann auf Eaton sein, und meine Augen und Ohren sollen die Euren sein.«

»Und willst du auch Cuthred meine Geschichte erzählen? Er soll nicht schlecht vom Vater Abt denken; der tut ja nur, was mein Vater für mich wollte. Aber du hast mir deinen Namen noch nicht gesagt, ich muß doch wissen, wie du heißt.«

»Mein Name ist Hyacinth. Ich habe gehört, daß auch ein Bischof einmal so genannt wurde, aber ich bin kein Bischof. Deine Geheimnisse sind bei einem Sünder sicherer aufgehoben als bei einem Heiligen, und ich bin dir näher als dem Beichtstuhl, habe keine Angst.«

Sie waren so vertraut miteinander geworden, daß sich Richards Magen mit der Zeit nachdrücklich melden mußte, um ihn an das Mittagsmahl zu erinnern. Sie standen auf, um sich zu verabschieden. Richard trottete neben seinem neuen Freund über den Pfad, der unter den Mauern der Enklave bis zur Vorstadt führte. An der Mauerecke nahmen sie Abschied. Richard sah der schmalen, aufrechten Gestalt nach, die sich über die Hauptstraße entfernte, bevor er kehrtmachte und fröhlich tänzelnd durch die Pforte die Enklave betrat.

Hyacinth legte die ersten Meilen seiner Rückreise mit federndem, weitem Schritt zurück, weniger aus einem Gefühl der Eile oder Pflicht, als aus reiner Freude an den fließenden Bewegungen seines Ganges, an der Kraft und der Energie seines Körpers. Er nahm in Attingham die Brücke über den Fluß, watete durch die Feuchtwiesen des Nebenstromes, des Tern, und wandte sich von Wroxeter aus gen Süden nach Eyton. Als er die Ausläufer des Waldlandes erreichte, ging er langsamer und begann zu schlendern, denn da der Tag so schön war, hatte er es mit dem Ankommen nicht eilig. Er mußte das Land der Abtei durchqueren, um die Einsiedelei zu erreichen, die in dem schmalen Ausläufer von Ludels Land lag, der bis ins Nachbargebiet ragte. Fröhlich pfeifend marschierte er auf dem Weg am Bach entlang und umrundete die Nordecke von Eilmunds Schonung. Die Uferböschung, die sich jenseits des Baches erhob und die Schonung schützte, war hoch und steil, doch gut befestigt und mit Gras bewachsen. Bisher hatte sie noch nie nachgegeben, und noch nie war der Bach so breit oder reißend geworden, daß er diesen Abhang hätte unterspülen können. Und doch war es geschehen. Das nackte Erdreich zeigte sich schon von weitem in einer tiefen, dunklen Narbe. Er betrachtete den Spalt und nagte nachdenklich an der Unterlippe, dann zuckte er plötzlich die Achseln und lachte. »Je boshafter desto schöner!« sagte er halblaut und ging weiter zu der Stelle, an der die Böschung unterspült war.

Er war noch einige Meter von der schlimmsten Stelle entfernt, als er einen gedämpften Schrei hörte, der aus der Erde zu kommen schien. Dann vernahm er, wie jemand verzweifelt und unter Schmerzen einatmete, und dann wurde eine ganze Reihe gedämpfter Flüche ausgestoßen. Er war erschrocken, doch er reagierte rasch und rannte sofort los. Er blickte über die Kante des Grabens, in dem schlammiges Wasser rasch anstieg. Auf der anderen Seite hatte es einen frischen Einbruch gegeben, und eine einsame alte Weide, deren Wurzeln schon vom ersten Erdrutsch teilweise freigelegt worden waren, war umgekippt und lag schräg im Bach. Die Äste bebten und raschelten unter den heftigen Bewegungen eines Menschen, der unter ihnen eingeklemmt war, halb im Wasser, halb auf dem Land. Ein Arm tastete zwischen den Blättern nach einem Halt und versuchte, den Baum anzuheben. Durch die peitschenden Blätter sah Hyacinth Eilmunds verschmutztes, verzerrtes Gesicht.

»Wartet!« rief er. »Ich komme hinunter!«

Und hinunter ging er, hüfttief ins Wasser, und tauchte unter die Äste, um den Rücken darunter zu bringen und sie so weit anzuheben, daß der eingesperrte Förster sich befreien konnte. Eilmund stemmte stöhnend und keuchend beide Fäuste in den Lehm, spannte den Rücken und zog sich ein Stück unter dem Ast heraus, der seine Beine einklemmte. Er stieß vor Anstrengung einen halb erstickten Schmerzensschrei aus.

»Ihr seid verletzt!« Hyacinth faßte ihn mit beiden Händen unter den Achseln und stemmte den Rücken fest gegen den dicksten Ast. Der Baum begann schwerfällig zu schwanken. »Jetzt! Los!«

Eilmund strengte sich noch einmal an, Hyacinth hob den Ast, frische Erde rutschte auf sie beide herab, doch die Weide gab nach und rollte klatschend herum. Der Förster lag endlich auf der nackten Erde, die Füße gerade noch im Wasser. Hyacinth, dessen Kleidung von Schlamm überzogen war, kniete neben ihm nieder.

»Ich muß Hilfe holen, ich kann Euch nicht allein hier fortbringen. Und Ihr werdet wohl eine ganze Weile nicht mehr auf Euren eigenen Füßen stehen können. Könnt Ihr bleiben, wie Ihr seid, bis ich John von Longwoods Männer von den Feldern geholt habe? Wir brauchen mehr als einen Mann und außerdem eine Art Bahre oder Trage für Euch. Gibt es noch schlimmere Verletzungen außer denen, die ich jetzt sehe?« Doch was er gesehen hatte, war mehr als genug, und sein braunes Gesicht erbleichte unter den Schlammflecken.

»Mein Bein ist gebrochen.« Eilmund ließ seine breiten Schultern vorsichtig in die weiche Erde sinken und holte tief Luft. »Welch ein Glück, daß Ihr vorbeigekommen seid, denn ich war eingeklemmt, und das Wasser im Bach steigt rasch. Ich wollte die Uferböschung reparieren. Junge«, sagte er und grinste verkrampft, um nicht wieder

59

stöhnen zu müssen, »in Euren schmalen Schultern steckt mehr Kraft, als man Euch auf den ersten Blick zutraut.«

»Könnt Ihr eine Weile so bleiben?« Hyacinth blickte besorgt zur Böschung über ihnen, doch von dort rollten nur noch kleine, harmlose Erdklumpen herab. Der Bewuchs aus Blattpflanzen und Rasen schien die Kante des Kanals zu halten. »Ich werde laufen. Es wird nicht lange dauern.«

So rannte er schnell und schnurgerade zu den Feldern von Eaton und rief den ersten Arbeiter an, den er sah. Sie borgten eine Schafhürde aus und eilten zurück, um den Verletzten, der verständlicherweise unterdrückte Flüche von sich gab, daraufzuheben und die halbe Meile bis zu seiner Hütte im Wald zu tragen. Hyacinth, dem eingefallen war, daß der Mann mit seiner Tochter zusammenlebte, lief voraus, um sie zu warnen und sie zu beruhigen und um ihr Zeit zu geben, für den Verletzten ein Lager vorzubereiten.

Die Hütte lag, von einem gut gepflegten Garten umgeben, auf einer Lichtung im Wald, und als Hyacinth sie erreichte, stand die Tür offen, und im Haus sang ein Mädchen leise bei der Arbeit. So eilig er es auch gehabt hatte, sie zu erreichen, nun schien er fast Hemmungen zu haben, an die Tür zu klopfen oder ohne Klopfen einzutreten. Aber während er noch auf der Türschwelle zögerte, brach der Gesang ab, und sie kam heraus, um zu sehen, wessen leichter Schritt die Kiesel auf dem Weg angestoßen hatte.

Sie war klein, aber stämmig und niedlich herausgeputzt; sie hatte klare blaue Augen und die frische Hautfarbe einer wilden Rose. Ihr zu einem ordentlichen Zopf geflochtenes hellbraunes Haar fiel in Wellen herunter wie die Maserung von polierter Eiche. Sie betrachtete ihn mit offener Neugier und einer Freundlichkeit, die ihm die sonst so bewegliche Zunge lähmte. Trotz der Dringlichkeit seiner Nachricht ergriff sie als erste das Wort.

»Wollt Ihr zu meinem Vater? Er ist draußen in der Schonung, Ihr findet ihn an der Stelle, wo die Böschung eingestürzt ist.« Und die blauen Augen musterten ihn mit Interesse und Genugtuung. Anscheinend gefiel dem Mädchen, was ihre Augen sagen. »Ihr seid sicher der Junge, der mit dem Einsiedler der alten Dame gekommen ist, nicht wahr? Ich habe Euch in seinem Garten arbeiten gesehen.«

Hyacinth bejahte und gab sich einen Ruck, um endlich zu berichten, was er zu berichten hatte. »Der bin ich, und mein Name ist Hyacinth. Euer Vater ist auf dem Rückweg zu Euch, und ich muß leider sagen, daß ihm ein Unglück zustieß, das ihn eine Weile ans Haus fesseln wird. Ich wollte Euch unterrichten, bevor er gebracht wird. Oh, keine Angst, er lebt und ist bei Bewußtsein, und in einiger Zeit wird er wieder der Alte sein. Aber sein Bein ist gebrochen. Es gab einen zweiten Erdrutsch, der einen Baum auf ihn stürzen ließ, so daß er im Graben feststeckte. Er wird aber zweifellos wieder gesund werden.«

Sie war erbleicht und hatte besorgt das Gesicht verzogen, doch sie hatte nicht geschrien. Sie nahm auf, was er sagte, schüttelte sich abrupt und machte sich sofort daran, die Türen weit zu öffnen, damit die Bahre mit dem Verletzten hereingetragen werden konnte. Dann bereitete sie das Lager vor, auf das er gebettet werden sollte, und schließlich setzte sie einen Topf Wasser aufs Feuer. Währenddessen sprach sie ganz praktisch und völlig ruhig über die Schulter mit Hyacinth.

»Es ist nicht das erste Mal, daß er verletzt heimkommt; aber ein Bein hat er sich noch nie gebrochen. Ein Baum ist umgestürzt, sagt Ihr? Diese alte Weide – ich weiß, daß sie schief stand, aber ich hätte nie gedacht, daß sie stürzen könnte. Und ihr habt ihn gefunden? Und Hilfe für ihn geholt?« Die blauen Augen strahlten ihn warm an.

»Einige Männer von Eaton waren ganz in der Nähe damit beschäftigt, einen Abwassergraben zu ziehen. Sie tragen ihn.« Inzwischen waren die Männer, die so schnell wie möglich gelaufen waren, an der Tür. Sie ging hinaus, um sie zu begrüßen, und Hyacinth folgte ihr dicht auf. Es schien, als habe er noch mehr und etwas ganz anderes zu ihr zu sagen, doch die Gelegenheit war vertan. Nun wartete er schweigsam und aufmerksam und sah zu, wie Eilmund ins Haus getragen und auf das Lager gebettet wurde. Man zog ihm sehr vorsichtig die nassen Stiefel und Hosen aus, und der Verletzte gab wieder ein gedämpftes Stöhnen und einige Flüche von sich. Sein linkes Bein war unter dem Knie abgeknickt, doch nicht so weit, daß der Knochen durch das Fleisch hervorstach.

»Ich habe etwa eine Stunde da im Bach gelegen«, quetschte er zwischen zusammengebissenen Zähnen heraus, während sie ihn behandelten. »Und wäre nicht dieser junge Bursche gekommen, dann wäre ich jetzt nicht hier, denn allein konnte ich den Baum nicht von meinem Bein heben, und niemand sonst war in Hörweite. Wirklich, der Bursche ist kräftiger, als man auf den ersten Blick glaubt. Ihr hättet sehen sollen, wie er den Baum von mir gehoben hat.«

Eigenartigerweise liefen Hyacinths schmale, glatte Wangen unter dem dunkelgoldenen Schimmer rot an. Er errötete gewiß nicht oft, aber er hatte diese Fähigkeit auch nicht völlig verloren. Er sagte linkisch: »Kann ich noch etwas für Euch tun? Sagt es nur! Ihr braucht sicher eine geschickte Hand, um den Knochen einzurichten. Dabei kann ich nicht helfen, aber sagt es nur, wenn ich für Euch einen Botengang erledigen soll. Denn das kann ich am besten.«

Das Mädchen drehte sich vom Lager herum, und wieder strahlte sie ihn mit großen blauen Augen an. »Oh, das könnt Ihr, wenn Ihr so gut sein wollt. Wollt Ihr Bruder Cadfael in der Abtei bitten, zu uns zu kommen?«

»Das will ich gern tun!« antwortete Hyacinth so begeistert, als hätte sie ihm ein schönes Geschenk gemacht. Doch als sie sich wieder ihrem Vater zuwenden wollte, hielt er sie auf. Er faßte sie am Ärmel und hauchte ihr drängend ins Ohr: »Ich muß mit Euch reden – später und allein, wenn Euer Vater versorgt ist und Ruhe gefunden hat.«

Ihre Augen funkelten alles andere als ablehnend, doch bevor sie ja oder nein sagen konnte, war er schon hinaus und zwischen den Bäumen verschwunden, um sich auf den langen Rückweg nach Shrewsbury zu machen.

4

Hugh suchte Bruder Cadfael am Spätnachmittag auf und überbrachte ihm die ersten Neuigkeiten, die seit dem Beginn der Belagerung aus Oxford heraufgekommen waren.

»Robert von Gloucester ist wieder in England«, sagte er. »Ich erfuhr es von einem Waffenschmied, der klug genug war, rechtzeitig aus der Stadt zu fliehen. Ein paar Glückliche haben die Warnungen beherzigt. Er sagte, Robert sei trotz der Garnison des Königs in Wareham gelandet, habe all seine Schiffe sicher gelandet und die Stadt eingenommen. Nicht die Burg, noch nicht, aber er hat sich auf eine Belagerung eingerichtet. Er hat allerdings wenig Unterstützung von Geoffrey erhalten, vielleicht eine Handvoll Ritter, nicht mehr.«

»Wenn er sicher gelandet ist und die Stadt besetzt hat«, meinte Cadfael, »was will er dann noch mit der Burg? Er sollte doch eher stehenden Fußes nach Oxford eilen, um seine Schwester aus der Falle zu holen.«

»Er will wohl eher Stephen verlocken, zu ihm zu kommen und Truppen von seiner eigenen Belagerung abzuziehen. Der Mann sagt, die Burg in Wareham sei nicht allzu stark besetzt. Man habe einen Waffenstillstand ausgehandelt und nach dem König geschickt, damit dieser die Burg bis zu einem bestimmten Datum entsetze – der Mann wußte wirklich gut Bescheid, wenn er mir auch das Datum nicht sagen konnte –, und wenn der König nicht rechtzeitig kommt, werde sich die Garnison ergeben. Das sieht Robert ähnlich. Er weiß, daß es nicht schwer ist, Stephen von etwas abzulenken, aber ich glaube, diesmal hat der König sich festgebissen. Wann wird er je wieder so eine Chance bekommen? Nicht einmal er kann sie einfach vertun.«

»Die Dummheiten der Menschen sind unendlich«, erwiderte Cadfael verständnisvoll. »Um ihm Gerechtigkeit willfahren zu lassen, die meisten seiner Dummheiten sind großzügig, und das kann man über seine Gegnerin nicht gerade sagen. Aber ich wünschte wirklich, diese Belagerung von Oxford könnte den Krieg beenden. Wenn er die

Burg erobert und die Kaiserin gefangennimmt, dann ist ihr Leib und Leben bei ihm völlig sicher; eher schon könnte er selbst in Gefahr sein. Was gibt es sonst Neues aus dem Süden?«

»Eine Geschichte, daß man nicht weit von der Stadt entfernt, in den Wäldern an der Straße nach Wallingford, ein streunendes Pferd gefunden habe. Das ist schon eine Weile her, es war etwa zu der Zeit, als alle Straßen nach Oxford gesperrt waren und die Stadt brannte. Das Pferd trug einen blutbefleckten Sattel, und auch die geleerten Satteltaschen waren blutig. Ein Knecht, der sich aus der Stadt geschlichen hatte, bevor sich der Belagerungsring schloß, erkannte Pferd und Zaumzeug als den Besitz eines gewissen Renaud Bourchier, eines Ritters in den Diensten der Kaiserin, der ihr Vertrauen genoß. Wie ich hörte, hatte sie ihn mit dem Auftrag ausgesandt, die Linien des Königs zu durchbrechen und eine Botschaft nach Wallingford zu bringen.«

Cadfael hielt die Hacke, mit der er sich müßig zwischen den Kräuterbeeten beschäftigt hatte, ruhig und wandte seine Aufmerksamkeit ganz dem Freund zu. »Ihr meint zu Brian FitzCount?«

Der Herr von Wallingford war der treueste Gefolgsmann und Gefährte der Kaiserin, der höchstens noch durch ihren Bruder, den Grafen übertroffen wurde. Er hatte die Burg für sie gehalten, den östlichsten und verletzlichsten Vorposten ihres Territoriums, und sich auf allen Feldzügen, im Guten wie im Bösen, als unerschütterlich treuer Gefolgsmann erwiesen.

»Wie kommt es, daß er nicht bei ihr in Oxford ist? Er weicht doch kaum je von ihrer Seite, wie man hört.«

»Der König ist viel schneller vorgestoßen, als man

glaubte. Dadurch wurde er von ihr abgeschnitten. Außerdem nützt er ihr in Wallingford mehr, denn wenn sie je diese Burg verliert, bleibt ihr nur noch ein abgelegenes Gebiet im Westen, das keinen Zugang nach London bietet. Vielleicht hat sie den Boten im letzten Augenblick und in großer Verzweiflung zu ihm geschickt. Die Gerüchte da unten besagen, daß Bourchier einige Wertsachen bei sich getragen habe; nicht Münzen, sondern Juwelen. Das mag die Wahrheit sein, denn schließlich muß er seine Männer bezahlen. Auch wenn sie ihm aus Liebe die Treue halten, sie müssen dennoch leben und essen, und er hat sich in den Diensten der Kaiserin ohnehin schon zum Bettler gemacht.«

»In diesem Herbst gab es einiges Gerede«, sagte Cadfael, der nachdenklich die Stirn runzelte, »daß Bischof Henry von Winchester versucht habe, Brian auf die Seite des Königs zu locken. Bischof Henry hat das Geld, um jeden käuflichen Mann zu kaufen, aber ich glaube, für Fitz-Count hat nicht einmal er genug. Der Mann hat sich die ganze Zeit als absolut unbestechlich erwiesen. Um sich Brians Treue zu sichern, brauchte sie ihre Feinde nicht zu überbieten.«

»Bestimmt nicht. Aber als sich der Belagerungsring des Königs um sie schloß, mag sie daran gedacht haben, ihm in Form von Wertgegenständen zu zeigen, wie sehr sie ihn schätzte, solange der Weg noch offen war oder wenigstens von einem einzelnen tapferen Mann begangen werden konnte. Vielleicht hielt sie dies auch für die letzte Gelegenheit, eine Botschaft auszutauschen.«

Cadfael dachte darüber nach und stimmte schließlich nickend zu. So erbittert ihre Feindschaft auch war, König Stephen würde nie das Leben seiner Cousine in Gefahr bringen; doch wenn es ihm gelang, sie gefangen zu nehmen, mußte er sie natürlich hinter Schloß und Riegel setzen, um seine Regentschaft nicht zu gefährden. Und nicht einmal im Gefängnis würde sie bereit sein, ihren Anspruch auf die Krone aufzugeben und sich auf Bedingungen einzulassen, die es dem König ermöglichten, sie freizugeben. Es war gut möglich, daß auf diese Weise getrennte Freunde und Verbündete sich niemals wiedersahen.

»Und ein einzelner tapferer Mann hat es tatsächlich versucht«, grübelte Cadfael. »Und sein Pferd wurde streunend aufgefunden, das Geschirr war verrutscht, die Satteltaschen geleert und Sattel und Satteltuch waren blutig. Wo ist nun Renaud Bourchier? Ermordet wegen der Dinge, die er bei sich trug, und irgendwo in den Wäldern verscharrt oder in den Fluß geworfen?«

»Was sonst könnte geschehen sein? Seine Leiche wurde noch nicht gefunden. In der Gegend von Oxford haben die Menschen in diesem Herbst Besseres zu tun, als die Wälder nach einem toten Mann abzusuchen. Nach den Plünderungen und Bränden in Oxford gibt es dort genug Tote zu begraben«, erwiderte Hugh bitter. Er schien fast resigniert angesichts der willkürlichen Morde in diesem wechselhaften Bürgerkrieg.

»Ich frage mich, wie viele Menschen im Schloß von seinem Auftrag wußten. Sie hat ihre Absicht wohl kaum öffentlich ausrufen lassen, aber es muß jemand Wind davon bekommen haben.«

»So scheint es, und dieser Jemand hat aus seinem Wissen das Schlechteste gemacht.« Hugh zuckte die Achseln, wie um die fernen Teufel, denen er nicht beikommen konnte, abzuschütteln. »Gott sei Dank bin ich nicht der

Sheriff von Oxfordshire! Wir haben hier zum Glück keine großen Sorgen; höchstens einmal Streitereien zwischen zwei Familien, bei denen es Fausthiebe setzt, ein paar Diebstähle, ab und zu ein Wilderer. Oh, und natürlich der Zauberbann, der über Euren Wald in Eyton gekommen ist.«

Cadfael hatte ihm berichtet, was der Abt möglicherweise nicht für wichtig genug gehalten hatte, daß nämlich Dionisia es vermutlich irgendwie geschafft hatte, ihren Einsiedler in den Streit hineinzuziehen, und daß ein braver Mann wahrscheinlich ihre Rolle als bekümmerte Großmutter, der man grausam die Gesellschaft ihres einzigen Enkelkindes verweigerte, für bare Münze genommen hatte. »Und er fürchtet, daß es noch schlimmer kommt? Ich frage mich, was wir als Nächstes aus Eyton hören.«

Wie es der Zufall wollte, kamen die nächsten Neuigkeiten aus Eyton gerade um die Ecke der Buchsbaumhecke auf sie zu. Sie wurden überbracht von einem Novizen, den Prior Robert in großer Eile vom Torhaus geschickt hatte. Der junge Mönch traf mit vom Laufen wallenden Gewändern ein und holte gerade genug Atem, um seine Botschaft herauszubringen, ohne erst gefragt werden zu müssen.

»Bruder Cadfael, Ihr werdet dringend gebraucht. Der Junge des Einsiedlers ist zurückgekommen, um auszurichten, daß man Euch in Eilmunds Hütte verlangt, und der Vater Abt sagt, Ihr sollt ein Pferd nehmen und sofort aufbrechen und bei Eurer Rückkehr berichten, wie es dem Förster geht. Es hat einen neuen Erdrutsch gegeben, und ein Baum ist auf ihn gestürzt. Sein Bein ist gebrochen.«

Sie boten Hyacinth nach seinen Aufregungen einen Platz zum Ausruhen und eine kräftige Mahlzeit an, doch er wollte nicht bleiben. Solange er Schritt halten konnte, hielt er sich an Cadfaels Zaumzeug fest und rannte neben dem Pferd her, und selbst als seine Kraft nachließ und Cadfael mit höchster Geschwindigkeit vorausritt, trottete der Junge noch verbissen und unbeirrt hinter ihm drein, denn er war anscheinend fest entschlossen, so schnell wie möglich zur Hütte im Wald und nicht zur Klause seines Herrn zurückzukehren. Cadfael wußte, daß sich der Junge mit Eilmund angefreundet hatte, und wahrscheinlich sah er einer Tracht Prügel oder zumindest heftigen Vorwürfen entgegen, wenn er endlich zu seinem Herrn zurückkehrte. Andererseits konnte Cadfael sich, wenn er es bedachte, kaum vorstellen, daß sich dieses wilde, selbstbewußte Geschöpf zahm einem Vorwurf, ganz zu schweigen von einer körperlichen Züchtigung, ergab.

Es war etwa die Stunde der Vesper, als Cadfael in der Einfriedung von Eilmunds Garten vom Pferd stieg. Das Mädchen riß die Tür auf und kam herausgelaufen, um ihn zu begrüßen.

»Bruder, ich hätte nicht geglaubt, daß Ihr so bald schon kommt. Cuthreds Junge muß gelaufen sein wie der Wind, und einen so weiten Weg! Und das, nachdem er meinen Vater aus dem Bach gezogen hatte und völlig durchnäßt war! Wie haben allen Grund, ihm und seinem Herrn dankbar zu sein, denn wäre er nicht gekommen, mein Vater hätte noch Stunden dort liegen können.«

»Wie geht es ihm?« fragte Cadfael, während er seinen Ranzen losschnallte und zum Haus ging.

»Sein Bein ist unterhalb des Knies gebrochen. Ich habe ihm ein Lager bereitet und das Bein von beiden Seiten gestützt, so gut ich konnte, doch es braucht Euer Geschick, um es wieder einzurichten. Und er lag lange halb im Bach, bevor der junge Mann ihn fand; ich fürchte, er hat sich schwer erkältet.«

Eilmund lag unter dicken Decken und begann sich langsam mit seiner hilflosen Lage abzufinden. Er ergab sich stoisch in Cadfaels Behandlung, knirschte mit den Zähnen, gab aber sonst kein Geräusch von sich, als sein Bein eingerichtet und der gebrochene Knochen geschient wurde.

»Es hätte schlimmer ausgehen können«, sagte Cadfael erleichtert. »Es ist ein glatter, sauberer Bruch, und das Fleisch ist kaum verletzt. Doch es ist schade, daß Ihr so weit getragen werden mußtet.«

»Ich wäre fast ertrunken«, knurrte Eilmund. »Das Wasser im Bach stieg schnell. Und Ihr richtet am besten dem Herrn Abt aus, daß er Männer schicken soll, die den Baum entfernen, weil wir hier sonst bald einen See haben.«

»Das will ich tun! Und nun gebt acht! Ich will nicht, daß später eins Eurer Beine kürzer ist als das andere.« Er faßte das gebrochene Bein an Ferse und Spann und zog, bis es wieder genauso lang war wie das gesunde Bein. »Und nun, Annet, legt Eure Hände genauso auf wie ich und haltet fest.«

Sie hatte die Zeit nicht mit untätigem Warten verschwendet, sondern gerade Holzlatten aus Eilmunds Lager, Schafswolle zum Polstern und zusammengerollte Leinenstreifen zum Verbinden bereitgelegt. Die beiden beendeten ihre Arbeit, und Eilmund entspannte sich auf seinem Lager und schnaufte schwer. Die Wangen seines braunen, wettergegerbten Gesichts waren fiebrig gerötet. Cadfael war etwas beunruhigt.

»Es wäre gut, wenn Ihr jetzt ruhen und schlafen könntet. Überlaßt den Abt, den Baum und alles andere, was hier erledigt werden muß, nur mir; ich will mich schon darum kümmern. Ich will Euch einen Trank mischen, der die Schmerzen lindert und Euch ruhig schlafen läßt.« Er bereitete die Medizin zu und verabreichte sie dem Verletzten. Eilmund stritt zwar verächtlich die Notwendigkeit ab, schluckte sie aber dennoch ohne Protest.

»Er wird bald schlafen«, sagte Cadfael zum Mädchen, als sie sich in den vorderen Raum zurückzogen. »Aber sorgt dafür, daß er es die Nacht über warm hat, denn wenn er sich erkältet hat, könnte er ein leichtes Fieber bekommen. Ich will mir die Erlaubnis geben lassen, in den nächsten Tagen noch einige Male zu kommen, bis ich sehe, daß die Heilung gut verläuft. Wenn er Euch Schwierigkeiten macht, dann ertragt ihn, denn das bedeutet nur, daß er nicht schwer verletzt ist.«

Sie lachte leise und unbekümmert. »Oh, in meinen Händen ist er wie Butter. Er knurrt, aber er beißt nicht. Ich weiß ihn schon zu nehmen.«

Es begann bereits zu dämmern, als sie die Haustür öffnete. Im Himmel über ihnen hing noch der schwach goldene, feuchte, verzauberte Nachglanz des Tages, der sich zwischen den dunklen Ästen der Bäume, die den Garten umgaben, in gesprenkelten Lichtflecken zeigte. Und dort im Rasen am Tor saß Hyacinth reglos und wartete mit der zeitlosen Geduld des Baumes, an den er sich gelehnt hatte. Trotz seiner äußerlichen Ruhe wirkte er wie ein wildes, lauerndes Tier. Oder besser, dachte Cadfael, wie ein gehetztes wildes Tier, das sich zu Stille und Schweigen zwingt, um für den Jäger unsichtbar zu sein.

Sobald der Junge sah, daß die Tür geöffnet wurde,

71

stand er mit einer einzigen fließenden Bewegung auf, trat jedoch nicht in die Einfriedung.

Ob Zwielicht oder nicht, Cadfael bemerkte den Blick, der zwischen dem Jungen und dem Mädchen gewechselt wurde. Hyacinths Gesicht war reglos und starr wie Bronze, doch ein Funke des verblassenden Tageslichts fing sich als bernsteinfarbenes Leuchten in seinen Augen, stählern und geheimnisvoll wie bei einer Katze, und eine plötzliche Bewegung und ein Schatten tief in diesen Augen waren die Antwort auf Annets Erröten. Es war nicht weiter überraschend. Das Mädchen war hübsch und der Junge zweifellos attraktiv, und dies um so mehr, als er ihrem Vater einen unschätzbaren Dienst erwiesen hatte. Und es war ganz natürlich und menschlich, daß durch diesen Vorfall zwischen Vater, Tochter und Retter enge Bande entstanden. Nichts ist angenehmer und erfreulicher als das Gefühl, ein gutes Werk getan zu haben. Nicht einmal die Wohltat, Empfänger eines solchen zu sein.

»Dann will ich mich wieder auf den Weg machen«, sprach Cadfael in die gleichgültige Luft und stieg leise auf, um nicht den Zauber zu brechen, der die beiden gefangen hielt. Doch unter den schützenden Bäumen sah er sich noch einmal um. Sie standen noch, wie er sie verlassen hatte, und Cadfael hörte die Stimme des Jungen klar und ernst in der Stille der Dämmerung. »Ich muß mit dir reden!«

Annet sagte kein Wort, doch sie schloß hinter sich leise die Haustür und ging ihm entgegen, um ihn am Tor zu treffen. Und Cadfael ritt versonnen lächelnd durch die Wälder. Nüchtern betrachtet gab es über diese Begegnung eigentlich nicht viel zu lächeln. Trotz aller gemeinsamen Erlebnisse bestanden zwischen diesen beiden nicht viele

Gemeinsamkeiten: auf der einen Seite die Tochter des Abteiförsters, eine gute Partie für jeden begüterten, angesehenen jungen Mann in diesem Teil der Grafschaft, auf der anderen Seite ein armer, heimatloser Fremder, der von der Barmherzigkeit seines Herrn abhing und kein Land besaß, der kein Handwerk ausübte und keine Verwandten hatte.

Cadfael versorgte sein Pferd im Stall, bevor er Abt Radulfus aufsuchte, um ihm zu berichten, wie die Dinge im Wald von Eyton standen. In den Ställen herrschte eine gewisse Unruhe, denn neue Gäste waren eingetroffen, deren Pferde untergebracht und gefüttert werden mußten. In der letzten Zeit hatte es nur wenig Reisende gegeben; im Sommer kamen viele Händler vorbei und Handwerker auf Wanderschaft, doch nun hatte sich herbstliche Stille über das Land gesenkt. Später, kurz vor dem Weihnachtsfest, würde sich das Gästehaus wieder füllen, denn dann eilten Reisende nach Hause und Verwandte kamen, um Verwandte zu besuchen. In dieser ruhigen Zwischenzeit jedoch hatte man die Muße, jeden Neuankömmling ausgiebig zu begutachten und jener Neugierde nachzugeben, die bei denen besonders ausgeprägt ist, die dem Auf und Ab der Welt abgeschworen haben.

Und nun kam gerade ein Mann mit langen, ausgreifenden Schritten aus den Stallungen und überquerte den Hof. Dem Gang nach war es ein selbstbewußter, temperamentvoller Mann, gut gekleidet, mit eleganten Stiefeln an den Füßen und mit Schwert und Dolch bewaffnet, der sich zweifellos seiner Stellung bewußt war. Er schob sich im Tor an Cadfael vorbei. Es war ein großer, kräftiger und

73

energischer Mann, dessen Gesicht einen Augenblick hell beleuchtet wurde, als er unter die Fackel im Torbogen trat. Er hatte ein breites, fleischiges doch hartes Gesicht, muskulöse Arme wie ein Ringer, und trotz seines guten Aussehens wirkte er ein wenig brutal. Es war das Gesicht eines Mannes, der im Augenblick nicht zornig war, der aber jederzeit bereit schien, seiner Wut freien Lauf zu lassen. Er war sauber rasiert, was seine kräftigen Gesichtszüge sogar noch furchteinflößender machte, und die Augen, die herrisch starrten, wirkten in diesem massigen Gesicht unpassend klein, obwohl sie es in Wirklichkeit wahrscheinlich gar nicht waren. Alles in allem ein Mann, dem man besser nicht in die Quere kam. Er mußte etwa fünfzig Jahre alt sein, doch die Zeit hatte gewiß nicht aufgeweicht, was von Anfang an hart wie Granit gewesen war.

Sein Pferd stand vor einem offenen Verschlag im Stall. Es dampfte leicht, als wäre das Satteltuch gerade erst heruntergenommen worden. Ein Knecht rieb das Pferd ab und redete bei der Arbeit beruhigend auf das Tier ein. Der Pferdeknecht war ein magerer, drahtiger Bursche, der schon altersgrau wurde. Er trug eine verblichene, grob gewirkte dunkelbraune Hose und einen abgestoßenen Ledermantel. Er warf Cadfael einen schrägen Blick zu und begrüßte ihn mit einem schweigenden Nicken; er schien so daran gewöhnt, allen Menschen mit Vorsicht begegnen zu müssen, daß er selbst einem Benediktinerbruder eher auswich, als ihn freudig zu begrüßen.

Cadfael sprach dennoch ein fröhliches Willkommen und begann, sein eigenes Pferd abzuzäumen. »Seit Ihr weit geritten? War das Euer Herr, den ich im Tor traf?«

»Das war er«, antwortete der Mann ohne aufzublicken und schwieg wieder.

74

»Ich kannte ihn nicht. Woher kommt ihr? Wir haben um diese Jahreszeit nicht viele Gäste.«

»Aus Bosiet – das ist ein Gut hinter Northampton, ein paar Meilen südöstlich der Stadt. Er ist es selbst, Drogo Bosiet. Ihm gehört dort unten ein gutes Stück Land.«

»Da ist er aber weit von seinem Heim entfernt«, bemerkte Cadfael interessiert. »Wohin will er denn? Wir haben hier in dieser Gegend nur selten Reisende aus Northamptonshire.«

Der Knecht richtete sich auf, um den neugierigen Frager mit einem langen, schmalen Blick zu mustern, und entspannte sich ein wenig, da er Cadfael liebenswürdig und harmlos fand. Doch er blieb verschlossen wie er war und wurde nicht gesprächiger.

»Er will jagen«, erwiderte er mit einem grimmigen und verstohlenen Lächeln.

»Aber keine Hirsche«, vermutete Cadfael, der nun seinerseits den Mann musterte und das Lächeln sehr wohl bemerkt hatte. »Und sicherlich auch keine Kaninchen, würde ich sagen.«

»Da habt Ihr recht. Er sucht einen Mann.«

»Einen Entlaufenen?« Cadfael konnte es kaum glauben. »So weit von daheim entfernt? Ist denn ein fortgelaufener Leibeigener soviel Zeit und Mühe wert?«

»Dieser schon. Er ist wertvoll und geschickt, aber das ist noch nicht alles«, erzählte der Mann, der nun allmählich sein Mißtrauen und seine Zurückhaltung aufgab. »Er hat mit diesem Burschen eine Rechnung zu begleichen. Wir hörten, daß er nach Westen und Norden gegangen sei, und mein Herr hat jedes Dorf und jede Stadt auf dem Weg abgesucht und mich mitgenommen, während sein Sohn mit einem anderen Knecht in eine andere Richtung

75

ging. Wir werden bis zur walisischen Grenze vorstoßen. Aber ich selbst, ich wäre blind, wenn ich den Burschen sehen würde. Nicht einmal einen entlaufenen Hund würde ich ihm zurückgeben, ganz zu schweigen von einem Mann.« Seine trockene Stimme klang jetzt kraftvoller und leidenschaftlicher, und endlich drehte er sich ganz herum, so daß das Fackellicht sein Gesicht beschien. Auf einer Wange war eine schwärzliche Prellung zu sehen, der Mundwinkel war aufgerissen und geschwollen und allem Anschein nach eitrig entzündet.

»Von ihm?« fragte Cadfael, der die Wunde sofort bemerkte.

»Allerdings, das ist sein Zeichen, und er hat es mir mit dem Siegelring aufgedrückt. Ich war gestern morgen, als er aufsitzen wollte, nicht schnell genug mit dem Zaumzeug zur Hand.«

»Ich kann eure Wunde versorgen«, sagte Cadfael, »wenn Ihr eine Weile warten wolltet, bis ich mich in einer anderen Angelegenheit mit dem Abt besprochen habe. Ihr solltet mich die Wunde reinigen lassen, denn sie könnte sich schlimm entzünden. Übrigens«, fügte er gelassen hinzu, »Ihr seid weit von seinen Ländereien entfernt und nahe genug an der Grenze, um fortzulaufen, falls Ihr das im Sinn habt.«

»Bruder«, erwiderte der Knecht mit einem kurzen und bitteren Lachen, »ich habe Weib und Kinder in Bosiet, ich bin gebunden. Brand war jung und unverheiratet, und seine Beine sind flinker als die meinen. Aber jetzt will ich das Tier in den Verschlag bringen und meinem Herrn aufwarten, denn sonst reißt er mir auch noch die andere Hälfte meines Gesichts auf.«

»Dann kommt zur Treppe des Gästehauses«, sagte

Cadfael, der sich plötzlich an seine eigenen Pflichten erinnerte, »sobald er im Bett ist und schnarcht, und dann will ich Eure Wunde säubern.«

Abt Radulfus hörte Cadfaels Bericht besorgt, aber auch mit einer gewissen Erleichterung an und versprach, bei Tagesanbruch Helfer auszuschicken, um die Weide fortzuräumen, den Bach zu säubern und die Uferböschung zu sichern. Er nickte ernst, als er hörte, daß Eilmunds langer Aufenthalt im Wasser seine Erholung beeinträchtigen könnte, obwohl der Bruch selbst glatt und sauber war.

»Ich würde ihn gern morgen einmal besuchen und mich vergewissern, daß er auch im Bett bleibt«, sagte Cadfael schließlich, »denn er könnte ein leichtes Fieber bekommen, und Ihr kennt ihn ja, Vater, es wird mehr brauchen als die Schelte seiner Tochter, um ihn im Bett zu halten. Wenn er einen Befehl von Euch bekommt, wird er eher gehorchen. Ich will sein Maß für Krücken nehmen, aber ich will sie ihm erst geben, wenn ich sicher bin, daß er auch aufstehen kann.«

»Ihr habt meine Erlaubnis, zu kommen und zu gehen, wie Ihr es für richtig haltet«, erwiderte Radulfus, »so lange er Eure Pflege braucht. Bis dahin soll Euch auch das Pferd zur Verfügung stehen. Die Reise ist zu Fuß recht langwierig, und Ihr könnt nicht den ganzen Tag ausbleiben, da Bruder Winfrid noch nicht richtig eingearbeitet ist!«

Cadfael dachte lächelnd an seinen Helfer. »Nun, für den jungen Hyacinth war es eine recht kurze Reise. Er hat all diese Meilen heute schon viermal zurückgelegt. Hin und zurück im Auftrag seines Herrn, und abermals hin und zurück für Eilmund. Ich hoffe nur, der Eremit nimmt es dem Jungen nicht übel, daß er so lange ausblieb.«

Cadfael mußte daran denken, daß der Pferdeknecht aus Bosiet möglicherweise zuviel Angst vor seinem Herrn hatte, um sich herauszuwagen, wenn sein Herr schlief. Doch er kam; er huschte verstohlen nach draußen, als die Brüder gerade die Komplet verließen. Cadfael führte ihn durch die Gärten zu seiner Werkstatt im Herbarium und zündete eine Lampe an, um die aufgekratzte Stelle im Gesicht des Mannes zu versorgen.

Die kleine Kohlenpfanne war schon für die Nacht bedeckt, aber noch nicht gelöscht; offenbar hatte Bruder Winfrid daran gedacht, daß sie jederzeit gebraucht werden könnte. Er lernte rasch, und eigenartigerweise zeigte er im Umgang mit Kräutern und Medizinen eine Fingerfertigkeit, die er bei der Arbeit mit Feder und Pinsel schmerzlich vermissen ließ. Cadfael deckte das Feuer ab und blies es an, bis es gleichmäßig glühte, und setzte Wasser auf.

»Dann ist Euer Herr jetzt fest eingeschlafen? Und er wird nicht aufwachen? Aber selbst wenn er aufwacht, er wird Euch um diese Stunde nicht mehr brauchen. Trotzdem, ich will mich beeilen.«

Der Knecht saß fügsam auf der Bank und ließ, das Gesicht gehorsam ins Licht der Lampe gewendet, geduldig die Behandlung über sich ergehen. Die aufgekratzte Stelle wechselte an den Rändern schon von Schwarz zu Gelb, doch der Riß im Wundwinkel blutete leicht und war vereitert. Cadfael tupfte den Schorf ab und reinigte den Riß mit einem Gemisch aus Wasser-Braunwurz und Sanikel.

»Er ist sehr freigebig mit seinen Fausthieben, Euer Herr«, meinte Cadfael mitfühlend. »Ich kann hier sogar die Spuren von zwei Schlägen entdecken.«

»Einmal ist ihm meistens nicht genug«, antwortete der Mann zornig. »Er schlägt ganz nach seiner Art. Es gibt noch schlimmere von seiner Sorte, und Gott helfe allen, die ihnen dienen. Der Sohn ist genau wie er. Aber was kann man anderes erwarten, wenn er es von Geburt an gewöhnt ist? Er wird in ein oder zwei Tagen zu uns stoßen, und wenn er Brand bis dahin nicht erwischt hat, was Gott verhüte, dann wird die Jagd weitergehen.«

»Nun, dann werdet Ihr also mindestens einen Tag bleiben, so daß diese Wunde etwas abheilen kann. Wie ist Euer Name, Freund?«

»Warin. Euren Namen kenne ich schon, Bruder, der Krankenwärter hat ihn mir genannt. Oh, die kühle Arznei tut gut.«

»Ich hätte gedacht«, sagte Cadfael, »daß Euer Herr sich zunächst an den Sheriff wendet, wenn er etwas gegen seinen Entlaufenen vorzubringen hat. Die Handwerker der Stadt würden wahrscheinlich ohnehin den Mund halten, denn für eine Stadt ist es immer ein Gewinn, einen guten Arbeiter aufzunehmen. Aber die Offiziere des Königs sind an ihren Eid gebunden, ob sie wollen oder nicht, und sie müssen einem Herrn zu seinem Besitz verhelfen.«

»Wie Ihr gesehen habt, sind wir zu spät eingetroffen, um uns heute noch an die Vertreter des Gesetzes zu wenden. Er weiß genau, daß Shrewsbury eine Freistatt ist, die ihn möglicherweise um seine Beute betrügt, wenn es der Junge bis hierhin geschafft hat. Er will zwar zum Sheriff gehen, doch hat er hier Quartier bezogen, weil er glaubt, die Kirche müsse ihm ebenso wie das Gesetz zu seinem Recht verhelfen. Er hat darum gebeten, morgen im Kapitel seinen Fall vortragen zu dürfen, und will erst danach in die Stadt zum Sheriff. Er wird jeden Stein umdrehen, bis er Brand gefunden hat.«

Cadfael überlegte unterdessen, ob er Hugh nicht eine Nachricht schicken sollte, damit dieser sich einstweilen etwas rar machte.

»Was in aller Welt«, fragte er, »hat der Mann denn getan, daß euer Herr solche Rachegefühle gegen ihn hegt?«

»Nun, er hat sich schon öfter Ärger eingehandelt, weil er sich immer für seine eigenen Anliegen und für die von anderen eingesetzt hat, und das ist in den Augen Drogos bereits ein Verbrechen. Ich weiß nicht genau, was an diesem letzten Tag geschehen ist, aber was es auch war, auf jeden Fall wurde Bosiets Aufseher, der sich meist genauso benimmt wie sein Herr, auf einer Trage ins Gutshaus gebracht und war für mehrere Tage ans Bett gefesselt. Anscheinend war zwischen den beiden etwas vorgefallen, Brand streckte ihn nieder, und dann war Brand plötzlich verschwunden und wurde überall in Northampton gesucht. Aber man fand ihn nicht, und die Spur führte in Eure Grafschaft. Wenn Drogo ihn je erwischt, dann wird er ihn schwer verprügeln, aber ohne ihn zu verkrüppeln, weil er zu wertvoll ist. Doch er wird seinen Groll an dem Burschen auslassen und dann sein Leben lang so viel Profit wie möglich aus ihm schlagen und dafür sorgen, daß er nie wieder eine Chance zum Fortlaufen bekommt.«

»Dann soll der Bursche sehen, daß er sich in Sicherheit bringt«, meinte Cadfael trocken. »Wenn gute Wünsche ihm helfen können, dann soll er meine haben. Jetzt haltet einen Augenblick still – so! Und die Salbe könnt Ihr mitnehmen und so oft auftragen, wie Ihr wollt. Sie lindert die Entzündung und unterdrückt die Schwellung.«

Warin wendete das kleine Töpfchen neugierig in der

Hand und legte einen Finger an die Wange. »Was ist darin, daß es so rasch wirkt?«

»Johanniskraut und Maßliebchen, beide sind gut für Wunden. Und wenn sich morgen eine Gelegenheit bietet, dann laßt mich noch einmal nach der Wunde sehen. Und bleibt aus seiner Reichweite!« rief ihm Cadfael freundlich und bedeckte die Kohlenpfanne mit frischem Torf, damit sie still und sicher bis zum Morgen glimmen konnte.

Drogo Bosiet erschien wie angekündigt am nächsten Morgen im Kapitel und trat, von sich eingenommen, laut und herrisch vor die Versammlung. Ein klügerer Mann hätte erkannt, daß die Autorität allein dem Abt zukam, der sie auch auszuüben wußte, so ruhig und gemessen seine Stimme auch klang und so verschlossen sein Gesicht auch war.

Nun gut, dachte Cadfael, der von seinem rückwärtigen Stuhl aus mit schmalen Augen und etwas beunruhigt zusah. Radulfus wird schon wissen, wie der Mann einzuschätzen ist, und sich sicher nicht aus der Ruhe bringen lassen.

»Ehrwürdiger Abt«, sagte Drogo, breitbeinig auf den Bodenplatten stehend wie ein gereizter Bulle, »ich bin gekommen auf der Suche nach einem Übeltäter, der meinen Aufseher angegriffen und verletzt hat und dann von meinem Land geflohen ist. Mein Besitz liegt einige Meilen südöstlich von Northampton, und dem Vernehmen nach ging er zunächst in die Stadt, um sich von dort aus wahrscheinlich zur walisischen Grenze zu wenden. Wir haben ihn den ganzen Weg hier herauf gejagt, und von Warwick habe ich diese Straße nach Shrewsbury genommen, während mein Sohn nach Stafford gegangen ist, um

81

hier wieder zu mir zu stoßen. Ich frage Euch nun, ob in der letzten Zeit ein Fremder im passenden Alter in diese Gegend gekommen ist.«

»Ich gehe davon aus«, erwiderte der Abt nach einer langen, nachdenklichen Pause, während er gelassen das herrische Antlitz und das überhebliche Gehabe seines Besuchers betrachtete, »daß dieser Missetäter Euer Leibeigener ist.«

»So ist es.«

»Und Ihr wißt sicher auch«, fuhr Radulfus freundlich fort, »daß Ihr Euch an das Gericht wenden müßt, um ihn wieder in Euren Besitz zu nehmen, nachdem er sich aus Eurer Grafschaft entfernt hat?«

»Mein Herr«, antwortete Drogo ungeduldig und verächtlich, »das will ich gern tun, wenn ich ihn erst gefunden habe. Der Mann gehört mir, und ich will ihn haben. Er hat mir einigen Kummer gemacht, doch er hat wertvolle Fähigkeiten, und ich will mir nicht rauben lassen, was mir gehört. Das Gesetz wird mir in dem Land, in dem das Vergehen begangen wurde, zu meinem Recht verhelfen.« Es bestand kein Zweifel, daß die Gesetze, die in seiner Grafschaft galten, auf ein Nicken seines Kopfes in seinem Sinne ausgelegt werden würden.

»Wenn Ihr uns verraten könnt, wie Euer Flüchtling aussieht«, sagte der Abt entgegenkommend, »dann wird Bruder Denis Euch sogleich erklären können, ob wir einen solchen Besucher beherbergt haben.«

»Er trägt den Namen Brand – er ist zwanzig Jahre alt, hat dunkles, rötliches Haar, ist schlank und stark und bartlos.«

»Nein«, erklärte Bruder Denis, der für die Gäste zuständig war, ohne Zögern. »Einen solchen jungen Mann haben wir hier nicht aufgenommen. Gewiß nicht in den letzten fünf oder sechs Wochen. Wenn er allerdings auf dem Weg bei einem reisenden Händler oder Handwerker Arbeit gefunden hat, dann mag er zusammen mit drei oder vier anderen Gesellen unbemerkt vorbeigekommen sein – doch ein einzelner junger Mann – nein.«

»Nun«, sagte der Abt mit seiner ganzen Autorität, um allen anderen zuvorzukommen, obwohl außer Prior Robert ohnehin niemand gewagt hätte, vor ihm das Wort zu ergreifen, »dann wird es das Beste sein, Ihr wendet Euch an den Sheriff auf der Burg, denn seine Offiziere wissen viel besser als wir hier in der Enklave, wer kürzlich in die Stadt gekommen ist. Die Verfolgung von Kriminellen und Missetätern ist ihre Sache, und sie tun ihre Pflicht gründlich und umsichtig. Auch die Handwerker der Stadt hüten ihre Rechte und haben allen Grund, die Augen offen zu halten. Ich empfehle Euch, Euch an sie zu wenden.«

»Das will ich tun, Ehrwürdiger Vater. Aber auch Ihr wollt bitte mein Anliegen nicht vergessen und mich unterrichten, sobald Ihr etwas hört, das meiner Sache dienen könnte.«

»Dieses Haus wird tun, was recht und billig erscheint«, erwiderte der Abt kühl und sah mit ausdruckslosem Gesicht zu, wie Drogo Bosiet sich mit einem äußerst knappen Kopfnicken verabschiedete, auf dem Absatz kehrtmachte und aus dem Kapitelhaus schritt.

Radulfus schenkte sich einen Kommentar über den Auftritt des Bittstellers, da er glaubte, durch den Tonfall seiner Antworten bereits genug gesagt zu haben. Und als die Brüder eine Weile später das Kapitel verließen, hatten Drogo und sein Knecht schon wieder die Pferde gesattelt und waren ausgeritten, zweifellos über die Brücke in die

Stadt, um Hugh Beringar in der Burg aufzusuchen. Bruder Cadfael hatte beabsichtigt, kurz im Herbarium und in seiner Werkstatt vorbeizuschauen, um nachzusehen, ob alles in Ordnung sei und um Bruder Winfrid eine Arbeit zu geben, bei der er auch ohne Aufsicht möglichst wenig Unheil anrichten konnte. Danach wollte er noch einmal zu Eilmunds Hütte reiten.

Doch der Lauf der Ereignisse wollte es anders. An diesem Tag starb einer der greisen Brüder in der Krankenstation, und Bruder Edmund, der einen Gefährten brauchte, der mit ihm wachte, nachdem der müde alte Mann die letzten fast unhörbaren Worte seiner letzten Beichte geflüstert und die Sterbesakramente erhalten hatte, wandte sich zunächst und voller Vertrauen natürlich an seinen ältesten Freund und Verbündeten bei den Kranken. Sie hatten diesen Dienst schon viele Male zusammen verrichtet; der eine, Edmund, der von Geburt an im Kloster gelebt hatte, und der andere, Cadfael, der sich erst nach einem erfüllten Leben in der weiten Welt für das Kloster entschieden hatte. Sie bildeten die Gegenpole von *oblatus* und *conversus*, und sie verstanden einander so gut, daß sie nur wenige Worte brauchten.

Der alte Mann starb schmerzlos und federleicht, da sein ganzer einst scharfer und wacher Geist schon lange verflogen war, doch das Sterben ging langsam. Die verblassende Kerzenflamme flackerte nicht, sie wurde nur in absoluter Ruhe Sekunde um Sekunde dunkler, und sie zog sich so behutsam zurück, daß die beiden wachenden Brüder den Augenblick verpaßten, als der letzte Funke verlosch; erst als die Spuren des Alters aus dem Gesicht wichen und die Falten sich sanft glätteten, erkannten sie, daß er gestorben war.

»So mögen alle guten Männer verscheiden!« sagte Edmund inbrünstig. »Ein wahrhaft gesegneter Tod. Ich frage mich, ob Gott ebenso milde mit mir verfährt, wenn meine Zeit gekommen ist.«

Sie versorgten gemeinsam den Toten und traten in den großen Hof, um Anweisungen zu geben, daß seine sterblichen Überreste in die Friedhofskapelle überführt werden konnten.

Dann war da auch noch Bruder Pauls jüngster Schuljunge, der in jugendlichem Eifer eine Stufe verfehlt hatte, die halbe Treppe heruntergepurzelt und mit blutenden Knien auf dem Pflaster im Hof liegengeblieben war. Der Junge mußte aufgesammelt, gebadet, verbunden und danach mit einem Apfel zum Spielen geschickt werden – als Belohnung dafür, daß er so tapfer abstritt, verletzt zu sein. Erst dann konnte Cadfael in die Ställe gehen und das ihm zugeteilte Pferd satteln. Inzwischen war es schon fast Zeit für die Vesper.

Er führte gerade das Pferd quer über den Hof zum Torhaus, als Drogo Bosiet durch den Bogen hereingeritten kam. Seine schönen Gewänder waren nach dem anstrengenden Tag etwas zerknittert und staubig, sein Gesicht war düster, und Warin hielt sich etwas ängstlich einige Schritte hinter ihm, bereit, auf den leisesten Wink zu gehorchen, doch gleichzeitig vorsichtig genug, aus den Augen und außer Sicht zu bleiben. Offenbar hatte die Jagd nichts eingebracht, denn die Jäger kamen mit leeren Händen. Warin mußte an diesem Abend gewiß achtgeben, sich dem kräftigen Arm mit dem Siegelring fernzuhalten.

Cadfael ritt beruhigt und zufrieden durchs Tor und beeilte sich, seinen Patienten in Eyton zu erreichen.

5

Richard hatte den ganzen Nachmittag mit den anderen Jungen in den Hauptgärten der Abtei jenseits des Flusses verbracht, wo gerade die letzten Birnen geerntet wurden. Man hatte den Kindern erlaubt zu helfen und in bescheidenem Umfang auch zu naschen, obwohl das Obst nach der Ernte eigentlich noch reifen mußte. Doch diese letzten Früchte hatten lange genug am Baum gehangen, um bereits eßbar zu sein.

Es war ein schöner Tag voller Sonne und Freiheit gewesen, und die Jungen hatten an einer seichten Stelle im Fluß geplanscht. Nun, gegen Ende des Tages, widerstrebte es Richard, zur Vesper ins Haus zu gehen und danach zum Abendessen und ins Bett. Er trödelte am Ende der Prozession herum, die sich am Fluß entlang und den grünen, mit Büschen bewachsenen Abhang zur Vorstadt hinauf bewegte. In der Stille des Spätnachmittags tanzten Wolken von Mücken über dem Wasser und Fische sprangen müßig zu ihnen hoch. Unter der Brücke wirkte der Fluß wie ein stehendes Gewässer, obwohl Richard natürlich wußte, daß die Strömung schnell und tief war. Dort hatte einmal eine Mühle gelegen, die von der Kraft des Flusses angetrieben worden war.

Der neunjährige Edwin, sein treuester Verbündeter, bildete mit ihm die Nachhut, doch der Junge beobachtete etwas besorgt über die Schulter, wie sich die Distanz zwischen ihnen und dem Ende der Prozession vergrößerte. Er war nach seinem Sturz für seine Tapferkeit gelobt worden und hatte nicht die Absicht, sich dieses Wohlwollen dadurch wieder zu verscherzen, daß er zu spät zur Vesper kam. Andererseits wollte er aber auch seinen

Kameraden nicht allein lassen. Er zögerte unschlüssig und rieb sich das bandagierte Knie, das noch etwas schmerzte.

»Richard, komm schon, wir dürfen nicht trödeln. Schau mal, die sind schon auf der Hauptstraße.«

»Ach, die holen wir leicht wieder ein«, antwortete Richard und tauchte noch einmal die Zehen ins flache Wasser. »Aber geh du nur weiter, wenn du willst.«

»Nein, ich gehe nicht ohne dich. Aber ich kann nicht so schnell rennen wie du, mein Knie ist steif. Mach schon, wir kommen zu spät.«

»*Ich* nicht, ich kann dort sein, bevor die Glocke läutet, aber ich habe vergessen, daß du nicht rennen kannst wie sonst. Geh du nur vor, ich hole dich am Torhaus wieder ein. Ich will nur noch sehen, wem das Boot gehört, das da unter der Brücke hervorkommt.«

Edwin zögerte und entschied sich dann, zu tun, was er selbst für richtig hielt. Die letzte schwarze Kutte am Ende der Prozession erreichte gerade die Hauptstraße und verschwand. Niemand hatte sich umgesehen, um die beiden saumseligen Jungen zu rufen oder zu schelten, so daß sie mit ihrem Gewissen allein geblieben waren. Edwin machte kehrt und rannte so schnell, wie er es mit seinem steifen Knie konnte, den Gefährten hinterdrein. Vom Abhang aus blickte er noch einmal zurück, doch Richard stand schon bis zu den Knien in einer kleinen Bucht und ließ gekonnt flache Steine über das ruhige Wasser hüpfen. Edwin entschied sich für die Tugend und ließ ihn allein.

Richard hatte nicht die Absicht gehabt, wirklich zu spät zu kommen, doch das Spiel zog ihn in seinen Bann, da jeder Wurf besser war als der letzte, und so begann er, in der Uferböschung eifrig nach flachen und glatten Steinen zu suchen, denn er wollte das gegenüberliegende Ufer erreichen. Und dann nahm einer der Jungen aus der Stadt, der vor dem Wiesenstück unterhalb der Stadtmauern geschwommen war, die Herausforderung an und begann, tanzende Steine zurückzuwerfen, bis beide Jungen, jeder auf seiner Seite, nackt im Flachwasser standen. Richard war von dem Wettkampf so gefesselt, daß er die Vesper völlig vergaß und erst von der kleinen, fernen Glocke an seine Pflichten erinnert wurde. Er ließ sofort den Stein fallen, gab sich seinem Rivalen geschlagen und kletterte hastig ans Ufer, um sich die Schuhe zu schnappen und wie ein Hase zur Vorstadt und zur Abtei zu hetzen.

Er kam zu spät. Als er atemlos das Torhaus erreichte und sich vorsichtig, um nicht bemerkt zu werden, durch die Pforte schob, hörte er, wie die Brüder in der Kirche den ersten Psalm anstimmten.

Nun, es war keine allzu große Sünde, einen Gottesdienst zu versäumen, aber trotzdem wollte er in diesem Augenblick, da er mit ernsten Familienangelegenheiten außerhalb des Klosters beschäftigt war, die Liste seiner Sündenfälle nicht unbedingt vergrößern. Glücklicherweise nahmen oft auch die Kinder der Aufseher und der Laienbrüder an der Vesper teil, so daß sich in diesem Augenblick eine ganze Schar von Schuljungen in der Kirche befand. Ein einziger kleiner Abtrünniger fiel da nicht weiter auf, und wenn er sich, sobald sie nach dem Gottesdienst die Kirche verließen, in ihre Reihen schleichen konnte, mochte man ihm sogar abnehmen, daß er die ganze Zeit bei ihnen gewesen war. Es war das beste, was ihm einfallen wollte. So schlich er in den Kreuzgang und versteckte sich in der ersten Nische der Südseite, von der aus er die Südtür der Kirche im Auge behalten konnte. Durch diese Tür würden Brüder, Gäste und Knaben nach dem Gottesdienst herauskommen. Und wenn die Meßdiener und die Chormönche erst vorbei waren, sollte es nicht mehr schwer sein, sich unbemerkt unter die anderen Jungen zu mischen.

Und da kamen sie endlich, Abt Radulfus, Prior Robert und die Brüder, und schritten feierlich an ihm vorbei in den Abend hinaus und zu ihrem Abendessen.

Nach ihnen kamen, weniger geordnet, die Jungen. Richard schob sich an der schützenden Mauer entlang und hielt sich bereit, um sich im rechten Augenblick unter sie zu mischen. Doch in diesem Augenblick erhob sich eine vertraute, strenge Stimme. Der Sprecher stand genau in dem Torbogen, durch den die Kinder kommen mußten.

»Schweigt, ihr da! So kurz nach einem Gottesdienst will ich kein Geschwätz von euch hören! Wo habt ihr nur gelernt, euch so zu benehmen, nachdem ihr gerade noch an einem heiligen Ort wart? Zurück in Reih und Glied, immer zwei und zwei, und benehmt euch anständig.«

Richard erstarrte und wäre am liebsten mit der kalten Steinmauer verschmolzen. Er zog sich leise in die dunkelste Ecke der Nische zurück. Wie konnte Bruder Jerome nur auf die Idee kommen, die Prozession der Chormönche vorbeiziehen lassen, um die unschuldigen Kinder zu schelten? Er stand unbeweglich im Gang und scheuchte sie zu Zweierreihen zusammen. Richard konnte nur noch in seinem Versteck kauern und alle Hoffnung fahren lassen, in die frische Abendluft auf dem großen Hof zu entkommen. Er saß in der Falle. Von allen Brüdern war Jerome derjenige, vor dessen Augen er auf keinen Fall aus seiner Ecke kriechen wollte, um sich ermahnen und schelten zu lassen. Und nun waren die Jungen fort, einige Gäste der Abtei verließen gemächlichen Schrittes die Kirche, und immer noch stand Jerome im Gang und wartete. Richard konnte den schmalen Schatten auf den Bodenplatten sehen.

Und plötzlich wurde klar, daß er auf einen der Gäste gewartet hatte, denn mit dem kleinen Schatten vermischte sich ein zweiter, erheblich massiverer. Richard hatte den Mann gesehen; ein großer, muskulöser, energisch ausschreitender Mann mit einem Gesicht, massig und düster wie eine Sandsteinwand, bekleidet mit den teuren Gewändern eines Adligen, zwar kein Baron oder Gefolgsmann eines Barons, aber auf jeden Fall jemand, mit dem man rechnen mußte.

»Ich habe auf Euch gewartet, Herr«, sagte Bruder Jerome, von sich selbst eingenommen, aber respektvoll, »um ein Wort mit Euch zu reden. Ich habe über das nachgedacht, was Ihr uns heute morgen beim Kapitel gesagt habt. Wollt Ihr Euch ein paar Augenblicke mit mir niedersetzen, damit wir ungestört sprechen können?«

Richards junges Herz tat einen verzweifelten Sprung, denn er saß auf der Steinbank just in der Nische, welche die beiden Männer mit Sicherheit wählen würden. Seine Entdeckung stand unmittelbar bevor.

Doch aus irgendeinem Grund wollte Bruder Jerome sich noch etwas weiter zurückziehen; vielleicht um zu vermeiden, daß ein Nachzügler aus der Kirche, etwa der Sakristan, auf die Unterredung aufmerksam wurde. Jedenfalls zog er den Gast weiter bis zur dritten Nische, um sich dort mit ihm zu setzen. Jetzt war der Weg frei, und Richard hätte ohne weiteres um die Ecke und aus dem Kreuzgang huschen können, doch er blieb, wo er war.

Reine menschliche Neugierde ließ ihn still und stumm und beinahe mit angehaltenem Atem abwarten. Er spitzte die Ohren.

»Dieser Missetäter, von dem Ihr gesprochen habt«, begann Jerome, »der Euren Aufseher angegriffen hat und dann fortgelaufen ist – wie, sagtet Ihr noch, war sein Name?«

»Sein Name ist Brand. Warum, habt Ihr von ihm gehört?«

»Nein, jedenfalls nicht unter diesem Namen. Ich glaube jedoch fest daran«, sagte Jerome tugendhaft, »daß es die Pflicht jedes anständigen Mannes ist, Euch zu helfen, den Übeltäter zu finden. Und ganz besonders ist es die Pflicht der Kirche, die stets für Recht und Gesetz eintreten und alle Kriminellen und Gesetzesbrecher ihrem gerechten Urteil zuführen muß. Ihr habt uns gesagt, dieser Bursche sei jung, etwa zwanzig Jahre alt? Bartlos, dunkelrotes Haar?«

»So ist es, jawohl. Kennt Ihr einen solchen Mann?« verlangte Drogo scharf zu wissen.

»Es muß nicht derselbe sein, aber es gibt hier einen jungen Mann, auf den die Beschreibung passen könnte, und er ist der einzige, der in der letzten Zeit in diese Gegend gekommen ist. Es wäre vielleicht der Mühe wert, ihn in Betracht zu ziehen. Er kam mit einem Pilger her, mit einem heiligen Mann, der sich auf dem Gut von Eaton nur ein paar Meilen entfernt in einer Einsiedelei niedergelassen hat. Er dient dem Eremiten. Wenn er wirklich Euer Schurke ist, dann muß er sich bei diesem braven Mann eingeschlichen haben, der ihm in seiner Herzensgüte Schutz und Arbeit gab. Wenn dies so ist, dann ist es nur recht, daß seine Augen geöffnet werden, auf daß er erfährt, was für einen Diener er da aufgenommen hat. Und wenn dieser Diener nicht der richtige ist, dann ist kein Schaden geschehen. Ich habe ihn schon im Auge, seit er vor einer Weile mit einer Botschaft zu uns kam. Er hat so etwas Unverschämtes an sich, das schlecht zum Dienstboten eines Heiligen passen will.«

Richard hockte reglos, die Arme um die Knie geschlungen, in seiner Ecke und spitzte die Ohren, um kein einziges Wort zu verpassen.

»Wo kann ich diese Klause finden?« fragte Drogo mit der Gier eines Menschenjägers in der Stimme. »Und wie nennt dieser Bursche sich jetzt?«

»Er nennt sich Hyacinth. Der Name des Einsiedlers ist Cuthred, und in Wroxeter oder Eaton kann Euch jeder sagen, wo er zu finden ist.« Jerome gab dem Gast bereitwillig genaue Anweisungen, wie der Weg zu finden war, und wenn aus der übernächsten Nische entsetzte kleine Geräusche gedrungen wären, dann hätte er sie in seinem Eifer gewiß nicht bemerkt. Doch Richards nackte kleine Füße huschten geräuschlos über die Steinplatten, als er eilig durch den Bodengang und über den Hof floh, immer noch die Schuhe in den Händen tragend. Aber jetzt brauchte er nicht mehr zu befürchten, daß man ihn hörte, denn er war sicher aus der engen, dunklen Nische heraus, wo zwei Stimmen, eine selbstgerechte und eine wölfische, einen Plan schmiedeten, um Hyacinth zu fassen, der jung und gutmütig und immerhin sein Freund war.

Aber sie sollten ihn nicht bekommen, schwor Richard sich. Ganz egal, wie genau Bruder Jeromes Wegbeschreibung auch war, dieser Mann, der den Missetäter fassen und sicher streng bestrafen wollte, mußte sich erst in der fremden Gegend zurechtfinden und an jeder Kreuzung überlegen, welches der richtige Weg war. Richard dagegen kannte jeden Pfad und konnte den kürzesten Weg nehmen. Er konnte schneller sein, wenn er nur sein Pony gesattelt durch das Torhaus schmuggeln konnte, bevor der Feind einem Knecht befahl, sein eigenes großes Pferd aufzuzäumen. Der Gedanke an das Zwielicht in den Wäldern ängstigte Richard keineswegs; vielmehr begann sein abenteuerlustiges Herz aufgeregt zu pochen.

Das pure Glück oder der Himmel war auf seiner Seite, denn es war die Stunde, da alle beim Abendessen saßen, und selbst der Pförtner im Torhaus saß bei Tisch und ließ einstweilen das Tor unbewacht. Wenn er die Hufe gehört hätte und herausgekommen wäre, um nachzuschauen, dann wäre er zu spät gekommen. Richard war rasch in den Sattel gesprungen und im Trott durch die Vorstadt nach St. Giles geritten. Er hatte sogar vergessen, daß er hungrig war, aber es tat ihm nicht leid, das Abendessen zu überspringen. Außerdem stand er in der Gunst von Bruder Petrus, dem Koch des Abtes, dem er später wahrscheinlich noch einen guten Happen abschmeicheln konnte. Er wollte nicht weiter darüber nachdenken, was geschehen würde, wenn man sein Fehlen bemerkte, was spätestens zur Schlafenszeit geschehen mußte. Wichtig war nur, daß er Hyacinth fand und warnte, damit dieser so schnell wie möglich floh und sich versteckte. Man hatte zur Jagd auf ihn geblasen, und die Häscher waren ihm auf den Fersen. Danach sollte geschehen, was geschehen mußte.

Er bog hinter Wroxeter auf einem breiten Reitweg, den Eilmund zum Transport seines Schnittholzes geräumt hatte, in den Wald ein. Dieser Weg führte zur Hütte des Försters, doch er bot zugleich den raschesten Zugang zu einem Seitenpfad, der zur Einsiedelei führte, wo Cuthreds Diener natürlich zu finden sein mußte. Der Wald bestand hier hauptsächlich aus alten Eichen, es gab nur wenig und niedriges Unterholz, und dank der hohen Laubschicht auf dem Boden konnte er sehr leise reiten. Richard hatte seine Geschwindigkeit unter den alten Bäumen etwas verringert, und das Pony tappte frohgemut über den weichen Boden. Doch trotz der Stille hätte der Junge nie die Stimmen gehört, die leise und leidenschaftlich flüsterten. Eine gehörte einem Jungen, die andere einem Mädchen, und man konnte die Worte, die nur für das Ohr des anderen bestimmt waren, nicht verstehen. Richard sah sie und hielt ein Stück vor der alten Eiche, unter deren Stamm sie standen, sein Pferd an. Die beiden berührten sich nicht, doch sie hatten nur Augen füreinander, und was immer sie zu sagen hatten, war ernst und äußerst wichtig. Als Richard sie anrief, fuhren sie auseinander wie aufgeschreckte Vögel. »Hyacinth!«

Er stürzte mehr von seinem Pony als daß er abstieg, und rannte ihnen entgegen.

»Hyacinth, du mußt dich verstecken, – du mußt sofort fliehen! Sie sind hinter dir her, wenn du Brand bist – bist du Brand? Da ist ein Mann gekommen, der dich sucht, er sagt, daß er einen entlaufenen Missetäter namens Brand finden will...«

Hyacinth faßte ihn erschrocken und zitternd bei den Schultern und kniete nieder, um in gleicher Augenhöhe mit ihm zu sein. »Was für ein Mann war es? Ein Diener? Oder der Herr? Und wann war es?«

»Nach der Vesper. Ich hörte sie reden – Bruder Jerome erzählte ihm, daß ein junger Mann vor kurzem in diese Gegend gekommen sei, auf den die Beschreibung des

Gesuchten passen könnte. Er erzählte ihm, wo du zu finden bist, und der Mann wird heute abend noch die Einsiedelei aufsuchen. Er ist ein schrecklicher Mann, groß und laut. Ich bin zu meinem Pony gerannt, solange sie noch geredet haben, um vor ihm aus dem Kloster zu kommen. Aber du darfst nicht zu Cuthred zurückgehen, du mußt sofort fliehen und dich verstecken.«

Hyacinth nahm den Jungen überschwenglich in die Arme. »Du bist der beste, tapferste Freund, den sich ein Mann nur wünschen kann. Hab keine Angst um mich, denn was kann mir noch geschehen, da ich jetzt gewarnt bin? Es ist der Herr selbst, keine Frage; Drogo Bosiet muß große Stücke auf mich halten, daß er Zeit und Männer und Geld einsetzt, um mich zu finden, doch am Ende wird er nichts für seine Mühen bekommen.«

»Dann bist du dieser Brand? Und du warst sein Missetäter?«

»Ich liebe dich um so mehr«, antwortete Hyacinth, »weil du von meinen Missetaten wie von etwas Vergangenem sprichst. Jawohl, der Name, den man mir vor langer Zeit gab, lautete Brand, doch ich wählte den Namen Hyacinth für mich. Du und ich, wir wollen bei diesem Namen bleiben. Und jetzt müssen wir beide uns trennen, mein Freund, denn du mußt rasch zur Abtei zurückkehren, bevor das letzte Tageslicht schwindet und bevor du vermißt wirst. Komm, ich bringe dich zum Waldrand.«

»Nein!« rief Richard verzweifelt. »Ich kann schon allein reiten, ich habe keine Angst, aber du, du mußt sofort verschwinden!«

Das Mädchen hatte Hyacinth eine Hand auf die Schulter gelegt. Richard sah, wie sie sich mit großen Augen,

die im Zwielicht eher vor Entschlossenheit denn vor
Angst glänzten, an ihn wandte. »Das wird er, Richard! Ich
kenne einen Ort, an dem er sicher ist.«

»Du mußt versuchen, nach Wales hinüberzukommen«,
sagte Richard ängstlich und sogar etwas eifersüchtig,
denn dies war sein Freund, er war der Retter, und es
schmeckte ihm nicht, wenn Hyacinth einen Teil seiner
Rettung jemand anders und noch dazu einer Frau zu
verdanken hatte.

Hyacinth und Annet wechselten einen kurzen Blick
und lächelten, und die Wärme ihres Lächelns entzündete
den ganzen Wald. »Nein«, erwiderte Hyacinth leise.
»Wenn ich fortlaufen muß, dann will ich nicht weit laufen,
aber hab keine Angst um mich, ich werde einen sicheren
Platz finden. Und jetzt steig auf, junger Herr, und ver-
schwinde, damit *du* in Sicherheit bist, denn vorher werde
ich keinen Fuß vor den anderen setzen.«

Das brachte Richard sofort in Bewegung. Als er sich
noch einmal umdrehte, um zu winken, sah er sie stehen,
wie er sie verlassen hatte. Sie blickten ihm nach. Und noch
ein zweites Mal drehte er sich um, bevor die Stelle, an der
sie gestanden hatten, zwischen den Bäumen nicht mehr
zu sehen war; doch inzwischen waren sie verschwunden,
und der Wald lag still und schweigend. Richard erinnerte
sich an seine eigenen Probleme und machte sich etwas
ängstlich im Trab auf den Heimweg.

Drogo Bosiet ritt im beginnenden Zwielicht über den Weg,
den Bruder Jerome ihm beschrieben hatte, und fragte
herrisch die Dörfler in Wroxeter, ob er auf dem richtigen
Weg zur Klause des Einsiedlers Cuthred sei. Anscheinend
wurde der heilige Mann von den Leuten wie ein alter

keltischer Eremit verehrt, denn die meisten, die Bosiet fragte, nannten ihn den heiligen Cuthred.

Drogo drang in der Nähe der Grenze zwischen den Ländereien von Eaton und Eyton in den Wald ein und erreichte nach knapp einer Meile auf einem schmalen Reitweg eine kleine, ebene Lichtung, die von dichtem Wald umgeben war. Die Steinhütte in ihrer Mitte war stabil gebaut, doch sie war klein, hatte ein niedriges Dach und war allem Anschein nach erst vor kurzem nach Jahren der Vernachlässigung repariert worden. Ein kleiner, quadratischer Garten war mit einem niedrigen Lattenzaun eingefriedet, und ein Teil des Gartenlandes war gejätet und bepflanzt.

Drogo stieg am Rande der Lichtung ab und schritt, das Pferd am Zaumzeug führend, zum Zaun. Es herrschte tiefe Abendstille, und in einer ganzen Meile Umkreis schien es kein Lebenszeichen zu geben.

Doch die Tür der Hütte stand offen und aus dem Inneren drang ein gleichmäßiges, ruhiges Licht. Drogo band sein Pferd fest, ging durch den Garten zur Tür und trat schließlich, da er immer noch kein Geräusch vernahm, ein. Der Raum war klein und düster und enthielt wenig außer einer Liege an der Wand, einem kleinen Tisch und einer Bank. Das Licht brannte in einem zweiten Raum, und durch den offenen, türlosen Durchgang sah er, daß es eine Kapelle war. Die Lampe brannte auf einem Steinaltar vor einem kleinen Silberkreuz, das auf einem geschnitzten Reliquienschrein stand, und auf dem Altar vor dem Kreuz lag ein schmales, kunstvoll in Gold gefaßtes Brevier. Zwei silberne Kerzenhalter, gewiß Geschenke von der Gönnerin des Klausners, standen links und rechts neben dem Kreuz.

Vor diesem Altar kniete reglos ein Mann, ein groß gewachsener Mann in einer groben schwarzen Kutte, deren Kapuze über den Kopf gezogen war. Vor dem kleinen, steten Licht war es eine beeindruckende, dunkle Gestalt. Der Mann hielt den geraden, langen Rücken aufrecht wie eine Lanze, der Kopf war nicht demütig gebeugt, sondern erhoben, das Sinnbild eines Heiligen. Selbst Drogo verschlug es für einen Augenblick die Sprache. Doch seine Wünsche und Bedürfnisse waren so bedeutend, daß sich auch die Gebete eines Einsiedlers unterordnen mußten. Das abendliche Zwielicht ging rasch in nächtliche Dunkelheit über, und er hatte keine Zeit zu verschwenden.

»Seid Ihr Cuthred?« fragte er gebieterisch. »Man sagte mir in der Abtei, daß Ihr hier zu finden seid.«

Die würdevolle Gestalt regte sich nicht; höchstens, daß der Einsiedler die unsichtbaren Hände entflocht. Doch er sagte mit gemessener, unbeeindruckter Stimme: »Ja, ich bin Cuthred. Was wünscht Ihr von mir? Kommt nur herein und sprecht.«

»Ihr habt einen Jungen, der Eure Botengänge erledigt. Wo ist er? Ich will ihn sehen. Es ist möglich, daß Ihr getäuscht wurdet und ohne Euer Wissen einen Übeltäter aufgenommen habt.« Darauf drehte sich die Gestalt in der Kutte um, der Kopf unter der Kapuze hob sich dem Fremden entgegen, und das schräge Licht der Altarlampe zeigte ein längliches, bärtiges Gesicht mit tiefen Augen, eine lange, gerade und edle Nase und eine Mähne von dunklem Haar unter der Kapuze.

Drogo Bosiet und der Einsiedler des Waldes von Eyton wechselten einen langen, tiefen Blick.

Bruder Cadfael saß an Eilmunds Lager und aß Brot mit Käse und Äpfeln, da er wie Richard das Abendbrot ausgelassen hatte. Er war recht zufrieden mit seinem sehr unzufriedenem Patienten. Annet kam herein, nachdem sie die Hühner gefüttert und in den Stall gesperrt und die einzige Kuh gemolken hatte. Ihr mürrischer Vater schalt sie, weil sie ungewöhnlich lange ausgeblieben sei. Das Fieber war gewichen, seine Haut hatte eine gesunde Farbe, und er war nicht leidend, sondern äußerst erbittert über seine Hilflosigkeit. Er brannte darauf, aufzustehen und seinen Aufgaben nachzugehen, denn er traute den willigen, aber unerfahrenen Helfern des Abtes nicht zu, daß sie seinen Wald ordentlich behüteten. Sein ungezügeltes Temperament verriet, wie schnell er sich erholte. Das verletzte Bein war gerade und schmerzte nicht. Cadfael war sehr zufrieden.

Annet kam bescheiden heran und lachte, keineswegs verängstigt, über den Groll ihres Vaters. »Ich habe dich in bester Gesellschaft zurückgelassen, und ich wußte, daß es nicht schaden konnte, wenn wir uns eine Stunde lang nicht in die Quere kommen, da du ein so alter grimmiger Bär geworden bist. Warum sollte ich mich an einem so schönen Abend auch beeilen? Bruder Cadfael hat dich gut gepflegt, also neide mir nicht ein wenig frische Luft.«

Doch so wie sie aussah, hatte sie etwas weit Gehaltvolleres genossen als nur ein wenig frische Luft. Sie hatte etwas Strahlendes und Prickelndes an sich, als hätte sie einen starken Wein getrunken. Ihr braunes Haar, das sonst so ordentlich gebunden war, schien Cadfael etwas zerzaust, als hätte sie sich einen Weg durch dichtes Gebüsch gebahnt, dessen Äste die Zöpfe gelockert hatten, und ihre Wangen waren gerötet, und die Augen glänzten.

An ihren Schuhen klebten einige herbstlich braune Blätter. Zwar lag der Stall am Rande der Lichtung in den Bäumen, doch dort gab es keine ausgewachsenen Eichen.

»Nun, da Ihr jetzt zurückgekommen seid und er eine neue Zuhörerin für seine Klagen hat«, sagte Cadfael, »will ich mich lieber auf den Heimweg machen, bevor es völlig dunkel wird. Aber haltet ihn noch ein paar Tage im Bett, Mädchen, und wenn er sich benimmt, will ich ihm bald die Krücken geben. Gott sei Dank hat er wenigstens sein unfreiwilliges Bad ohne Schaden überstanden.«

»Der Dank gebührt Cuthreds Jungen Hyacinth«, erinnerte Annet sie.

Sie warf ihrem Vater einen raschen Blick zu und schien erfreut, als der sofort einfiel: »Und das ist die reine Wahrheit! Er war an diesem Tag zu mir wie ein Sohn zu seinem Vater, und das will ich ihm nicht vergessen.«

Bildete Cadfael es sich nur ein, oder liefen Annets Wangen tatsächlich rot an? So gut wie ein Sohn für einen Mann, der keinen Sohn hatte, sondern nur diese kluge, selbstbewußte, aufmerksame und liebevolle Tochter?

»Übt Eure Seele in Geduld«, riet Cadfael ihm, während er aufstand, »und bald werdet Ihr wieder ganz der Alte sein. Es lohnt sich, die Zeit abzuwarten. Und macht Euch keine Sorgen um die Schonung, denn Annet hier kann Euch berichten, daß die Männer den Bach gesäubert und den ausgespülten Teil der Böschung begradigt haben. Es wird halten.« Er schnallte seinen Ranzen an den Gürtel und wandte sich zur Tür.

»Ich bringe Euch noch zum Tor«, sagte Annet und trat mit ihm ins Zwielicht auf die Lichtung hinaus, wo Cadfaels Pferd gemächlich am Rasen zupfte.

»Mädchen«, meinte Cadfael, einen Fuß schon im Steig-
bügel, »Ihr ähnelt heute abend einer blühenden Rose.«

Sie sammelte die losen Haarsträhnen in beiden Händen
und flocht sie wieder in den Zopf. »Aber anscheinend bin
ich durch Dornbüsche gekrochen«, antwortete sie und
sah ihn strahlend an.

Cadfael beugte sich aus dem Sattel und zupfte zart ein
Eichenblatt aus ihrem Haar. Sie blickte auf und sah, wie er
es leicht am Stiel zwischen den Fingern rollte und lächelte.

Und so ließ er sie zurück, freudig erregt und gefaßt und
sicherlich fest entschlossen, unbeirrt ihren Weg durch alle
Dornenbüsche zu gehen, die zwischen ihr und dem Ziel
ihrer Wünsche liegen mochten. Sie war noch nicht bereit,
sich ihrem Vater oder sonst jemand zu offenbaren, doch es
schien sie nicht zu stören, daß Cadfael bereits erraten
hatte, was im Gange war. Und sie hatte auch keine Angst,
daß es übel ausgehen könnte. Allerdings schloß dies nicht
aus, daß andere gute Gründe hatten, um Annets Glück zu
fürchten.

Cadfael ritt ohne Eile durch den dunkelnden Wald. Der
Mond war aufgegangen und schien, wo er die dichten
Bäume durchdrang, hell auf den Weg. Die Komplet war
schon lange vorbei und die Brüder bereiteten sich auf die
Nachtruhe vor. Die Jungen waren sicher schon im Bett. Es
war kühl und frisch im grün duftenden Wald. Wie angenehm es war, allein und müßig zu reiten und die Zeit zu
haben, über zeitlose Dinge nachzudenken, die im geschäftigen Alltag nicht unterzubringen waren; manchmal
nicht einmal beim heiligen Gottesdienst oder in den stillen
Zeiten des Gebetes, wohin sie eigentlich gehörten. Hier
unter dem Nachthimmel, der am Horizont immer noch
schwach leuchtete, gab es mehr Platz dafür. Cadfael ritt in

tiefer Zufriedenheit durch den dichten Wald. Weit voraus schimmerte das letzte Licht über den offenen Feldern.

Ein Rascheln zu seiner Linken irgendwo zwischen den Bäumen schreckte ihn aus seinen Gedanken. Etwas Bleiches bewegte sich neben ihm im Dämmerlicht, und er hörte das leise Klingeln eines Pferdegeschirrs. Ein reiterloses Pferd, das gesattelt und aufgezäumt herumstreunte und die kleinen Glocken zum Klingen brachte. Es war nicht reiterlos gewesen, als es aus dem Stall geführt worden war. In den vom Mondlicht erhellten Flecken zwischen den Bäumen tauchte hin und wieder das Tier auf, das sich dem Pfad näherte. Cadfael hatte das helle Tier schon einmal an diesem Tag gesehen, im Hof der Abtei.

Er stieg ab, rief das Tier an und griff nach dem hängenden Zügel, um das Pferd anzuhalten und um beruhigend seine gesprenkelte Stirn zu streicheln. Der Sattel war noch dort, wo er hingehörte, doch die Riemen, die eine kleine Sattelrolle dahinter hielten, waren durchgeschnitten. Und wo war der Reiter? Und warum war er noch einmal aufgebrochen, nachdem er ergebnislos von einer langen Jagd zurückgekehrt war? Hatte ihm jemand einen Hinweis gegeben, daß er noch einmal ausritt, um trotz des späten Abends seine Beute zu finden?

Cadfael schob sich durch die Büsche und entfernte sich vom Pfad, um die Stelle zu finden, wo er die erste Bewegung gesehen hatte. Hier schien alles, wie es sein sollte, keine Äste waren geknickt, hier war niemand durchgebrochen. Cadfael näherte sich wieder dem Pfad, und dort, etwas seitlich zwischen den Büschen im hohen Gras, so versteckt, daß er daran vorbeigeritten war, fand er, was er zu finden gefürchtet hatte.

Drogo Bosiet lag flach auf dem Bauch, tief eingesunken

im weichen Herbstlaub. Trotz der dunklen Färbung seiner Gewänder entdeckte Cadfael sofort die noch dunklere Stelle, wo Blut unter dem linken Schulterblatt hervorgequollen war, nachdem der Dolch, der ihn getötet hatte, hineingestoßen und zurückgezogen worden war.

6

Zu so später Stunde bestand kaum Hoffnung, von der Abtei oder der Burg rasch Hilfe herbeizuholen, und dem dunklen Waldboden ließ sich nichts Wissenswertes mehr entnehmen. Auf sich allein gestellt konnte Cadfael nur neben dem reglosen Körper niederknien, nach Herzschlag oder Puls tasten und lauschen, ob es noch Atemgeräusche gab. Drogos Körper war zwar noch warm und ließ sich mühelos bewegen, doch kein Lebenszeichen regte sich in ihm, und das Herz im großen Brustkasten, das vom Dolchstoß von hinten gewiß durchbohrt worden war, lag still wie ein Stein in der Brust. Er konnte noch nicht sehr lange tot sein, doch der Blutstrom, der durch die Klinge geöffnet worden war, war inzwischen versiegt und begann an den Rändern bereits zu einer dunklen Kruste einzutrocknen. Vor mehr als einer Stunde, dachte Cadfael, die Zeichen bewertend, die er sah; höchstens vor zwei Stunden. Und die Sattelrolle losgeschnitten und gestohlen. Hier in unseren Wäldern! Wann hätte man schon einmal von Banditen gehört, die sich so nahe an die Stadt wagten? Oder hat ein Halsabschneider aus der Stadt erfahren, daß Eilmund ans Bett gefesselt ist, und sich hier verborgen, um einem einsamen Reiter aufzulauern?

Eine Verzögerung konnte Drogo jetzt nicht mehr schaden, und das Tageslicht mochte eine Spur zeigen, die zu seinem Mörder führte. Am besten war es, ihn zu lassen wie er war und eine Botschaft auf die Burg zu schicken, wo immer eine Wache auf Posten war, damit Hugh beim ersten Tageslicht verständigt wurde. Um Mitternacht würden sich die Brüder zur Messe erheben, und bei dieser Gelegenheit konnte die schreckliche Neuigkeit auch Abt Radulfus überbracht werden. Der Tote war der Gast der Abtei, sein Sohn wurde in wenigen Tagen erwartet. Der Leichnam mußte zur Abtei gebracht werden, wo man mit ihm verfahren würde, wie es sich geziemte.

Nein, im Augenblick konnte man nichts mehr für Drogo Bosiet tun, aber wenigstens konnte Cadfael das Pferd in den Stall zurückbringen. Er stieg auf und nahm den Zügel des reiterlosen Pferdes in die linke Hand. Das Tier folgte ihm willig. Es gab keinen Grund zur Eile; er hatte Zeit bis Mitternacht. Selbst wenn er vor der Frühmette sein Bett erreichte, würde er nicht schlafen können. So war es besser, die Pferde zu versorgen und auf die Glocke zu warten.

Abt Radulfus wollte zeitig zur Messe in die Kirche gehen und fand Cadfael auf der Südtreppe wartend, als er seine Gemächer verließ. Gerade ertönte die Schelle im Dormitorium.

Cadfael brauchte nur wenige Augenblicke, um unumwunden zu sagen, daß ein Mann gestorben war, nicht durch die Hand Gottes, sondern durch die eines anderen Mannes.

Radulfus war dafür bekannt, daß er keine überflüssigen Worte machte, und er tat es auch jetzt nicht, als er

104

erfuhr, daß ein Gast seines Hauses im Wald der Abtei ein gewaltsames Ende gefunden hatte. Er nahm den Bericht über das Verbrechen in düsterem Schweigen auf und stellte sich mit ernstem Kopfnicken den Pflichten, die jetzt der weltlichen wie der kirchlichen Macht auferlegt waren. Der Schuldige mußte gefunden und zur Rechenschaft gezogen werden. Er preßte die Lippen zusammen und dachte schweigend nach. Unterdessen hörten sie die weichen Sandalen der Brüder in die Kirche tappen.

»Habt Ihr schon Hugh Beringar unterrichtet?« fragte der Abt.

»Ich habe in seinem Haus und auf der Burg eine Nachricht hinterlassen.«

»Dann bleibt im Augenblick bis zum ersten Tageslicht nichts weiter zu tun. Er muß hergebracht werden, da sein Sohn kommen wird. Aber Ihr, Ihr werdet gebraucht werden, denn Ihr wißt den Weg zu dem Ort, wo er liegt. Geht jetzt, ich befreie Euch vom Gottesdienst. Geht zu Bett und ruht etwas und reitet im Morgengrauen zum Sheriff. Richtet ihm aus, daß ich Helfer ausschicken werde, die die Leiche heimbringen sollen.«

Im ersten zögernden Licht eines kühlen Morgens standen sie über Drogo Bosiets Leiche, Hugh Beringar und Cadfael, ein Soldat aus Hughs Garnison und zwei Bewaffnete. Alle schwiegen und alle starrten den großen Flecken verkrusteten Blutes an, der den Rücken des kostbaren Reitmantels besudelte. Das Gras war vom Tau schwer und gebeugt, als hätte es geregnet, und die Feuchtigkeit hatte sich in großen Perlen in der Wollkleidung des Mannes gesammelt und besprenkelte die Spinnweben in den Büschen wie ein Sternenhimmel.

»Da der Mörder den Dolch aus der Wunde gezogen hat«, sagte Hugh, »hat er ihn höchstwahrscheinlich mitgenommen. Dennoch wollen wir danach suchen, falls er ihn fortgeworfen hat. Und Ihr sagt, die Riemen der Sattelrolle waren durchgeschnitten? Nach dem Mord – dazu brauchte er das Messer. Im Dunkeln ist es leichter und schneller, die Riemen loszuschneiden, als die Schnallen zu lösen, und wer immer der Mörder war, er wollte nicht verweilen. Es ist nur eigenartig, daß ein berittener Mann einem solchen Angriff zum Opfer fiel. Er brauchte nur beim leisesten Geräusch dem Pferd die Sporen zu geben und wäre sofort in Sicherheit gewesen.«

»Ich glaube«, meinte Cadfael, während er noch einmal den liegenden Körper musterte, »daß er zu Fuß ging und das Pferd führte. Er war fremd hier, der Pfad ist schmal und die Bäume rücken nahe heran, und es wurde dunkel oder war schon dunkel. Seht die Blätter, die an seinen Stiefelsohlen kleben. Er fand nicht einmal mehr die Zeit, sich umzudrehen. Ein einziger Stoß reichte aus. Ich weiß nicht, wo er war, aber er war auf dem Rückweg zu seinen Gemächern in unserem Gästehaus, als er niedergestreckt wurde. Ohne Kampf und ohne große Geräusche. Das Pferd war nicht einmal besonders beunruhigt, es war nur wenige Schritte entfernt.«

»Und das spricht sehr für einen erfahrenen Räuber und Dieb«, sagte Hugh. »Aber glaubt Ihr daran? In meinem Amtsbezirk und so nahe an der Stadt?«

»Nein. Aber ein Dieb, vielleicht sogar ein Räuber, der unerkannt in der Stadt lebt, hätte das Risiko eingehen können, wenn er wußte, daß Eilmund krank zu Hause liegt. Aber das sind nur Vermutungen«, erwiderte Cadfael kopfschüttelnd. »Hin und wieder könnte sogar ein Wilderer versucht sein, einen Mord zu begehen, wenn er unvermutet das richtige Opfer allein und des Nachts vor sich hat. Aber Vermutungen helfen uns nicht weiter.«

Die Gruppe, die Abt Radulfus geschickt hatte, um Drogo zur Abtei zurückzubringen, kam mit der Bahre über den Pfad heran. Cadfael kniete sich ins Gras und durchnäßte seine Kutte an den Knien mit dem reichhaltigen Tau. Vorsichtig drehte er den steifen Köper mit dem Gesicht nach oben. Die schwere Muskulatur der Wangen war erschlafft, die Augen, die in dem massigen Antlitz unpassend klein wirkten, waren halb geöffnet. Im Tod schien er älter und weniger arrogant, ein Sterblicher unter Sterblichen, beinahe jämmerlich. Die Hand, die unter seinem Körper verborgen gewesen war, trug einen schweren Silberring.

»Etwas, das der Dieb übersehen hat«, meinte Hugh, während er fast bedauernd den mächtigen Mann betrachtete, der jede Macht verloren hatte.

»Abermals ein Zeichen für seine Eile. Denn sonst hätte er die ganze Kleidung durchsucht. Und ein Beweis dafür, daß die Leiche nicht bewegt wurde. Er liegt noch, wie er stürzte, das Gesicht gen Shrewsbury gewandt. Es ist wie ich sagte, er war auf dem Heimweg.«

»Und Ihr sagtet, er erwartete seinen Sohn? Kommt«, sagte Hugh, »wir können ihn jetzt Euren Helfern überlassen. Meine Bewaffneten werden den Wald in der Umgebung durchkämmen, falls es doch noch Zeichen oder Spuren gibt, auch wenn ich es bezweifle. Wir beide wollen zur Abtei zurückreiten und sehen, was der Abt im Kapitel zutage gefördert hat. Denn es muß dort irgend jemand geben, der den Mann auf die Idee brachte, so spät am Abend noch einmal auszureiten.«

Die Sonne stand verschleiert und bleich über dem Horizont, als sie aufsaßen und über den schmalen Weg zurückritten. In den Spinnweben in den Büschen fingen sich die ersten Strahlen, die den Dunst durchdrangen, und ließen die Tautropfen wie Diamanten blitzen. Als sie in die offenen, ebenen Felder hinauskamen, wateten die Pferde durch ein flaches, lilienfarbenes Dunstmeer.

»Was wißt Ihr über diesen Bosiet?« fragte Hugh. »Gibt es noch mehr als das, was er mir erzählt hat und was ich ohne sein Zutun herausfand?«

»Nur wenig, befürchte ich. Er ist in Northamptonshire Herr über mehrere Ländereien, und vor kurzem hat einer seiner Leibeigenen, wahrscheinlich aus nichtigem Anlaß, seinen Aufseher niedergeschlagen und für einige Tage ins Bett geschickt. Der Junge war so klug, danach die Beine in die Hand zu nehmen, bevor er gefaßt wurde. Ich denke, daß sie schon eine Menge Zeit mit der Suche nach ihm verschwendet haben, bevor sie erfuhren, daß er nach Northampton und weiter nach Norden und Westen gegangen sei. Sie sind ihm bis hierher gefolgt und haben von jedem Halt aus in alle Richtungen nach ihm geforscht. Sie sagen, er sei wertvoll, aber er muß sie schon mehr gekostet haben, als er wert ist. Sie sind zuerst und vor allem auf sein Blut aus, und das ist ihnen anscheinend mehr wert als seine sonstigen Fähigkeiten, wie immer sie beschaffen sein mögen. Sie sind voller Haß«, berichtete Cadfael. »Er brachte ihn mit sich ins Kapitel. Der Vater Abt war nicht sehr begeistert von der Vorstellung, dem Manne bei einer solchen Rache helfen zu müssen.«

»Und hat ihn sogleich an mich weitergereicht«, meinte Hugh mit einem kurzen Grinsen. »Nun, ich kann es ihm nicht verdenken. Ich nahm Euch beim Wort und machte mich rar, solange ich konnte. Ich hätte ihm ohnehin nicht helfen können. Was wißt Ihr sonst noch über ihn?«

»Daß er einen Knecht namens Warin hat, der mit Ausnahme dieses letzten Rittes immer mit ihm reitet. Vielleicht hatte er den Mann auf einen anderen Botengang geschickt, war zu ungeduldig, dessen Rückkehr abzuwarten, und ist allein aufgebrochen. Er ist – er *war* seinen Dienern gegenüber recht freigebig mit Faustschlägen, ob diese nun gefehlt hatten oder nicht. Zumindest Warin hat er das Gesicht verschandelt, und wie der Mann mir sagte, war das keine Seltenheit. Was den Sohn angeht, so ist der, auch wieder nach Warin, ganz der Vater und sicher ein Mann, dem man besser aus dem Weg geht. Er muß jetzt jeden Tag von Stafford eintreffen.«

»Um hier den Sarg seines Vaters vorzufinden, den er zur Beerdigung mit sich heimnehmen muß«, sagte Hugh wehmütig.

»Und um festzustellen, daß er jetzt der Herr von Bosiet ist«, erwiderte Cadfael. »Das ist die Kehrseite der Medaille. Wer weiß, welche Seite in seinen Augen heller glänzt?«

»Ihr werdet recht zynisch, alter Freund«, bemerkte Hugh mit einem ironischen Lächeln.

»Ich forsche nach Gründen«, räumte Cadfael ein, »die einen Menschen veranlassen könnten, einen anderen Menschen zu ermorden. Gier ist einer dieser Gründe, und die Gier könnte wohl in einem Sohn geweckt werden, der ungeduldig auf sein Erbe wartet. Haß ist ein weiterer Beweggrund, und ein mißhandelter Diener könnte einen großen Haß entwickeln, dem er im rechten Augenblick einen Ausdruck gibt. Aber es gibt zweifellos noch andere und eigenartigere Gründe, etwa einen Hang zum Stehlen und der Wunsch zu verhindern, daß der Bestohlene eine

Zeugenaussage machen kann. Es ist eine Schande, Hugh, eine große Schande, daß die Leute sich so nach dem Tode drängen, der doch zu gegebener Zeit ganz von selbst einen jeden ereilt.«

Als sie bei Wroxeter die Hauptstraße erreichten, stand die Sonne schon hoch am Himmel, und der Dunst floh vor ihrem Angesicht, wenn auch in den Feldern noch der Nebel wallte. Hier auf der Straße nach Shrewsbury kamen sie gut voran und ritten gegen Ende des Hochamtes durchs Torhaus ins Kloster ein. Die Brüder gingen gerade auseinander, um bis zum Mittagsmahl ihre Arbeiten zu verrichten.

»Der Vater Abt hat mehrmals nach Euch gefragt«, sagte der Pförtner, der aus seinem Verschlag kam, als er sie bemerkte. »Er ist in seinem Sprechzimmer, der Prior ist bei ihm und er bittet Euch, zu ihm zu kommen.«

Sie überließen die Pferde den Stallburschen und gingen sofort zu den Gemächern des Abtes. Radulfus blickte von seinem Schreibtisch auf, und Prior Robert, der sehr aufrecht und streng auf einer Bank neben dem Fenster saß, sah ihnen mit deutlicher Mißbilligung und Abscheu entgegen. Die Verworrenheiten von Gesetz und Mord und Menschenjagd durften doch nicht einfach in das mönchische Leben eindringen. Er bedauerte die Notwendigkeit, ihre Existenz zur Kenntnis nehmen und sich mit ihnen befassen zu müssen, wenn sie mit Gewalt auf ihn hereinbrachen. An seiner Seite stand, unauffällig in seinem Schatten, Bruder Jerome, die schmalen Schultern hochgezogen, die dünnen Lippen zusammengepreßt, die bleichen Hände in den Ärmeln gefaltet, das Sinnbild der verletzten Tugend, die ihr Kreuz mit Demut trägt. Jeromes Demut hatte immer eine starke Note von Selbstgefälligkeit, doch diesmal schien er auch ein wenig empört, als wäre seine Rechtschaffenheit irgendwie, wenn auch nur indirekt, in Frage gestellt worden.

»Ah, Ihr seid zurück«, sagte Radulfus. »Ihr habt doch nicht so rasch den Leichnam unseres Gastes heranschaffen können?«

»Nein, Vater. Die anderen Brüder folgen uns, aber sie werden zu Fuß eine ganze Weile brauchen. Der Mann wurde in den Rücken gestochen, wahrscheinlich als er sein Pferd führte, da der Weg schmal und verwildert war. Ihr wißt ja schon, daß seine Sattelrolle losgeschnitten und gestohlen wurde. Nach den Zeichen, die Bruder Cadfael an der Leiche fand, muß die Tat etwa zur Komplet geschehen sein, vielleicht ein wenig früher. Nichts deutet allerdings auf den Mörder hin. Nach der Stunde zu urteilen, muß er auf dem Rückweg zu Eurem Gästehaus gewesen sein. Er blickte auch in diese Richtung, als er stürzte. Der Körper wurde nicht mehr bewegt, denn sonst wäre auch der Ring gestohlen worden, den er trug. Allerdings wissen wir nicht, was er in dieser Gegend wollte.«

»Ich glaube«, erwiderte der Abt, »in dieser Hinsicht haben wir etwas zu berichten. Bruder Jerome hier mag Euch erzählen, was er schon Prior Robert und mir erzählt hat.«

Jerome war gewöhnlich nur zu gern bereit, seine Stimme erklingen zu lassen, sei es zur Predigt, zur Moralpredigt oder zu scharfer Ermahnung, doch offensichtlich wählte er diesmal seine Worte mit mehr als der üblichen Vorsicht.

»Der Mann war ein Gast und ein ehrbarer Bürger«, sagte er, »und er hatte uns im Kapitel gesagt, daß er einen Gesetzesbrecher jagte, der seinen Aufseher angegriffen und schwer verletzt habe, um sich dann vom Land seines Herrn zu entfernen. Ich dachte später darüber nach, daß es in dieser Gegend tatsächlich einen Neuankömmling gibt, auf den die Beschreibung passen könnte, und ich hielt es für meine Pflicht, der Sache von Gesetz und Recht zu helfen. So sprach ich mit dem Herrn von Bosiet. Ich sagte ihm, daß der junge Mann, der dem Einsiedler Cuthred dient und der erst vor wenigen Wochen mit ihm hier eintraf, der Beschreibung dieses entlaufenen Leibeigenen Brand entspricht, auch wenn der junge Mann sich jetzt Hyacinth nennt. Er hat das richtige Alter, und auch die Haarfarbe entspricht der Beschreibung seines Herrn. Und niemand hier weiß etwas über ihn. Ich hielt es für richtig, ihm die Wahrheit zu sagen. Falls sich erwiesen hätte, daß der junge Mann nicht dieser Brand ist, dann wäre ihm ja nichts geschehen.«

»Und natürlich«, fügte der Abt trocken hinzu, »habt Ihr ihm auch den Weg zur Einsiedlerklause beschrieben, wo dieser junge Mann zu finden war?«

»Das tat ich Vater, wie es meine Pflicht war.«

»Und er brach sofort auf, um zur Klause zu reiten.«

»Ja, Vater. Er hatte seinen Knecht auf einen Gang in die Stadt geschickt und mußte sein Pferd selbst satteln, doch er wollte nicht warten, da es schon später Nachmittag war.«

»Ich habe mit dem Mann gesprochen, nachdem wir vom Tod seines Herrn erfahren hatten«, erklärte der Abt und blickte Hugh an. »Warin wurde ausgeschickt, um in Shrewsbury einen Handwerker zu finden, der schöne Lederarbeiten anfertigen kann, denn anscheinend war dies auch das Handwerk des jungen Mannes und Bosiet glaubte, sein entlaufener Leibeigener könnte versucht haben, in unserer Grafschaft eine Anstellung zu finden, die seinem erlernten Beruf entspricht. Dem Mann kann man keinen Vorwurf machen, denn als er zurückkehrte, war sein Herr schon lange fort. Anscheinend konnte der Botengang nicht bis zum nächsten Morgen warten.« Die Stimme des Abtes klang gemessen und nachdenklich, keine Spur von Billigung oder Mißbilligung war ihr zu entnehmen. »Damit dürfte die Frage, wo er war, beantwortet sein.«

»Und ich muß nun den gleichen Weg gehen wie er«, sagte Hugh. »Ich bin Euch dankbar, Vater, daß Ihr mir den nächsten Schritt auf dem Weg gewiesen habt. Wenn er tatsächlich mit Cuthred gesprochen hat, dann können wir wenigstens erfahren, was dort vorging und ob er die Antwort bekam, die er hören wollte – allerdings ist er allein zurückgekehrt. Hätte er einen gefangenen Missetäter bei sich gehabt, dann hätte dieser kaum freie Hände und erst recht keinen Dolch gehabt. Mit Eurer Erlaubnis, Vater, werde ich Bruder Cadfael als Zeugen mitnehmen, statt mit Bewaffneten zu einer Einsiedlerklause zu ziehen.«

»Tut das«, antwortete der Abt sofort. »Dieser unglückliche Mann war ein Gast unseres Hauses. Wir sind es ihm schuldig, alle Anstrengungen zu unternehmen, um seinen Mörder zu fassen. Und wir müssen seinen sterblichen Überresten in aller Form die letzte Ehre erweisen. Robert, wollt Ihr dafür sorgen, daß der Tote würdevoll aufgebahrt wird, wenn die Männer ihn gebracht haben? Und, Bruder Jerome, Ihr mögt helfen. Wir wollen Euren Eifer, ihm zu Diensten zu sein, nicht ungenutzt lassen. Ihr dürft Nachtwache bei ihm halten und für seine Seele beten.«

Dann werden die beiden also heute Nacht in der Friedhofskapelle Seite an Seite liegen, dachte Cadfael, als sie zusammen das Sprechzimmer verließen: Der alte Mönch, der ein langes Leben beschlossen hatte, sanft wie eine verblühte Blume, die ihre Blätter abstreift, und der Gutsbesitzer, der in seinem Haß und seinem Zorn ohne Vorwarnung einen plötzlichen Tod gefunden und keine Zeit mehr gehabt hatte, seinen Frieden mit den Menschen oder Gott zu schließen. Drogo Bosiets Seele würde alle Gebete brauchen, die man nur für sie sprechen konnte.

»Habt Ihr schon daran gedacht«, fragte Hugh plötzlich, als sie zum zweiten Mal durch die Vorstadt hinausritten, »daß Bruder Jerome in seinem Eifer, Gerechtigkeit zu üben, Bosiet zu seinem Tod verholfen hat?«

Cadfael wollte diesem Gedanken lieber nicht weiter nachgehen. »Bosiet war auf dem Rückweg«, antwortete er vorsichtig, »und er ritt allein. Das spricht dafür, daß seine Erwartungen enttäuscht wurden. Der Junge ist nicht sein entlaufener Leibeigener.«

»Er könnte es sehr wohl sein, wenn er sah, daß ihm Unheil drohte und er die Zeit fand, zu verschwinden. Er ist jetzt lange genug in den Wäldern, um sich gut auszukennen. Wie, wenn die Hand, die den Dolch führte, die seine war?«

Das war zweifellos eine Möglichkeit. Wer konnte einen besseren Grund haben, Drogo Bosiet ein Messer in den Rücken zu stoßen als der Bursche, der gefangen und vor Gericht gestellt werden sollte, um sein Leben lang zu büßen? »Genau das wird man sagen«, stimmte Cadfael düster zu. »Es sei denn, wir finden Cuthred und seinen Jungen friedlich zu Hause sitzend, ihren eigenen Geschäften nachgehend und sich um nichts anderes in der Welt kümmernd. Vermutungen anzustellen hat wenig Sinn, solange wir nicht wissen, was dort geschehen ist.«

Sie näherten sich dem Ausläufer des Landes von Eaton

über den Pfad, den auch Drogo benutzt hatte, als sie die kleine Lichtung im dichten Wald vor ihnen fast ebenso plötzlich auftauchen sahen wie er. Doch nun herrschte volles Tageslicht, während Bosiet in der Dämmerung gekommen war. Gedämpftes Sonnenlicht strömte durch die Äste und verlieh dem schlichten Grau der Steinhütte einen trübgoldenen Glanz. Die niedrigen Latten des Gartenzaunes klafften weit auseinander; es war eine bloße Andeutung einer Grenze und kein Hindernis für Tier oder Mensch. Die Tür der Hütte stand weit offen, so daß sie ins Innere blicken konnten, wo die kleine Lampe auf dem Steinaltar mit winziger Flamme brannte, fast erdrückt vom hellen Licht, das durch das kleine Fenster von oben hereinfiel. Wie es schien, stand St. Cuthreds Klause jedem weit offen, der kam.

Ein Teil des eingefriedeten Gartens war noch verwildert, doch Gras und Kräuter waren schon gemäht, und der Einsiedler selbst war mit Hacke und Spaten am Werk, hob Grassoden aus und säuberte den Boden. Sie sahen ihm einen Augenblick zu, wie er unerfahren, aber störrisch und geduldig arbeitete. Anscheinend war er es nicht gewöhnt, mit solchen Werkzeugen umzugehen und sich Arbeiten zu widmen, die eigentlich Hyacinth hätte erledigen sollen. Der übrigens nirgends zu sehen war.

Der Eremit war ein großer Mann mit langen Beinen und langem Körper, schlank und gerade. Die grobe dunkle Kutte hatte er zu den Knien hochgerafft, die Kapuze auf die Schulter zurückgeworfen. Als er sie kommen sah, richtete er sich von der Arbeit auf und spießte die Hacke in den Boden. Er zeigte ihnen ein kräftiges, mageres Gesicht mit nußbrauner Haut und tiefen Augen, eingerahmt von dichtem Haar und Bart. Er blickte von einem zum anderen und nahm Hughs Gruß mit einem tiefen Neigen des Kopfes zur Kenntnis, ohne jedoch die Augen niederzuschlagen.

»Wenn Ihr zu Cuthred dem Einsiedler wollt«, sagte er mit tiefer, wohlklingender Stimme und großer Selbstsicherheit, »dann kommt herein und seid willkommen. Ich bin Cuthred.« Und nachdem er Cadfael einen Moment betrachtet hatte, fuhr er fort: »Ich glaube, ich habe Euch in Eaton gesehen, als Herr Richard beerdigt wurde. Ihr seid ein Bruder aus Shrewsbury.«

»So ist es«, erwiderte Cadfael. »Ich gehörte zur Eskorte des Jungen. Und dies hier ist Hugh Beringar, der Sheriff dieser Grafschaft.«

»Es ist mir eine Ehre, Sheriff«, sagte Cuthred. »Wollt Ihr mich in meine Klause begleiten?« Damit löste er das zerfranste Seil, das ihm als Gürtel diente, und ließ die Kutte zu den Füßen hinabfallen. Als er sie ins Haus führte, streifte sein dichter Haarschopf den Steinbalken über der Tür. Er war gut einen Kopf größer als seine beiden Besucher.

In dem düsteren Wohnraum gab es nur ein schmales Fenster, durch welches das Nachmittagslicht hereinfiel. Eine leichte Brise wehte den Duft frisch gemähten Grases und feuchter Herbstblätter herein. Durch die türlose Öffnung zur Kapelle sahen sie genau das, was auch Drogo gesehen hatte: den Steinaltar mit dem geschnitzten Holzkästchen, das silberne Kreuz, die Kerzenhalter und das offene Brevier, das vor der kleinen Lampe lag. Der Einsiedler bemerkte Hughs Blick, der zu dem offenen Buch wanderte, und ging hinüber, um es andächtig zu schließen und mit liebevoller Umsicht exakt in einer Linie mit dem Reliquienschrein zurechtzulegen. Die feinen Goldornamente und das wundervoll gearbeitete Leder der Bindung glänzten im dünnen Licht der Lampe.

»Und wie kann ich nun dem Sheriff zu Diensten sein?« fragte Cuthred, das Gesicht immer noch zum Altar gewandt.

»Ich muß Euch einige Fragen stellen«, sagte Hugh betont höflich. »Es geht um einen ermordeten Mann.«

Nun fuhr der buschige Kopf erschrocken herum, und die Augen starrten entsetzt und erstaunt. »Ein ermordeter Mann? Hier? Ich weiß von keinem Ermordeten. Sagt mir, was ihr wollt, Herr.«

»Gestern abend machte sich ein gewisser Drogo Bosiet, ein Gast der Abtei, auf, um Euch zu besuchen, nachdem ihm einer der Brüder den Weg beschrieben hatte. Er kam her, um einen entlaufenen Leibeigenen zu suchen, einen jungen Mann von etwa zwanzig Jahren, und er hatte die Absicht, Euren Burschen Hyacinth zu sehen, der ein Fremder ist und im richtigen Alter und zur Beschreibung paßt, um festzustellen, ob dieser der Leibeigene ist, der aus Bosiet fortlief. War er gestern bei Euch? Er müßte gegen Abend eingetroffen sein.«

»Ja, ein solcher Mann war tatsächlich bei mir«, antwortete Cuthred sofort, »wenn ich auch nicht nach seinem Namen fragte. Aber was hat dies mit einem Mord zu tun? Ihr sagtet, ein Mann wurde ermordet.«

»Eben dieser Drogo Bosiet wurde auf dem Rückweg zur Stadt und zur Abtei durch einen Messerstich in den Rükken niedergestreckt und etwa eine Meile von Eurer Klause neben dem Weg liegengelassen. Bruder Cadfael fand ihn gestern im Dunkeln tot auf, und sein Pferd streunte in der Nähe.«

Die tiefliegenden Augen, die in den Höhlen rötlich

funkelten, zuckten in ungläubigem Erstaunen von einem zum anderen. »Kaum zu glauben, daß es hier in diesem gut bestellten und gut verwalteten Land Halsabschneider und entlaufene Leibeigene gibt – in Eurem Amtsbezirk auch noch, Herr, und so nahe an der Stadt. Trifft dies zu, wie es den Anschein hat, oder steckt noch Schlimmeres dahinter? Wurde der Mann beraubt?«

»Die Sattelrolle wurde gestohlen, was immer sie enthalten haben mag. Doch man ließ ihm seinen Ring und sein Gewand. Die Tat geschah in großer Eile.«

»Entlaufene Leibeigene hätten ihn nackt ausgezogen«, stellte Cuthred entschieden fest. »Und ich glaube nicht, daß dieser Wald ein Unterschlupf für Gesetzlose ist. Es muß um etwas anderes gehen.«

»Was hatte er zu sagen, als er zu Euch kam«, fragte Hugh, »und was folgte darauf?«

»Er kam, als ich hier in der Kapelle die Gebete zur Vesper sprach. Er trat ein und begehrte den Jungen zu sehen, der für mich die Botengänge erledigt. Er sagte, ich müßte mich darauf gefaßt machen, daß ich möglicherweise einen Verbrecher aufgenommen hätte. Er suche einen entlaufenen Diener und hätte erfahren, daß es hier einen Jungen im richtigen Alter gab, gerade erst angekommen und allen hier fremd, der durchaus sein entlaufener Mann sein konnte. Außerdem, sagte er mir, sei der Flüchtige in diese Richtung geflohen. Dies und das zeitliche Zusammentreffen störten meinen Seelenfrieden, als ich daran dachte, wann und unter welchen Umständen ich den damals bedauernswerten Hyacinth kennenlernte. Und es kam nicht zur Prüfung«, sagte Cuthred geradeheraus. »Der Junge war nicht da. Eine gute Stunde früher hatte ich ihn auf einen Botengang nach Eaton geschickt. Er war noch nicht zurück, er ist bis heute nicht zurückgekommen. Und jetzt zweifle ich, ob er je zurückkommen wird.

»Dann glaubt Ihr«, sagte Hugh, »daß er dieser Brand ist?«

»Das kann ich nicht sagen, aber ich sah, daß er es sein konnte. Und als er gestern abend nicht zurückkam, war ich meiner Sache recht sicher. Es gehört nicht zu meinen Pflichten, einen Mann seiner Sühne zuzuführen; das ist allein die Angelegenheit Gottes. Ich war froh, daß ich weder ja noch nein sagen konnte, und ich war froh, daß er sich hier nicht blicken ließ.«

»Wenn er einfach nur Wind von der Suche nach ihm bekommen und sich versteckt hätte«, meinte Cadfael, »dann wäre er inzwischen zu Euch zurückgekehrt. Der Mann, der ihn jagte, brach unverrichteter Dinge wieder auf, und wenn ein zweiter Besuch drohte, dann konnte der Junge noch einmal verschwinden. Er wußte ja, daß Ihr ihn nicht verraten würdet. Wo wäre er sicherer als bei einem heiligen Einsiedler? Und dennoch ist er nicht gekommen.«

»Aber nun erzählt Ihr mir«, wandte Cuthred ernst ein, »daß sein Herr tot ist – falls dieser Mann wirklich sein Herr war. Tot durch Mord! Nehmen wir an, mein Diener Hyacinth bekam Wind von Bosiets Kommen und tat mehr, als sich nur zu verstecken. Nehmen wir an, er hielt es für besser, sich in den Hinterhalt zu legen und ein für alle Mal die Suche zu beenden. Nein, ich glaube nicht, daß ich Hyacinth je wiedersehen werde. Wales ist nicht weit, und selbst ein Fremder ohne Verwandte kann dort eine Arbeit finden, wenn sie auch wahrscheinlich beschwerlich sein wird. Nein, er wird nicht zurückkommen. Er wird nie zurückkehren.«

Es war ein unpassender Augenblick, um die Gedanken wandern zu lassen, als hätte ein Winkel seines Bewußtseins in der Erinnerung mehr aus einem gewissen Augenblick gemacht, als ihm in jenem Augenblick selbst klar gewesen war. Cadfael dachte jedoch plötzlich an Annet, die strahlend und freudig erregt mit einem Eichenblatt im wirren Haar das Haus ihres Vaters betreten hatte. Ein wenig errötet und außer Atem, als wäre sie gerannt. Und das nach der Stunde der Komplet, zu einer Zeit, da Drogo von Bosiet schon mehr als eine Meile entfernt ermordet auf dem Weg nach Shrewsbury lag. Zwar hatte Annet die Hühner und die Kuh für die Nacht eingesperrt, wie es ihr aufgetragen war, doch sie hatte lange dazu gebraucht und war mit der Gesichtsfarbe und den strahlenden Augen eines Mädchens gekommen, das von ihrem Geliebten zurückkehrt. Und hatte sie nicht die Gelegenheit ergriffen, ein gutes Wort für Hyacinth einzulegen, und hatte sie sich nicht gefreut, als auch ihr Vater ihn pries?

»Wie ist nun dieser junge Mann zu Euch gekommen?« fragte Hugh. »Und warum habt Ihr ihn in den Dienst genommen?«

»Ich war auf dem Weg von St. Edmundsbury, nachdem ich den Augustinerkonvent in Cambridge besucht hatte. Ich blieb zwei Nächte in der Priorei in Northampton. Er war unter den Bettlern am Tor. Obwohl er völlig gesund und jung schien, war er schäbig und ungekämmt, als hätte er draußen im Wald gelebt. Er erzählte mir, sein Vater sei enteignet worden und gestorben, und er habe weder Verwandte noch Arbeit. Aus Mitgefühl gab ich ihm Kleidung und nahm ihn als Diener auf. Denn sonst wäre er gewiß herabgesunken und hätte als Dieb oder Bandit seinen Lebensunterhalt verdient. Und er war folgsam und gehorsam, und ich hielt ihn für dankbar, was er wahrscheinlich wirklich war. Doch nun mag alles eine Täuschung sein.«

»Und wann seid Ihr ihm dort begegnet?«

»Es war Ende September. Den genauen Tag weiß ich nicht mehr.«

Zeit und Ort paßten nur allzugut. »Wie ich sehe, muß ich mich jetzt mit einer Menschenjagd beschäftigen«, meinte Hugh bekümmert. »Ich muß nach Shrewsbury zurückkehren und die Hunde auf die Fährte setzen. Denn ob der Junge ein Mörder ist oder nicht, ich habe jetzt keine andere Wahl mehr, als ihn zu finden.«

7

Bruder Jerome hatte ebenso häufig wie wortgewandt seine Ansicht zum Ausdruck gebracht, daß Bruder Paul viel zu nachgiebig mit seinen jungen Schutzbefohlenen, den Novizen und den Kindern, umgehe. Es war Pauls Art, seiner Aufsichtspflicht außer beim Unterricht so unaufdringlich wie möglich nachzukommen, auch wenn er jederzeit bereit war, aus dem Hintergrund hervorzutreten, sobald einer der Jungen ihn brauchte. Doch Routineangelegenheiten wie ihre Reinlichkeit, ihr ordentliches Benehmen bei Tisch, der Zeitpunkt ihrer Nachtruhe und ihres Aufstehens am Morgen, blieben im Vertrauen auf die Pünktlichkeit und Sauberkeit, die sie gelernt hatten, ihrem eigenen Gewissen überlassen. Bruder Jerome war fest überzeugt, daß kein Junge unter sechzehn freiwillig irgendeine Regel beachtete, und daß selbst jene, die ein reiferes Alter erreicht hatten, immer noch mehr vom Teufel in sich hatten als von den Engeln. Wäre er der Aufseher der Jungen gewesen, er hätte jede ihrer Bewegungen mißtrauisch beäugt und beobachtet. Er hätte häufiger gescholten und erheblich öfter zum Mittel der Züchtigung gegriffen, als es Paul in den Sinn kam. Es war ihm immer eine besondere Genugtuung gewesen, daß er die Katastrophen, die sich zwangsläufig aus einer derart laschen Führung ergaben, stets mit großer Treffsicherheit voraussagen konnte.

Drei Schuljungen und neun Novizen im Alter von neun bis siebzehn Jahren bieten dem mißtrauischen Auge beim Frühstück genug Betätigung, und es ist nicht auf einen Blick zu sehen, ob einer von ihnen fehlt. Jerome hätte sie sicher bei jeder Mahlzeit gezählt, weil er voraussah, daß irgendwann einmal einer fehlen würde. Bruder Paul zählte sie nicht. Und da er im Kapitel und danach bei Angelegenheiten gebraucht wurde, die sein Amt betrafen, hatte er den morgendlichen Schulunterricht einem verantwortungsbewußten Novizen anvertraut, was in Jeromes Augen abermals eine schädliche Aushöhlung der Disziplin war. In der Kirche saß die Bande auf rückwärtigen Bänken, wo einer mehr oder weniger nicht auffiel. So war es schon später Nachmittag, als Paul seine Herde wieder ins Klassenzimmer scheuchte, die Novizen von den jüngeren Knaben trennte und Richards Abwesenheit endlich bemerkte.

Selbst in diesem Augenblick war Paul zunächst nicht besonders beunruhigt oder verwundert. Das Kind trödelte einfach irgendwo herum, hatte die Zeit vergessen und würde jeden Augenblick im Laufschritt eintreffen. Doch die Zeit verging, und Richard kam nicht. Auf Pauls Fragen scharrten die drei anderen Jungen unbehaglich mit den Füßen und rückten ein wenig näher zusammen, wie um sich gegenseitig zu stützen. Sie schüttelten wortlos die Köpfe und wichen Bruder Pauls Blicken aus. Besonders der Jüngste schien sehr unglücklich. Doch sie verrieten nichts, was Paul schließlich davon überzeugte, daß Richard in voller Absicht dem Unterricht fernblieb und daß die anderen dies sehr wohl wußten und mißbilligten, sich jedoch weigerten, ihn zu verraten. Daß er darauf verzichtete, ihnen angesichts ihrer Mitwisserschaft mit harten Strafen zu drohen, hätte Jerome in seiner Mißbilligung für Pauls Methoden nur bestärkt.

Jerome schätzte Klatschmäuler. Paul empfand eine heimliche Sympathie mit der sündigen Solidarität, die lieber selbst eine Strafe in Kauf nahm, als den Gefährten zu verraten. Er erklärte einfach, daß Richard später für sein Verhalten zur Rechenschaft gezogen und für seine Dummheit bestraft werden würde, und fuhr im Unterricht fort. Doch er war sich der mangelnden Aufmerksamkeit und Unruhe seiner Schüler wohl bewußt, und er bemerkte, wie sie beim Lesen heimlich schuldbewußte Blicke wechselten. Als er sie entließ, glaubte er, der Jüngste stehe kurz davor, mit dem, was er wußte, herauszuplatzen. Seine Verzweiflung ließ vermuten, daß hinter dieser Verfehlung Richards mehr steckte als der Versuch, sich vor dem Unterricht zu drücken.

Paul rief den Jungen zurück, als die Schüler den Klassenraum verließen. »Edwin, komm doch mal zu mir!«

Verständlicherweise flohen die anderen beiden, denn sie waren sicher, daß ihnen gleich der Himmel auf den Kopf fallen würde und wollten diesem Naturereignis entgehen. Edwin blieb stehen, machte kehrt und schlenderte

langsam durch den Raum zurück, die Augen niedergeschlagen und die kleinen Füße widerstrebend über die
Dielenbretter schlurfend. Er blieb zitternd vor Bruder Paul
stehen. Ein Knie war noch bandagiert, das Leinen hatte
sich gelockert. Ohne nachzudenken wickelte Paul den
Verband auf und zog ihn wieder fest.

»Edwin, weißt du etwas über Richard? Wo ist er?«

Das Kind platzte völlig glaubwürdig heraus: »Das *weiß*
ich doch nicht!« und begann zu weinen. Paul zog ihn an
sich und ließ ihn an seiner Schulter weinen.

»Sag es mir! Wann hast du ihn zuletzt gesehen? Wann
ist er gegangen?«

Edwin schluchzte haltlos in die Falten der groben,
wollenen Kutte, bis Paul ihn vor sich hielt und das ver-
schmierte, verzweifelte Gesicht betrachtete. »Komm
schon! Erzähl mir alles, was du weißt.«

Und es kam in einem Sturzbach zwischen verzweifel-
tem Schniefen und Schluchzen heraus. »Es war gestern
nach der Vesper. Ich habe gesehen, wie er sein Pony nahm
und zur Vorstadt hinausritt. Ich dachte, er käme bald
zurück, aber er kam nicht, und wir hatten Angst – wir
wollten nicht, daß er erwischt wird, weil er sich schon oft
in solche Schwierigkeiten gebracht hat – wir wollten es
nicht erzählen, wir dachten, er würde schon zurückkommen, und niemand brauchte es zu erfahren ...«

»Willst du mir damit sagen«, verlangte Paul entsetzt zu
wissen, »daß er auch letzte Nacht schon abwesend war?
Daß er seit gestern verschwunden ist und niemand ein
Wort sagte?«

Ein frischer Schwall von Tränen der Verzweiflung be-
netzte Edwins gerötetes Gesicht, und er beantwortete die
vorwurfsvolle Frage mit heftigem Kopfnicken.

»Und ihr habt es alle gewußt? Alle drei? Habt ihr denn gar nicht daran gedacht, daß er irgendwo verletzt liegen könnte, daß er in Gefahr sein könnte? Würde er denn freiwillig über Nacht ausbleiben? Oh, Kind, warum hast du nichts gesagt? Wir haben so viel Zeit verloren!« Aber der Junge war schon verängstigt genug, und nun konnte man ihn nur noch beruhigen und trösten, obwohl Trost und Beruhigung in dieser Situation schwer zu spenden waren. »Nun sag mir – du hast gesehen, wie er fortritt. Nach der Vesper? Hat er nicht gesagt, wohin er wollte?«

Edwin sammelte das bißchen Vernunft, das er noch besaß, und erzählte die Geschichte zu Ende. »Er kam zu spät zur Vesper. Wir waren unten am Fluß, er wollte nicht mit zurückkommen, und als er uns nachrannte, war es zu spät. Ich glaube, er hat gewartet, um sich uns nach der Kirche anzuschließen, doch Bruder Jerome hat im Gang gestanden und mit dem Mann gesprochen, der...«

Er begann wieder zu jammern und erinnerte sich an das, was er hätte nicht sehen sollen, was er aber natürlich bemerkt hatte: die Träger, die mit der Bahre zum Torhaus hereinkamen, den mächtigen Körper, der sich nicht mehr regte und dessen herrisches Gesicht bedeckt war. »Ich habe gestern bei der Schultüre gewartet«, flüsterte er unter Tränen, »und ich sah, wie Richard herausgerannt kam und in den Ställen verschwand, und dann kam er mit seinem Pony wieder heraus, er führte es eilig zum Tor hinaus und ritt fort. Und das ist alles, was ich weiß. Ich dachte, er würde bald zurückkommen«, jammerte er hoffnungslos. »Wir wollten nicht, daß er Schwierigkeiten bekommt...«

Und genau dadurch hatten sie ihm reichlich Zeit und Gelegenheit gegeben, sich in Schwierigkeiten zu bringen, die viel ernsterer Natur sein mochten, als jene, die sie vermuteten. Bruder Paul schüttelte seinen Büßer resigniert und tätschelte seine Schultern, bis er wieder einigermaßen ruhig war.

»Ihr habt euch sehr dumm und närrisch benommen, und wenn ihr jetzt unglücklich seid, dann habt ihr das auch verdient. Aber beantworte mir jetzt alle Fragen wahrheitsgemäß, dann werden wir Richard schon gesund und munter wiederfinden. Geh jetzt und hole die anderen beiden. Wartet hier, bis man nach euch schickt.«

Und Paul stürmte sofort los, um die schlechten Neuigkeiten zunächst Prior Robert und dann dem Abt zu berichten und um sich zu vergewissern, daß das Pony, das Frau Dionisia als Köder für ihren Enkelsohn geschickt hatte, tatsächlich aus dem Stall verschwunden war. Dann gab es großes Gerenne und großen Lärm auf den Höfen, in den Scheunen und im Gästehaus, falls der Missetäter die Enklave doch nicht verlassen hatte. Vielleicht hatte er sich nur versteckt, war aus irgendeinem Grund heimlich zurückgekehrt und wollte nun die Tatsache vertuschen, daß er je fortgewesen war. Die jämmerlichen Schuljungen bekamen eine schreckliche Standpauke von Prior Robert zu hören, der ihnen prophezeite, daß ihnen noch einiges blühen würde, sobald man die Zeit dazu fand. Sie ließen schaudernd die Schultern hängen und weinten angesichts der schrecklichen Folgen ihrer vermeintlich guten Tat, und nachdem sie den ersten Ansturm der Vorwürfe überstanden hatten, ertrugen sie in stoischer Ruhe und ohne Abendbrot als Ausgestoßene den Rest des Tages. Nicht einmal Bruder Paul hatte Zeit, ihnen ein paar tröstende Worte zu sagen, denn er war vollauf damit beschäftigt, die vielen Verstecke in der Mühle und in den Straßen der Vorstadt abzusuchen.

In diese aufgeregte Geschäftigkeit ritt Cadfael am frühen Abend hinein, nachdem er sich am Tor von Hugh verabschiedet hatte. Noch an diesem Abend sollten Soldaten die Wälder von Eyton aus gen Westen absuchen, da der Flüchtige, ob er nun Brand war oder nicht, um jeden Preis gefaßt werden mußte. Hugh, der von Menschenjagd ebensowenig hielt wie Cadfael, war bei manchem mißhandelten Leibeigenen mit einer gewissen Nachlässigkeit zu Werke gegangen, doch ein Mord war eine Sache, über die man nicht einfach hinweggehen konnte. Ob schuldig oder unschuldig, der junge Hyacinth mußte gefunden werden. Cadfael stieg am Torhaus ab, den Kopf voller Gedanken an einen verschwundenen Junge, um auf ein Durcheinander herumlaufender Brüder zu stoßen, die einen zweiten suchten. Während er den Anblick erstaunt und mit offenem Mund in sich aufnahm, kam Bruder Paul atemlos und voller Hoffnung zu ihm gerannt.

»Cadfael, Ihr wart draußen im Wald. Habt Ihr nicht zufällig eine Spur vom jungen Richard entdeckt? Ich beginne zu glauben, daß er nach Hause gerannt ist...«

»Das ist der letzte Ort, an den er gehen würde«, erwiderte Cadfael vernünftig, »da er sich der Absichten seiner Großmutter sehr bewußt ist. Warum? Wollt Ihr mir etwa sagen, daß euch dieser Schlingel verlorengegangen ist?«

»Er ist fort – seit gestern abend verschwunden, und wir haben es erst vor einer Stunde erfahren.« Paul platzte in einem Wasserfall schuldbewußter, vorwurfsvoller und besorgter Worte mit der entsetzlichen Geschichte heraus. »Und ich trage die Schuld! Ich habe meine Pflicht vernachlässigt, ich war zu nachgiebig, ich habe ihnen zu sehr vertraut... aber warum ist er nur fortgelaufen? Es ging ihm doch gut. Er ließ sich nie etwas anmerken...«

»Er hatte zweifellos seine Gründe«, meinte Cadfael, indem er sich nachdenklich die breite braune Nase kratzte. »Aber zu der Dame zurück? Das bezweifle ich. Nein, wenn er so eilig aufbrach, dann war es etwas völlig Neues und Dringendes, das ihn in Bewegung brachte. Gestern abend nach der Vesper, sagtet Ihr?«

»Edwin verriet mir, daß Richard am Fluß herumgetrödelt hat und zur Vesper zu spät kam. Wahrscheinlich hat er im Kreuzgang gewartet, um sich nach dem Gottesdienst unter die Jungen zu mischen. Aber das konnte er nicht, weil Jerome im Gang stand und auf Bosiet wartete, der mit den anderen Gästen den Gottesdienst besucht hatte. Als Edwin zurückblickte, sah er, wie Richard herausgerannt kam und sich zu den Ställen wandte, um dann mit seinem Pferd eilig durch das Tor zu verschwinden.«

»Ach, wirklich!« rief Cadfael, dem ein Licht aufging. »Und wo war Jerome in diesem Augenblick mit Bosiet, daß der Junge sich unentdeckt davonstehlen konnte?« Doch er wartete die Antwort nicht ab. »Nein, macht Euch nicht die Mühe, Vermutungen anzustellen. Wir wissen ja bereits, worüber sie ungestört sprechen wollten – über eine kleine und private Angelegenheit. Jerome wollte keine Zuhörer, doch anscheinend hatte er einen, von dem er nichts wußte. Paul, ich muß die Suche noch eine Weile Euch allein überlassen, denn ich will zu Hugh Beringar. Er hat bereits die Suche nach einem verschwunden Burschen in Gang gesetzt, und bei dieser Gelegenheit kann er auch gleich nach dem zweiten forschen.«

Hugh, den Cadfael im Bogengang des Stadttores einholte, zügelte sofort sein Pferd und starrte den Freund nachdenklich an. »So glaubt Ihr also, ist es gewesen!« sagte er und stieß einen leisen Pfiff aus. »Aber warum sollte er sich um einen jungen Burschen bekümmern, den er kaum gesehen und nie gesprochen hat? Oder habt Ihr Grund zur Annahme, die beiden hätten schon einmal die Köpfe zusammengesteckt?«

»Nein, nicht daß ich wüßte. Ich habe nichts außer dem zeitlichen Zusammenhang, und der ist in der Tat recht aufschlußreich. Es gibt kaum Zweifel, daß Richard das Gespräch belauscht hat und daß er deshalb so eilig aufbrach. Und bevor Bosiet die Einsiedelei erreichte, war Hyacinth schon verschwunden.«

»Und Richard mit ihm!« Hugh zog die schwarzen Augenbrauen zusammen und dachte stirnrunzelnd über die Folgerungen nach. »Wollt Ihr mir sagen, daß ich wahrscheinlich beide gefunden habe, wenn ich einen der beiden aufspüre?«

»Nein, da habe ich ernste Zweifel. Der Junge wollte wahrscheinlich ganz unschuldig vor der Schlafenszeit in seinem Bett liegen. Er ist kein Dummkopf, und er hat überhaupt keinen Grund, uns zu verlassen. Und deshalb haben wir allen Grund, uns um ihn zu sorgen. Er wäre sicher schon lange zurück, wenn er nicht irgendwie aufgehalten worden wäre. Mag sein, daß sein Pony ihn irgendwo abgeworfen hat und er verletzt im Wald liegt, daß er sich verirrt hat oder... es wurde vermutet, daß er nach Eaton heimgekehrt sein könnte, aber das ist schlichtweg unmöglich. Das würde er nie im Leben tun.«

Hugh hatte die versteckte Andeutung erfaßt, über die Cadfael selbst noch nicht richtig nachgedacht hatte. »Nein, aber man könnte ihn dorthin verschleppt haben! Bei Gott, so könnte es sein! Wenn einige von Dionisias Leute ihn allein im Wald getroffen haben, könnten sie auf die Idee gekommen sein, sich bei der Herrin beliebt zu machen. Oh, ich weiß wohl, daß die Dienerschaft eher zu Richard hält als zu ihr, aber trotzdem muß es einige geben, die sich die Gunst der augenblicklichen Herrin erwerben wollen. Cadfael, alter Freund«, sagte Hugh entschlossen, »geht Ihr nur in Eure Werkstatt zurück und überlaßt Eaton mir. Sobald ich meine Männer zur Jagd auf die beiden ausgeschickt habe, werde ich selbst nach Eaton reiten und sehen, was die Dame zu sagen hat. Wenn sie sich weigert, mich für die Suche nach dem einen Burschen ihr Gut auf den Kopf stellen zu lassen, dann werde ich wissen, daß sie den anderen dort irgendwo versteckt hält. Und dann habe ich sie am Kragen. Wenn Richard dort ist, werde ich dafür sorgen, daß er morgen heraus und wieder in Bruder Pauls Armen ist«, versprach Hugh überschwenglich. »Auch wenn das dem Bürschchen eine Abreibung einbringt«, fügte er mit einem mitfühlenden Grinsen hinzu, »mag er sich damit besser bedient fühlen als mit einer Heirat zu den Bedingungen seiner Großmutter. Jedenfalls sind die Schmerzen nach einer Abreibung schneller vergessen.«

Ein eigenartiger Angriff auf das Sakrament der Ehe, und ausgerechnet von einem, der allen Grund hatte, dem Herrn für seine Frau zu danken und auf seinen Sohn stolz zu sein, dachte Cadfael und sagte das auch laut. Hugh hatte sein Pferd schon herumgezogen, um die steile Wyle hinaufzureiten, doch er warf noch einen letzten Blick über die Schulter und rief lachend: »Begleitet mich doch zu meinem Haus und beschwert Euch bei Aline. Leistet ihr Gesellschaft, während ich zur Burg reite und die Häscher ausschicke.«

Die Aussicht, eine Stunde mit Aline zu verbringen und mit seinem Patensohn Giles zu spielen, der jetzt fast drei

Jahre alt war, reizte ihn sehr, doch Cadfael schüttelte ablehnend und resigniert den Kopf. »Nein, ich muß zurück. Wir müssen noch unser Gelände durchsuchen und bis zur Dämmerung die ganze Vorstadt befragt haben. Wir können nicht sicher sein, wo er ist, wir dürfen keinen Winkel auslassen. Gott möge Euch bei Eurer Suche helfen, Hugh, denn wahrscheinlich werdet eher Ihr als wir Erfolg haben.«

Er führte sein Pferd am Zügel über die Brücke zurück zur Abtei, da er plötzlich das Gefühl hatte, für einen Tag schon genug geritten zu sein. Er freute sich auf die Stille und den Frieden des Gottesdienstes und die Abgeschiedenheit der Kirche. Die Suche im Wald mußte Hugh und seinen Soldaten überlassen bleiben. Es hatte keinen Zweck, Zeit zu verschwenden und sich bekümmert zu fragen, wo der Junge die kommende Nacht verbringen würde; doch ein Gebet für ihn war sicherlich angebracht. Und morgen, dachte Cadfael, werde ich noch einmal Eilmund besuchen und ihm die Krücken bringen und auf dem Weg die Augen offen halten. Zwei vermißte Jungen, nach denen gesucht wird. Und einen zu finden, hieße, beide gefunden zu haben? Nein, das war mehr, als man hoffen konnte. Doch wenn er einen fand, war er dem anderen womöglich einen großen Schritt näher gekommen.

Am Fuß der Treppe, die zum Gästehaus hinaufführte, stand ein gerade angekommener Gast und beobachtete mit verhaltenem Interesse das geschäftige Treiben. Die Suche verlief jetzt nicht mehr so hektisch wie zu Anfang, wurde aber als verbissene, gründliche Inspektion jedes Winkels in der Enklave weitergeführt, während einige

Gruppen die Vorstadt durchkämmten. Zu dieser Geschäftigkeit bildete die gefaßte Ruhe des Mannes einen starken Kontrast, wenn auch er dem Aussehen nach nicht weiter außergewöhnlich schien. Er war kräftig und schlank gebaut, seine Haltung bescheiden, und die alten, aber gepflegten Stiefel, die dunklen Gamaschen und das gute, schlichte Gewand, das bis knapp unter das Knie reichte, entsprachen der sonst üblichen Reitkleidung. Er konnte der Pächter eines Barons sein, der im Auftrag seines Herrn unterwegs war, doch ebenso gut auch ein wohlhabender Händler oder ein Abkömmling eines Seitenzweiges einer Adelsfamilie. Cadfael bemerkte ihn sofort, als er durch das Tor trat. Der Pförtner kam aus seinem Verschlag heraus und ließ sich unter lautem Schnaufen draußen auf die Steinbank sinken. Dann blies er in etwas übertriebener Verzweiflung die rosigen Wangen auf.

»Immer noch keine Spur von dem Jungen?« fragte Cadfael, doch er wußte die Antwort bereits.

»Nein, und da er mit dem Pony davonritt, ist es auch kaum zu erwarten. Aber sie sagen, sie wollen ganz sicher gehen. Man will sogar den Mühlteich mit einem Schleppnetz absuchen. Narrheit! Wie sollte er in den Teich gekommen sein, wenn er im Trab zur Vorstadt hinausritt – und das wissen wir mit Sicherheit. Außerdem würde er nicht ertrinken, er schwimmt wie ein Fisch. Nein, er ist außer unserer Reichweite, in welchen Schwierigkeiten auch immer er steckt. Aber sie müssen ja jeden Strohhalm in den Scheunen umdrehen und alle Ställe absuchen. Beeilt Euch lieber und bewacht Eure Werkstatt, sonst stellen sie die auch noch auf den Kopf.«

Cadfael betrachtete die stille dunkle Gestalt am Gästehaus. »Wer ist der Neuankömmling?«

»Ein gewisser Rafe von Coventry. Ein Falkner des Grafen von Warwick. Bruder Denis sagte mir, er wolle in Gwynedd junge Falken zum Abrichten holen. Er ist erst vor einer Viertelstunde gekommen.«

»Ich hätte ihn auf den ersten Blick für Bosiets Sohn gehalten«, meinte Cadfael, »aber anscheinend ist er zu alt – er gehört eher der Generation des Vaters an.«

»Ich hielt ihn zuerst auch für den Sohn. Ich erwartete ihn jeden Augenblick, denn schließlich muß ihm ja jemand sagen, was hier passiert ist, obwohl es mir lieber wäre, Prior Robert übernähme diese Aufgabe.«

»Es gefällt mir, wie dieser Mann«, sagte Cadfael anerkennend, immer noch den Fremden betrachtend, »mitten in diesem Trubel ruhig dastehen kann, ohne neugierige Fragen zu stelle. Ach, ich will zuerst mein Pferd absatteln und in den Stall bringen. Es hatte heute reichlich Bewegung, und ich übrigens auch.«

Und morgen, dachte er, während er das Pferd gemächlich über den großen Hof zum Stallhof führte, muß ich schon wieder los. Vielleicht weiche ich dabei ein wenig vom Weg ab, aber das wird sich morgen zeigen.

Er kam dicht an Rafe von Coventry vorbei, der immer noch ohne Fragen zu stellen die Unruhe beobachtete und seinen eigenen Gedanken nachhing. Als er die Hufe bedächtig über das Pflaster klappern hörte, wandte er den Kopf und erwiderte einen Moment lang Cadfaels Blick, lächelte ihn kurz an und nickte ihm grüßend zu. Der Mann hatte ein kräftig ausgebildetes, aber ansonsten ausdrucksloses Gesicht, eine breite Stirn und kräftige Wangenknochen, einen kurzgeschnittenen braunen Bart und weit auseinanderliegende, selbstbewußte braune Augen mit vielen kleinen Falten in den Winkeln, als sei er daran gewöhnt, im Freien zu arbeiten und seinen Blick über große Entfernungen schweifen zu lassen.

»Wollt Ihr zu den Ställen, Bruder? Dann seid mein Führer. Nichts gegen Eure Burschen, aber ich würde mein Pferd gern selbst versorgen.«

»So halte ich es auch«, erwiderte Cadfael freundlich und blieb einen Augenblick stehen, damit der Fremde sich zu ihm gesellen konnte. »Es ist eine liebe alte Gewohnheit. Und wenn man sie hat, gibt man sie nicht mehr auf.« Da sie von ähnlich kleiner Statur waren, gingen sie im gleichen Schrittmaß weiter.

Im Stallhof rieb ein Bursche der Abtei gerade einen großen Braunen mit einer weißen Blesse auf der Stirn ab und sprach dabei beruhigend auf ihn ein.

»Eurer?« sagte Cadfael anerkennend.

»Ja«, antwortete Rafe von Coventry knapp und nahm dem Stallburschen das Tuch aus der Hand. »Ich danke dir, Freund. Jetzt will ich mich selbst um ihn kümmern. Wo kann ich ihn unterstellen?« Er betrachtete die Nische, die der Knecht ihm zeigte, mit einem langen, kundigen Blick und nickte zufrieden. »Ihr haltet Euren Stall gut in Schuß, Bruder. Nehmt es mir nicht übel, daß ich mein Pferd selbst versorge. Ich bin stolz auf mein gutes Pferd, und wie ihr sagtet, ist es eine alte Gewohnheit.«

»Reist Ihr allein?« fragte Cadfael, der sein Pferd absattelte, den Gast jedoch genau im Auge behielt. Der Gürtel, den Rafe trug, war geeignet, Schwert und Dolch aufzunehmen. Zweifellos hatte er beides mit dem Mantel und seiner anderen Habe im Gästehaus abgelegt. Ein Falkner läßt sich nicht so einfach einordnen wie die meisten anderen Reisenden. Ein Händler hätte mindestens einen flinken Diener zur Hand, der ihn beschützen und ihm sonstwie von Nutzen sein konnte. Ein Soldat konnte genau wie dieser Mann auf sich selbst achtgeben, da er die Waffen trug, mit denen er sich schützen konnte.

»Ich reise schnell«, erklärte Rafe. »Eine große Gruppe ist langsam. Wenn ein Mann allein reist, kann er auch von niemand im Stich gelassen werden.«

»Kommt Ihr von weit her?«

»Von Warwick.« Ein Mann, der nicht viele Worte verlor und keine Neugierde zeigte, das war dieser Falkner des Grafen. Aber sprach das für ihn? Bezüglich der Suche nach dem vermißten Jungen machte er keine Anstalten, Fragen zu stellen, doch hatte er ein gewisses Interesse an den Ställen und den dort untergebrachten Pferden gezeigt. Und nachdem er sein Tier versorgt hatte, verweilte er im Stall und betrachtete die anderen Tiere mit scharfem, kundigem Auge. An den Maultieren und Arbeitspferden wanderte sein Blick vorbei, doch den hellen Falben, der Drogo Bosiet gehört hatte, betrachtete er etwas länger. Das war verständlich für einen Mann, der selbst ein gutes Tier ritt, denn der Falbe war ein schönes Pferd und gewiß von bester Abstammung.

»Kann sich Euer Haus ein solches Tier überhaupt leisten?« Er legte anerkennend eine Hand auf die glänzende Kruppe und streichelte die gespitzten Ohren des Tiers. »Oder gehört dieser Bursche einem Gast?«

»Er gehörte einem Gast«, antwortete Cadfael kurz.

»Er *gehörte*? Wie das?« Rafe wandte sich neugierig um und sah Cadfael mit scharfen, brennenden Augen an.

»Der Mann, dem das Tier gehörte, ist tot. Er liegt in unserer Friedhofskapelle.« Da der ältere Bruder am Morgen auf dem Friedhof bestattet worden war, hatte Drogo die Kapelle jetzt für sich allein.

135

»Was für ein Mann war er? Und wie starb er?« Nun begann er doch, Fragen zu stellen; anscheinend hatte ihn diese Neuigkeit aus seiner Gelassenheit und Gleichgültigkeit gerissen.

»Wir fanden ihn ein paar Meilen von hier entfernt tot im Wald, gestorben durch einen Messerstich in den Rücken und beraubt.« Cadfael war im nachhinein nicht sicher, warum er in diesem Augenblick so zurückhaltend war und warum er beispielsweise nicht einfach den Namen des toten Mannes nannte. Hätte der neue Gast nachgefragt, so hätte er gewiß eine freimütige Antwort bekommen. Doch an diesem Punkt hörten die Fragen auf. Rafe tat die Gefahren, die ein einsamer Ritt im Wald im Grenzland nun einmal mit sich brachte, mit einem Achselzucken ab und verschloß die Tür des Verschlages vor seinem zufriedengestellten Pferd.

»Nun, es ist eine Lehre. Ich sage immer, man muß gut bewaffnet reisen oder sich an die Hauptstraßen halten.«

Er säuberte seine Hände und wandte sich zum Tor. »Ich will mich auf das Abendbrot vorbereiten.« Und er schritt zielstrebig davon, wenn auch nicht zum Gästehaus. Vielmehr nahm er Kurs auf den Kreuzgang. Cadfael fand die Zielstrebigkeit, mit der sich der Mann zur Kirche wandte, so auffällig, daß er ihm neugierig folgte. Rafe von Coventry stand zögernd am Gemeindealtar und sah sich unsicher zwischen den vielen Seitenkapellen um, die in den Nebenschiffen der Hauptkirche untergebracht waren. Cadfael wies ihm die Kapelle, die er suchte.

»Da drüben. Der Bogengang ist niedrig, aber Ihr seid nicht größer als ich und braucht Euch deshalb nicht zu bücken.«

Rafe bemühte sich nicht, seine Absicht zu verbergen oder zu bestreiten oder sich Cadfaels Begleitung zu verbitten. Er schenkte ihm einen ruhigen, nachdenklichen Blick, nickte dankend und folgte ihm. Und in der steinernen Kühle und in dem trüben Licht der Kapelle trat er sogleich an die Bahre, auf der Drogo Bosiets sterbliche Überreste bedeckt lagen. Am Kopf und zu den Füßen brannten Kerzen, in deren Licht er das Tuch vom Gesicht des Toten hob.

Er musterte einen Moment die starren, bleichen Züge und deckte sie wieder zu, ohne jede Spannung und Eile, wie sie noch die Bewegungen seiner Hände vorher verraten hatten. Angesichts des Todes fand er sogar etwas Zeit für schlichte menschliche Ehrfurcht.

»Kennt Ihr ihn zufällig?« fragte Cadfael.

»Nein, ich habe ihn noch nie gesehen. Gott möge seiner Seele gnädig sein!« Und Rafe richtete sich von der Bahre wieder auf, um erleichtert Atem zu schöpfen. Welches Interesse er auch immer an der Leiche gehabt hatte, die Angelegenheit war für ihn erledigt.

»Er war ein wohlhabender Mann namens Drogo Bosiet aus Northamptonshire. Sein Sohn wird jeden Tag hier erwartet.«

»Was Ihr nicht sagt. Es wird seiner Reise eine schreckliche Wendung geben.« Doch die Worte, die er nun sprach, waren nur oberflächlich; er erwartete keine Antwort. »Habt Ihr zu dieser Jahreszeit viele Gäste? Wenn möglich in meinem Alter und von meinem Stand? Ich würde, wenn ich einen Partner finde, am Abend gern Schach spielen.«

Wenn er auch das Interesse an Drogo Bosiet verloren hatte, so interessierte er sich anscheinend dennoch für andere, die wie er als Reisende gekommen waren. Für Männer in seinem Alter und von seinem Stand.

»Bruder Denis könnte Euch ein würdiger Gegner sein«, antwortete Cadfael, sich absichtlich dumm stellend. »Ansonsten ist es um diese Jahreszeit bei uns immer ruhig. Das halbe Gästehaus ist leer.« Sie näherten sich der Treppe vor dem Gästehaus, über dem das Licht des bedeckten und stillen Spätnachmittags allmählich zum Taubengrau des Abends wechselte.

»Dieser Mann, der im Wald niedergestreckt wurde«, sagte Rafe von Coventry. »Euer Sheriff wird sicherlich zur Jagd auf den Gesetzesbrecher geblasen haben, der seine Schandtat so nahe an der Stadt beging. Hat man schon einen Verdacht, wer das Verbrechen begangen haben könnte?«

»Allerdings«, erwiderte Cadfael, »doch man ist noch nicht sicher. Ein Neuankömmling in dieser Gegend, der seit dem Mord aus dem Dienst seines Herrn verschwunden ist.« Und ganz unschuldig und ohne zu verraten, daß er den Gast ausforschen wollte, fuhr er fort: »Ein junger Bursche ist er, vielleicht zwanzig Jahre alt...«

Nicht in Rafes Alter und von seinem Stand, nein! Also uninteressant für ihn, denn er nahm die Information nickend zur Kenntnis und vergaß sie, wenn man seinem gleichgültigen Gesichtsausdruck glauben konnte, sofort wieder. »Nun, möge der Herr über ihre Jagd wachen!« sagte er und tat Hyacinths Schuld oder Unschuld als bedeutungslos für das ab, was seinen Geist beschäftigte.

Er betrat zielstrebig das Gästehaus, um, wie Cadfael dachte, nach Männern in mittleren Jahren Ausschau zu halten, die am Abendessen teilnehmen würden. Ob er jemand Bestimmten suchte? Dessen Name, da er nicht nach Namen gefragt hatte, keine Hilfe sein würde, da er möglicherweise falsch war? Und jedenfalls nicht Drogo Bosiet aus Northamptonshire lautete?

8

Hugh erreichte das Herrenhaus von Eaton früh am Morgen. Sechs Berittene begleiteten ihn, ein Dutzend weitere warteten zwischen dem Fluß und der Hauptstraße, von wo aus sie das weite Acker- und Waldland von Wroxeter bis nach Eyton und darüber hinaus absuchen wollten. Die Suche nach einem flüchtigen Mörder hätte nach Westen erfolgen müssen, doch Richard mußte irgendwo in dieser Gegend sein, wenn er sich tatsächlich aufgemacht hatte, um Hyacinth vor seinem rachsüchtigen Herrn zu warnen. Hughs Truppe hatte die Verbindungsstraße zwischen der Vorstadt der Abtei und Wroxeter genommen, auf der sie schnell reiten konnten und die sie bis in die Nähe von Cuthreds Klause führte, wo Richard höchstwahrscheinlich Hyacinth aufgesucht hatte. Nach dem Bericht des jungen Edwin war er Drogo Bosiet nur um wenige Minuten zuvorgekommen und hatte wahrscheinlich in seiner Eile den kürzesten und schnellsten Weg benutzt. Doch er hatte die Einsiedelei nie erreicht.

»Der Knabe Richard?« fragte der Einsiedler erstaunt. »Gestern habt Ihr mich nicht nach ihm gefragt; Ihr fragtet nur nach dem Mann. Nein, Richard war nicht hier. Ich erinnere mich gut an den Jungen. Gott möge ihn behüten, daß er keinen Schaden nimmt! Ich wußte nicht, daß er vermißt wurde.«

»Und Ihr habt ihn in der Zwischenzeit nicht gesehen? Er wird seit zwei Tagen vermißt.«

»Nein, ich habe ihn nicht gesehen. Meine Tür steht immer offen, selbst des Nachts«, erwiderte Cuthred, »und ich bin ständig da, falls jemand mich braucht. Wäre dem Kind hier in der Nähe irgendein Unglück zugestoßen, dann wäre es gewiß zu mir gekommen. Doch ich habe den Jungen nicht gesehen.«

Es entsprach der Wahrheit, daß beide Türen weit offen standen; die spärliche Möblierung des Wohnzimmers und der Kapelle waren deutlich zu sehen.

»Falls ihr etwas von ihm hört«, bat Hugh, »dann benachrichtigt mich oder die Abtei oder meine Männer, die diese Gegend absuchen werden.«

»Das will ich tun«, antwortete Cuthred ernst und stellte sich ins offene Tor seines kleinen Gartens, um ihnen nachzusehen, als sie nach Eaton zurückritten.

John von Longwood trat sofort aus einer der langen Scheunen am Palisadenzaun, als er das dumpfe Trommeln zahlreicher Hufe auf der festgetretenen Erde des Hofes hörte. Seine nackten Arme und der fast kahle Kopf hatten die Farbe von braunem Eichenholz, denn er war bei Wind und Wetter im Freien unterwegs, und es gab keine Aufgabe in seinem Land, die er nicht selbst in die Hand nehmen konnte. Er starrte Hughs Männer an, die zielstrebig zum Tor hereinritten, doch er schien eher verwundert und neugierig als entrüstet, und kam ihnen sofort entgegen.

»Nun, mein Herr, warum seid Ihr so früh unterwegs?« Ihm war sofort klar, daß ihr Erscheinen etwas Wichtiges zu bedeuten hatte. Keine Hunde und keine Falken, sondern Waffen im Gürtel der Männer und zwei Bogenschüt-

140

zen mit geschulterten Bögen. Dies war eine ganz besondere Jagd. »Wir haben hier keine Schwierigkeiten. Was gibt es Neues in Shrewsbury?«

»Wir suchen nach zwei Vermißten«, sagte Hugh knapp. »Erzählt mir nur nicht, Ihr hättet nicht gehört, daß auf dem Weg zur Stadt vor zwei Tagen ein Mann ermordet wurde. Und der Junge des Einsiedlers ist geflohen und wird verdächtigt, ein entlaufener Leibeigener zu sein, der nun möglicherweise allen Grund hat, ein zweites Mal die Beine in die Hand zu nehmen. Den suchen wir.«

»Oh, natürlich, wir haben davon gehört«, erwiderte John sofort. »Aber ich bezweifle, daß er noch in der Nähe ist. Wir haben seit jenem Nachmittag, als er hier war, um einige Honigkuchen von unserer Dame für Cuthred abzuholen, keine Spur mehr von ihm gesehen. Sie war nicht erfreut über sein Verhalten, denn ich hörte sie schelten. Und er war gewiß ein unverschämter Kerl. Bei dem Vorsprung, den er hat, werdet Ihr ihn wohl nie wiedersehen. Allerdings habe ich nie bemerkt, daß er bewaffnet war«, fügte John hinzu, als dächte er jetzt erst richtig darüber nach. Er runzelte zweifelnd die Stirn. »Immerhin besteht noch die Möglichkeit, daß ein anderer das Leben seines Herrn beendet hat. Die Gefahr, wieder als Leibeigener leben zu müssen, hat sicher ausgereicht, um den Burschen die Beine in die Hand nehmen zu lassen. Und da sein Herr das Land nicht kennt, hätte dieser ihn schwerlich aufspüren können. So bestand sicher nicht die Notwendigkeit, ihn zu töten. Allerdings wird er dem Kommen seines Herrn kaum tatenlos entgegengesehen haben.«

»Der Mann ist bisher weder verurteilt noch angeklagt«, stellte Hugh klar. »Das kann erst geschehen, wenn er gefaßt ist. Aber vorher kann er auch nicht vom Verdacht reingewaschen werden. Jedenfalls will ich ihn haben. Doch wir suchen noch einen zweiten Vermißten, John. Richard, der Enkelsohn Eurer Herrin, ritt am gleichen Abend aus der Abtei und ward seitdem nicht mehr gesehen.«

»Der junge Herr!« rief John entsetzt und erschrocken. »Zwei Tage verschwunden, und wir erfahren erst jetzt davon? Gott steh uns bei, der Schlag wird sie treffen. Was ist passiert? Wer hat den Burschen geschnappt?«

»Niemand hat ihn geschnappt. Er hat allein sein Pony gesattelt und ist davongeritten, ganz aus eigenem Antrieb. Und niemand weiß, wie es ihm seitdem ergangen ist. Und da einer der beiden, die ich suche, ein Mörder sein kann, will ich keine Scheune und kein Haus undurchsucht lassen, und ich will allen Männern auftragen, sich mit scharfem Auge auch nach Richard umzusehen. Zwar seid Ihr ein guter Aufseher, John, aber nicht einmal Ihr könnt wissen, welche Mäuse heimlich in Eure Ställe und Scheunen und Lagerhäuser gekrochen sein mögen. Und genau das will ich wissen, und genau das werde ich zwischen hier und Shrewsbury überall überprüfen. Geht hinein und sagt der Frau Dionisia, daß ich sie um ein Gespräch bitte.«

John schüttelte hilflos den Kopf und ging. Hugh stieg ab und näherte sich der Treppe, die zur Haupthalle des Hauses über dem niedrigen Keller hinaufführte. Er wollte wissen, in welcher Verfassung Dionisia aus der breiten Türe trat. Wenn sie bis zu diesem Augenblick wirklich noch nichts vom Verschwinden des Jungen gehört hatte, von dem der Aufseher ihr sicherlich berichten würde, dann durfte er mit einem Wutausbruch rechnen, vermischt mit echtem Entsetzen und Kummer. Wußte sie jedoch schon davon und hatte sich möglicherweise auf einen Ausbruch vorbereitet, so entschlüpfte ihr vielleicht doch etwas, das sie verriet. Was John anging, so stand dessen Aufrichtigkeit nicht in Frage. Wenn sie den Jungen versteckt hielt, dann hatte John keinen Anteil daran. Er war kein Helfer, den sie mit einem solchen Auftrag betraut hätte, denn er war störrisch und fest entschlossen, eher Richards Aufseher zu sein als der ihre.

Sie kam mit funkelnden Augen und wallenden blauen Gewändern aus der dunklen Türe gestürmt.

»Was muß ich da hören, Herr? Das kann doch nicht wahr sein! Richard wird vermißt?«

»Es ist wahr, Madam«, antwortete Hugh und beobachtete sie genau und unbeeindruckt von der Tatsache, daß er zu ihr aufblicken mußte, was er übrigens auch hätte tun müssen, wenn sie die Stufen zu ihm heruntergekommen wäre, da sie größer war als er. »Er ist seit vorgestern abend aus der Abteischule verschwunden.«

Sie hob mit einem empörten Schrei die geballten Fäuste. »Und ich erfahre erst jetzt davon! Seit zwei Tagen verschwunden! Ist das die Art, wie man dort auf Kinder achtgibt? Und das sind die Leute, die mir mein eigen Fleisch und Blut verweigern! Ich mache den Abt für alles verantwortlich, was meinem Enkelsohn zustößt. Er trägt die ganze Schuld. Und was tut Ihr, Herr, um das Kind wiederzufinden? Ihr sagt mir, er werde seit zwei Tagen vermißt, und doch kommt Ihr jetzt erst, um es mir zu sagen...«

Das kurze Schweigen, das darauf folgte, trat nur ein, weil sie Atem schöpfen mußte. Sie stand mit blitzenden Augen auf der Treppe, groß, mit ergrautem Haar und stattlich, das lange, edle Gesicht vor Wut gerötet. Hugh nutzte die Stille schamlos aus, solange sie dauerte, denn sie würde nicht lange dauern.

»War Richard hier?« fragte er unumwunden und forderte damit einen weiteren Ausbruch heraus.

Sie holte Luft und starrte ihn mit offenem Mund an. »*Hier*? Nein, er war nicht hier. Wäre ich denn so verzweifelt, wenn er hier wäre?«

»Ihr hättet zweifellos den Abt benachrichtigt«, meinte Hugh täuschend harmlos, »wenn er zu Euch gerannt gekommen wäre. In der Abtei macht man sich nicht weniger Sorgen um ihn als hier. Er ritt allein und aus eigenem Willen davon. Wo sonst, wenn nicht hier sollten wir zuerst nach ihm suchen? Aber Ihr sagt mir, daß er nicht hier ist und nicht hier war. Und sein Pony ist nicht allein zu den Ställen zurückgekommen?«

»Das ist es nicht, denn das hätte man mir sofort gesagt. Wenn das Pferd ohne Reiter hier angekommen wäre«, erwiderte sie mit bebenden Nasenflügeln, »dann hätte ich alle meine Männer sofort in die Wälder geschickt, um Richard zu suchen.«

»Meine Männer sind in diesem Augenblick genau damit beschäftigt«, sagte Hugh. »Ich wäre Euch dankbar, wenn Ihr auch Richards Leute aussenden könntet. Je mehr, desto besser. Denn es scheint, als wären wir in eine Sackgasse gelaufen«, fügte er hinzu, immer noch nachdenklich ihr Gesicht beobachtend, »da er auch hier nicht zu finden ist.«

»Nein«, fauchte sie. »Er ist nicht hier! Und er war nicht hier! Aber wenn er, wie Ihr behauptet, aus eigenem Willen aufbrach, dann wollte er sicher zu mir kommen. Und für alles, was ihm unterwegs zustieß, gebe ich Radulfus die

144

Schuld. Er ist nicht in der Lage, ein adliges Kind zu behüten, wenn so etwas geschehen kann.«

»Das will ich ihm ausrichten«, sagte Hugh nachgiebig und fuhr mit täuschender Freundlichkeit fort: »Es ist meine Pflicht, die Suche nach Richard und nach dem Dieb fortzusetzen, der im Wald von Eyton einen Gast der Abtei tötete. Ihr braucht keine Angst zu haben, Madam, daß meine Suche oberflächlich sein wird. Da ich nicht erwarten kann, daß Ihr täglich jede Ecke des großen Gutes Eures Enkelsohnes in Augenschein nehmt, werdet Ihr mir sicher gern freien Zugang zum ganzen Besitz gewähren, damit ich Euch diese Arbeit abnehmen kann. Ihr wollt sicher Euren Pächtern und Nachbarn ein Beispiel geben.«

Sie warf ihm einen sehr langen, feindseligen Blick zu und fuhr plötzlich zu John von Longwood herum, der unbeteiligt und ruhig an ihrer Seite stand. Ihre stürmische Bewegung ließ den Saum ihres langen Rockes peitschen wie den Schwanz einer wütenden Katze.

»Öffnet diesen Soldaten meine Tore. Alle meine Tore! Sie sollen sich vergewissern, daß ich weder einem Mörder Unterschlupf gewähre, noch mein eigen Fleisch und Blut hier verstecke. Laßt alle unsere Pächter wissen, daß es mein Wille ist, daß sie die Suche ebenso bereitwillig über sich ergehen lassen wie ich. Nun, Sheriff«, sagte sie und blickte ungeheuer würdevoll zu Hugh herab, »betretet mein Haus und sucht, wo immer Ihr wollt.«

Er dankte ihr unbeeindruckt und äußerst höflich, und wenn sie das Funkeln in seinen Augen sah, das um ein Haar ein offenes Lächeln geworden wäre, dann ging sie darüber hinweg. Doch sie richtete ihren geraden Rücken noch weiter auf, zog sich mit schnellen, zornigen Schritten in die Halle zurück und überließ ihm die Suche, die seiner Ansicht nach ergebnislos verlaufen mußte. Doch man konnte nicht sicher sein, und falls sie damit gerechnet hatte, daß eine so freimütige und schnelle Einladung als Beweis gelten und die Männer in eine andere Richtung lenken würde, möglicherweise sogar mit schamrotem Gesicht, dann sollte sie sich täuschen. Hugh machte sich daran, jeden Winkel in Dionisias Herrenhaus zu durchsuchen, die Küchen und die Lagerräume, jede Kiste, jeden Handkarren und jedes Faß im Speicher, jede Scheune und jeden Stall am Palisadenzaun, die Werkstatt des Schmiedes, jeden Dachboden und jedes Lager. Dann wandte er sich nach draußen und suchte die Felder und die Schafhürden ab und schließlich die Hütten aller Pächter und Leibeigenen und Freisassen auf Richards Land. Aber Richard war nirgends zu finden.

Bruder Cadfael ritt am Nachmittag zu Eilmunds Haus. Er hatte die neuen Krücken bei sich, die Bruder Simon nach den Maßen des Försters geschnitten hatte. Es waren kräftige, gute Stützen, die ein ordentliches Gewicht tragen konnten. Der Bruch heilte gut, das Bein war gerade und nicht verkürzt. Eilmund war es nicht gewöhnt, untätig im Bett zu liegen, und er war eifersüchtig, weil fremde Hände seinen Wald pflegten. Sobald er erst diese Hilfsmittel in Händen hielt, würde Annet ihn kaum noch im Hause halten können. Cadfael mußte daran denken, daß ihr die Hilflosigkeit ihres Vaters ungewöhnlich viel Freiraum gegeben hatte, ihren eigenen weiblichen Plänen nachzugehen, die zweifellos recht unschuldig waren; doch was Eilmund daraus machte, wenn er es herausfand, war eine andere Sache.

Als er sich dem Dorf Worxeter näherte, traf Cadfael auf

Hugh, der nach einem langen Tag im Sattel zur Stadt zurückritt. Draußen in den Feldern und im Wald kämmten seine Soldaten immer noch methodisch jeden Hain und jede Wiese durch. Hugh jedoch mußte unterdessen allein zur Burg zurück, um in Erfahrung zu bringen, welche Nachrichten inzwischen eingetroffen waren, und um zu überlegen, wie man am besten das noch verbleibende Gelände absuchte und wie weit die Suche ausgedehnt werden mußte, wenn sie ergebnislos blieb.

»Nein«, sagte Hugh, Cadfaels stumme Frage beantwortend, sobald sie in Rufweite voneinander waren, »sie hat ihn nicht geholt. Allem Anschein nach erfuhr sie erst von mir, daß er vermißt wurde, wenn es auch, soweit ich weiß, für eine Frau keine große Mühe ist, einen solchen Auftritt zu inszenieren. Aber wir haben in ihren Ställen und Scheunen jeden Strohhalm umgedreht, und was wir nicht gefunden haben, ist so klein, daß es nie gefunden wird. Kein schwarzes Pony in den Ställen, keine Seele, die eine andere Geschichte erzählt, von John von Longwood bis zum Gesellen des Schmiedes. Richard ist nicht da. Er ist in keiner Hütte und in keiner Scheune im Dorf. Auch der Priester öffnete uns sein Haus und begleitete uns rund um das Gut, und er ist ein aufrichtiger Mann.«

Cadfael nickte finster, da seine Befürchtungen bestätigt wurden. »Ich hatte schon den Verdacht, daß mehr dahinter steckt. Es könnte der Mühe wert sein, es auch jenseits von Wroxeter zu versuchen. Nicht, daß mir Fulke Astley wie ein Übeltäter vorkommt – dazu ist er zu fett und vorsichtig.«

»Ich komme gerade von dort«, berichtete Hugh weiter. »Drei meiner Männer schnüffeln noch in den letzten Winkeln herum, doch ich bin sicher, daß er auch dort nicht ist. Wir haben nichts ausgelassen – Herrenhaus, Hütten, Pächter, nichts. Was alle Menschen gemeinsam trifft, kann keiner für sich allein beklagen. Astley hat sich allerdings etwas geziert, bevor er uns hereinließ. Es ging ihm nur um seine Würde, denn wir fanden nichts.«

»Das Pony muß ihrendwo eingesperrt sein«, meinte Cadfael, indem er nachdenklich auf der Unterlippe kaute.

»Es sei denn«, sagte Hugh düster, »der zweite Flüchtige ist mit dem Pferd aus der Grafschaft geritten und hat den Jungen so zurückgelassen, daß dieser nichts mehr bezeugen kann – selbst wenn wir ihn finden.«

Sie starrten einander an und räumten mit ihrem stummen Blick ein, daß dies eine schreckliche, bittere Möglichkeit war, die nicht völlig ausgeschlossen werden konnte.

»Das Kind ist zu ihm gelaufen, soweit wir wissen«, sprach Hugh weiter, »ohne zu irgend jemand ein Wort zu sagen. Wie, wenn der Knabe in aller Unschuld tatsächlich zu einem Schurken und Mörder ritt? Das Pony ist ein kräftiges kleines Tier, groß genug für Richard, der Bursche des Einsiedlers war ein Leichtgewicht und Richard der einzige Zeuge. Ich sage nicht, daß es so war, aber ich weiß, daß solche Dinge geschehen sind und daß sie wieder geschehen können.«

»Ich will es nicht bestreiten«, gab Cadfael zu.

Doch etwas in seinem Tonfall ließ Hugh voller Überzeugung einwerfen: »Aber Ihr glaubt nicht daran.« Cadfael war seiner Sache bisher selbst alles andere als sicher gewesen. »Fühlt Ihr es nicht in Euren Daumen prickeln? Ich werde mich hüten, ein solches Omen zu ignorieren«, sagte Hugh mit einem schiefen Lächeln.

»Nein, Hugh.« Cadfael schüttelte den Kopf. »Ich weiß nichts, was nicht auch Euch bekannt ist, und in dieser

Angelegenheit bin ich niemandes Beistand – von Richard abgesehen. Ich habe mit diesem Hyacinth kaum ein Wort gewechselt, ich habe ihn nur zweimal gesehen: Als er Cuthreds Nachricht ins Kapitel brachte und als er kam, um mich zum Förster zu holen. Alles, was ich tun kann, ist, zwischen hier und Eilmunds Haus die Augen offen halten und Euch versichern, daß ich ein wenig abseits des Weges auf verschiedene Büsche klopfen will. Aber wenn ich etwas zu berichten habe, dann sollt Ihr es vor allen anderen erfahren. Wir wissen nicht, was kommt, aber mögen Gott und St. Winifred uns gute Nachrichten schenken!«

Mit diesem Versprechen trennten sie sich. Hugh ritt zur Burg, um in Erfahrung zu bringen, welche Nachrichten für ihn am späten Nachmittag gekommen waren, während Cadfael durch das Dorf weiter zum Waldland ritt. Er war nicht in Eile, und er hatte über vieles nachzudenken. Eigenartig, wie gerade das Eingeständnis, daß auch das Schlimmste möglich war, sofort seine Überzeugung bestärkt hatte, daß es eben nicht geschehen war und auch nicht geschehen würde. Und noch eigenartiger: Er hatte zwar wahrheitsgemäß erklärt, nichts über Hyacinth zu wissen und kaum ein Wort mit ihm gesprochen zu haben, und dennoch war er plötzlich fest überzeugt, daß dieser Mangel rasch behoben sein würde. Zwar würde er nicht alles erfahren, aber doch das, was er wissen mußte.

Eilmund hatte seine gesunde Gesichtsfarbe zurückgewonnen und begrüßte Cadfael erfreut. Er ließ sich nicht davon abhalten, seine Krücken sofort auszuprobieren. Die vier- oder fünftägige Gefangenschaft im Haus hatte seine Geduld auf eine harte Probe gestellt, doch die Erleichterung, endlich wieder in den Garten hinauszuhumpeln und den Umgang mit seinen neuen Beinen zu lernen, löste sofort eine Schönwetterperiode aus. Als er sich mit den Krücken einigermaßen sicher fühlte, setzte er sich auf Annets Anordnung bereitwillig wieder hin, um mit Cadfael zu Abend zu speisen.

»Eigentlich müßte ich mich jetzt auf den Rückweg machen«, sagte Cadfael, »da ich nun weiß, wie gut Ihr Euch erholt. Der Knochen scheint gerade und stark wie eine Lanze zusammenzuwachsen, und ich brauche Euch jetzt nicht mehr jeden Tag zu behelligen. Da wir gerade von unangenehmen Besuchern sprechen – war Hugh Beringar eigentlich heute mit seinen Männern hier in der Nähe? Ihr habt sicher schon gehört, daß sie Cuthreds Jungen suchen, weil er unter Verdacht steht, seinen Herrn ermordet zu haben. Und auch der junge Richard wird vermißt.«

»Wir haben beides erst gestern abend erfahren«, erwiderte Eilmund. »Ja, sie waren heute morgen hier, eine langgezogene Reihe Soldaten von der Garnison, die jeden Yard Wald zwischen der Straße und dem Fluß abgesucht haben. Sie haben sogar meine Scheune und den Hühnerstall kontrolliert. Will Warden knurrte etwas in der Art, daß es eine sinnlose Dummheit sei, daß er aber seine Befehle habe. Warum die Zeit verschwenden, sagte er, und einen guten Jungen hetzen, den wir alle als ehrlichen Menschen kennen. Aber da seine Lordschaft uns genau im Auge behält, werde ich mich hüten, auch nur eine Hütte oder einen Busch auszulassen. Wißt Ihr, ob man das Kind inzwischen gefunden hat?«

»Noch nicht. Er ist nicht in Eaton, das ist sicher. Wenn es Euch tröstet, Eilmund, auch Frau Dionisia mußte für die Suche ihre Tore öffnen. Ob Edelmann oder Bauer, allen ergeht es gleich.«

Annet wartete ihnen schweigend auf. Sie brachte Käse und Brot zum Tisch. Ihr Schritt war leicht wie immer, ihr Gesicht ruhig; nur als Richards Name fiel, verdunkelten sich ihre Augen in Sorge und Mitgefühl. Man konnte nicht erraten, was in ihr vorging, aber Cadfael stellte einige Vermutungen an. Eilmund wollte ihm seine Gastfreundschaft aufnötigen, doch er verabschiedete sich beizeiten.

»Ich habe in den letzten Tagen allzuviele Gottesdienste versäumt. Besser ich gehe wieder meiner Pflicht nach und nehme heute abend wenigstens noch an der Komplet teil. Übermorgen werde ich noch einmal kommen und nach Euch sehen. Seid nur vorsichtig beim Gehen. Und Ihr, Annet, laßt ihn nicht zu lange auf den Beinen bleiben. Und wenn er Euch Schwierigkeiten macht, dann nehmt ihm die Krücken weg.«

Sie lachte und versicherte, seinem Rat zu folgen, aber Cadfael sah, daß sie in Gedanken nicht bei der Sache war. So hatte sie auch keine Anstalten gemacht, in die Proteste ihres Vaters über Cadfaels frühen Abschied einzustimmen. Ebensowenig kam sie mit zum Tor hinaus, um ihn zu verabschieden, doch sie trat einen Schritt vor die Tür und sah ihm von dort aus zu, wie er aufstieg. Als er sich am Rand der Lichtung noch einmal umdrehte, winkte sie ihm nach. Erst als er verschwunden war, machte sie kehrt und trat wieder in die Hütte.

Cadfael ritt nicht weit. Ein paar hundert Meter tiefer im Wald gab es eine kleine Senke, die von wucherndem Dickicht umgeben war. Dort stieg er ab und band sein Pferd an. Leise und unauffällig schlich er sich bis zu einem Platz zurück, von dem aus er die Haustür beobachten

151

konnte, ohne selbst gesehen zu werden. Das Licht ging allmählich ins weiche Grün der Dämmerung über, und bis auf das späte Lied eines Vogels war es völlig still.

Schon nach ein paar Minuten kam Annet wieder zur Tür heraus und blieb eine Weile gespannt und reglos stehen, den Kopf aufmerksam gehoben, um sich auf der Lichtung umzusehen und zu lauschen. Dann verließ sie, anscheinend zufriedengestellt, mit raschen Schritten den umzäunten Garten und ging hinter die Hütte. Cadfael folgte ihr in der Deckung der Bäume. Die Hühner waren bereits zur Nacht eingesperrt und die Kuh stand im Stall; von diesen allabendlichen Pflichten war Annet schon vor einer guten Stunde zurückgekehrt, als ihr Vater noch seine Krücken im Gras auf der Lichtung ausprobierte. Anscheinend hatte sie noch einen Gang zu tun, bevor die Nacht hereinbrach und die Tür verschlossen und verriegelt wurde. Sie begann federnd und fröhlich zu laufen, die Hände ausgebreitet, um zu beiden Seiten die Büsche zu teilen, bis sie den Rand der Lichtung erreichte. Ihr hellbraunes Haar löste sich aus der Schnecke und tanzte auf ihren Schultern, und sie legte den Kopf zurück und blickte zwischen den Bäumen hinauf, die über ihr allmählich dunkelten und still und feucht gelegentlich ein verwittertes Blatt abwarfen, die Tränen des alternden Jahres.

Sie hatte es nicht weit. Höchstens hundert Schritte tiefer im Wald blieb sie stehen wie zuvor, in jener fröhlichgespannten Haltung, die an ein fliehendes Tier erinnerte. Sie verharrte unter den Ästen der ersten einer ganzen Reihe alter Eichen, die noch ihr volles, jedoch braunes Blattwerk trugen. Cadfael, der nicht weit hinter ihr im Schutz der Bäume stand, sah, wie sie den Kopf zurückwarf und einen hohen, melodischen Pfiff zur Baumkrone hinaufsandte. Und irgendwo von droben zwischen den schimmernden Blättern kam eine Antwort. Es war ein junger Mann, der elegant und lautlos wie eine Katze herabkletterte. Er ließ sich vom letzten Ast fallen und setzte federnd neben Annet auf. Sobald er den Boden berührte, umarmten sie sich innig.

Also hatte er sich nicht geirrt. Die beiden hatten sich auf den ersten Blick ineinander verliebt und hatten zudem das Glück, daß er ihrem Vater einen großen Dienst erwiesen hatte. Da Eilmund hilflos im Haus lag, konnte sie nach Belieben ihren eigenen Plänen nachgehen und einen Flüchtling verstecken und speisen. Aber was würden sie jetzt tun, nachdem der Förster wieder auf den Beinen war, so beschränkt seine Reichweite auch zunächst bleiben mußte? Konnte sie ihren Vater vor eine solche Wahl stellen? Schließlich war er offiziell dem Gesetz verpflichtet. Doch dort standen sie, treuherzig wie Kinder, einander fest umschlungen, und ihre Umarmung hatte etwas so Inniges, daß es gewiß mehr brauchen würde als Vater oder Herr oder Gesetz oder König, um sie voneinander zu trennen. Sie mit ihrer langen Haarmähne und den bloßen Füßen und Hyacinths schöne Gestalt und seine eleganten Bewegungen, seine heftige, beunruhigende Schönheit. Beide hätten zwei Geschöpfe sein können, die der alte Wald selbst ausgebrütet hatte, Faun und Nymphe aus einer uralten Fabel. Nicht einmal das sich herabsenkende Zwielicht konnte ihr Strahlen dämpfen. Nun, dachte Cadfael, der den Anblick in sich aufnahm, wenn es das ist, womit wir es zu tun haben, dann müssen wir weiter voran, denn es gibt kein Zurück. Und er trat unter lautem Rascheln aus den Büschen und ging auf sie zu, ohne sich zu verbergen.

Sie hörten ihn und fuhren mit gereckten Köpfen herum, Wange an Wange wie Rehe, die eine Gefahr wittern. Sie sahen ihn, und Annet breitete sofort die Arme aus, um Hyacinth in den Schutz zwischen sich und dem Stamm des Baumes zu bringen, das Gesicht bleich und der Blick scharf wie ein Schwert. Hyacinth aber lachte laut, schob sie zur Seite und trat vor sie.

»Als ob ich noch einen Beweis brauchte«, sagte Cadfael, um sie zu beruhigen. Er blieb in einiger Entfernung stehen, doch er wußte, daß sie nicht fortlaufen würden. »Ich bin kein Gesetzeshüter. Wenn Ihr Euch etwas habt zuschulden kommen lassen, dann habt Ihr nicht mich zu fürchten.«

»Es braucht einen kühneren Mann als mich«, antwortete Hyacinth mit klarer, leiser Stimme, »zu behaupten, daß er sich nichts habe zuschulden kommen lassen.« Trotz des trüben Lichts leuchtete einen Augenblick sein beunruhigendes Lächeln auf. »Aber ich habe keinen Mord begangen, falls Ihr das meint. Ihr seid doch Bruder Cadfael?«

»Der bin ich.« Er blickte von einem erregten und besorgten Gesicht zum anderen und sah, daß sie ruhiger atmeten und nicht mehr an Flucht oder Angriff dachten. »Ein Glück für Euch, daß sie heute morgen keine Hunde mitgebracht haben. Hugh mag es nicht, einen Mann mit Hunden zu hetzen. Es tut mir leid, mein Junge, wenn Ihr heute abend durch meinen Besuch länger in Eurem Nest da oben warten mußtet als nötig. Ich hoffe, Ihr verbringt eure Nächte etwas bequemer.«

Darauf lächelten beide, immer noch vorsichtig und mit wachsamen und wilden Augen, aber sie schwiegen.

»Aber wo habt Ihr Euch während der Suche der Soldaten versteckt, da sie Euch nicht fanden?«

154

Annet traf mit der gleichen praktischen Entschlossenheit, die sie auch sonst an den Tag legte, eine Entscheidung. Sie regte und schüttelte sich, und die glänzende Haube ihres Haares wallte wie eine bleiche Wolke um ihren Kopf. Sie holte tief Luft und lachte.

»Wenn Ihr es schon wissen wollt, er lag unter Vaters Bett, während Will Warden mit uns auf der Bank saß und Bier trank und seine Männer den Hühnerstall durchstöberten und das Heu in der Scheune wendeten. Ihr dachtet wohl«, sagte sie, indem sie näher an Cadfael herankam und Hyacinth bei der Hand mit sich zog, »daß mein Vater nicht wußte, was ich tat. Habt Ihr das wirklich geglaubt? Keine Sorge, er weiß alles und wußte es von Anfang an oder zumindest von dem Augenblick an, als die Menschenjagd begann. Und nun, da Ihr uns gefunden habt, können wir auch gleich wieder ins Haus gehen und sehen, was wir mit vier Köpfen ausbrüten können, damit wir dieses Gewirr entflechten.«

»Sie werden nicht wiederkommen«, sagte Eilmund behaglich, der dem Treffen in seinem Haus vom Thron seines Bettes aus vorsaß; es war eben jenes Bett, unter dem Hyacinth die Suche der Jäger sicher überstanden hatte. »Und selbst wenn sie kommen, werden wir es rechtzeitig erfahren. Man darf nicht zweimal das gleiche Versteck benutzen.«

»Und Ihr hattet nie Sorge, Ihr könntet einen Mörder beherbergen?« fragte Cadfael.

»Aber gewiß nicht! Ich wußte von Anfang an, daß er kein Mörder war. Und auch Ihr sollt es jetzt erfahren. Ich rede hier von eindeutigen Beweisen, Cadfael, nicht von Glauben, wenn auch der Glaube keine Kleinigkeit ist. Ihr wart gestern abend hier, und auf Eurem Rückweg habt Ihr den Toten gefunden, der, als Ihr ihn fandet, nicht länger als eine Stunde tot war. Stimmt das so?«

»Ich will es gern bestätigen, wenn es Eurer Beweisführung dient.«

»Und Ihr habt mich verlassen, nachdem Annet von ihren allabendlichen Arbeiten zurückgekehrt war. Ihr werdet Euch erinnern, wie ich sagte, daß sie sehr lange gebraucht habe, und das hatte sie tatsächlich; mehr als eine Stunde. Und dies aus gutem Grund, denn sie hat sich mit dem Jungen hier getroffen, und was immer die beiden zu tun hatten, sie hatten es nicht eilig dabei, was Euch sicher nicht sehr verwundern wird. Kurz gesagt waren diese beiden etwa eine Meile von hier im Wald beisammen, bis sie zwei Stunden später zurückkehrte. Der junge Richard fand sie. So kam sie mit Hyacinth zurück, und zehn Minuten nachdem Ihr Euch verabschiedet hattet, brachte sie ihn zu mir herein. Er kann kein Mörder sein, denn er war die ganze Zeit mit ihr oder mit mir oder mit uns beiden zusammen und schlief die Nacht in diesem Haus. Er kann nicht in der Nähe des Mannes gewesen sein, der getötet wurde, das können wir beschwören.«

»Aber warum habt Ihr dann nicht...« begann Cadfael und unterbrach sich, da er sofort die Sinnlosigkeit seiner Frage erkannte. Er hob eine Hand, um die offensichtliche Antwort zu unterbinden. »Nein, sagt kein Wort! Ich verstehe schon. Mein Verstand ist heute abend etwas langsam. Wenn Ihr Hugh Beringar klargelegt hättet, daß er einen erwiesenermaßen unschuldigen Mann jagt, dann wäre diese Gefahr erst einmal vorbei gewesen. Aber wenn auch ein Bosiet tot ist, kann ein zweiter jeden Tag in der Abtei eintreffen – er könnte sogar in diesem Augenblick

156

schon dort sein. Und ein Mann, der es wissen muß, da er die Zeichen an sich trägt, sagt, der Sohn sei so schlimm wie der Vater. Nein, Ihr konntet Euch nicht erklären.«

Hyacinth saß im Reisig zu Annets Füßen auf dem Boden und legte die Arme um seine angezogenen Knie. Er sagte leidenschaftslos und ohne besondere Betonung, aber mit der gelassenen Endgültigkeit eines fest entschlossenen Menschen: »Ich gehe nicht zurück.«

»Und das sollst du auch nicht!« sagte Eilmund inbrünstig. »Versteht Ihr, Cadfael, als ich den Jungen hier aufnahm, ging es überhaupt nicht um Mord. Er war ein entlaufener Leibeigener, den ich schützen wollte, da er schließlich guten Grund hatte, fortzulaufen. Außerdem hatte er mir einen großen Dienst erwiesen. Ich mochte ihn, und ich wollte nicht, daß er zurückgeschickt und bestraft wird. Und als dann das Geschrei um den Mord begann, sah ich keinen Grund, meine Meinung zu ändern, denn ich wußte, daß er nichts damit zu tun hatte. Es ging mir gegen den Strich, daß ich nicht losgehen und es dem Sheriff und dem Abt und allen anderen sagen konnte, aber Ihr werdet verstehen, daß es unmöglich war. Und da wir jetzt den Jungen hier vor uns haben, müssen wir uns fragen, wie wir am besten für seine Sicherheit sorgen.«

9

Wie es schien, gingen alle wie selbstverständlich davon aus, daß Cadfael auf ihrer Seite stand und sich bereitwillig an der Verschwörung beteiligte. Wie konnte es auch anders sein? Es gab eindeutige Beweise dafür, daß der Junge kein Mörder war, und diese Beweise konnten im Vertrauen auf seine Urteilsfähigkeit in Hugh Beringars Hände gelegt werden. Doch konnte dies nicht geschehen, ohne Hyacinth gerade der Gefahr auszusetzen, vor der er geflohen war. Er konnte kaum hoffen, ein zweites Mal zu entkommen. Hugh war wie jeder andere durch das Gesetz gebunden, und selbst seine Neigung, gelegentlich Augen und Ohren zu verschließen, konnte Hyacinth nicht helfen, wenn Bosiet erst erfahren hatte, wo er war und wer ihn beschützte.

»Wir könnten Euch«, meinte Cadfael etwas zweifelnd, »vielleicht aus dem Land und nach Wales bekommen, wo Ihr vor den Verfolgern sicher seid...«

»Nein«, sagte Hyacinth entschlossen, »ich will nicht fortlaufen. Ich will mich verstecken, solange ich muß, aber ich will nicht wegrennen. Das hatte ich vor, als ich in diese Gegegend kam, aber ich habe es mir anders überlegt.«

»Warum?« fragte Cadfael einfach.

»Aus zwei Gründen. Einmal, weil Richard verschwunden ist, und Richard hat meine Haut gerettet, als er mich warnte. Ich stehe in seiner Schuld und will dafür sorgen, daß er wohlbehalten dorthin zurückkommt, wo er hingehört. Und zweitens, weil ich frei und sicher hier in Shrewsbury leben will. Ich will mir in der Stadt eine Arbeit suchen, meinen Lebensunterhalt verdienen und eine Frau nehmen.« Er strahlte Eilmund mit großen, glänzenden Bernsteinaugen an und lächelte. »Wenn Annet mich haben will.«

»Da solltest du zuerst mich um Erlaubnis fragen«, meinte Eilmund, doch er sagte es so freundlich, daß sofort klar wurde, daß ihm diese Idee weder neu noch unwillkommen war.

»Das will ich tun, wenn der richtige Augenblick gekommen ist, aber was ich heute bin und habe, will ich Euch oder ihr nicht anbieten. Die Sache mag eine Weile ruhen, doch sie soll nicht vergessen werden«, erwiderte der junge Mann strahlend. »Zuerst aber muß ich Richard finden! Das ist das wichtigste!«

»Was kannst du schon tun?« widersprach Eilmund, der praktisch dachte. »Nichts, was Hugh Beringar und all seine Männer nicht schon getan haben. Und dabei wirst du auch noch selbst gesucht, und die Hunde sind schon auf deiner Fährte! Wenn du vernünftig bist, hältst du dich ruhig und außer Sichtweite, bis Bosiets Suche nach dir ihn mehr kostet, als sein Haß wert ist. So muß es irgendwann zweifellos kommen. Er hat daheim sein Land, um das er sich kümmern muß.«

Es blieb offen, ob Hyacinth nach den üblichen Maßstäben ein vernünftiger Junge war. Er saß völlig still und zeigte wieder jene Spannung, die sich jeden Augenblick in heftigen Bewegungen äußern konnte, und auf seinen glatten Wangen und seiner Stirn schimmerte das Herdfeuer und gab seiner bronzenen Haut einen goldenen Glanz. Annet, die neben ihm auf der gepolsterten Bank an der Wand saß, war ihm sehr ähnlich. Auch ihr Gesicht war unbewegt, doch ihre Augen strahlten wie Saphire. Sie ließ zu, daß man in ihrer Gegenwart über sie redete, ohne ein Wort einzuwerfen, und sie berührte nicht einmal Hyacinths schlanke Schultern, um ihm noch einmal die Ernsthaftigkeit ihrer Vorsätze deutlich zu machen. Die anderen mochten Zweifel über Annets Zukunftsaussichten haben; sie selbst hatte keine.

159

»Richard hat Euch sofort verlassen, nachdem er Euch die Warnung überbracht hatte?« fragte Cadfael.

»So ist es. Hyacinth wollte ihn zum Waldrand begleiten«, erzählte Annet, »aber das wollte Richard nicht. Er wollte erst fortgehen, wenn Hyacinth sich versteckt hatte, und das versprachen wir ihm. Dann ritt er über den Weg zurück. Und wir gingen in die Hütte zu meinem Vater, wie er Euch schon gesagt hat, und auf dem Weg hierher sahen wir keinen Menschen. Richard ist sicher nicht einmal in die Nähe von Eaton gekommen, sonst hätte ihn seine Großmutter geschnappt. Er wollte heim ins Bett.«

»Das dachten wir alle«, räumte Cadfael ein, »unter anderem auch Hugh Beringar. Trotzdem war er schon früh dort und stellte das Gut auf den Kopf, ohne den Jungen zu finden. Ich glaube, John von Longwood und die anderen im Haus hätten es ihm gesagt, wenn sie Richard gesehen hätten. Frau Dionisia ist eine beeindruckende Person, aber Richard ist der Herr von Eaton, und ihm und nicht etwa ihr sind die Leute in Zukunft Gehorsam schuldig. Wenn sie es nicht wagten, in ihrer Gegenwart zu sprechen, dann hätten sie es leise hinter ihrem Rücken getan. Nein, er ist nicht dort.«

Die Zeit der Vesper war schon lange vorbei. Selbst wenn er sich sofort auf den Rückweg machte, würde er zur Komplet zu spät kommen, doch er blieb sitzen und bedachte die veränderte Lage. Er forschte nach dem besten Ausweg, doch man konnte anscheinend nichts Besseres tun als warten und versuchen, den Häschern aus dem Wege zu gehen. Er war froh, daß Hyacinth kein Mörder war; es war eine große Erleichterung. Doch es war eine ganz andere Sache, zu verhindern, daß Bosiet ihn in die Hände bekam.

»Um Himmels willen, Junge«, sagte er seufzend, »was habt Ihr denn Eurem Lehnsherrn dort in Northampton-shire angetan, daß er Euch so bitter haßt? Habt Ihr wirklich seinen Aufseher angegriffen?«

»Das tat ich«, gab Hyacinth zufrieden zu, und in seinen Augen flammte ein roter Funke auf. »Es war unmittelbar nach der Ernte. Ein Mädchen sammelte auf einem Feld die Überreste zusammen. Kein Mädchen, das er allein antraf, war vor ihm sicher. Ich war zufällig in der Nähe. Er hatte einen Stock, und er ließ sie los, um mich auf den Kopf zu schlagen, als ich ihn angriff. Ich holte mir ein paar Prellungen, aber er blieb bewußtlos auf den Steinen am Ackerrand liegen. Ich konnte nichts tun als weglaufen. Ich hatte nichts zu verlieren, ich besaß kein Land – Drogo hatte meinem Vater zuvor die Pacht gekündigt. Er war sterbenskrank damals, und ich hatte die ganze Arbeit zu tun, die Felder bestellen und Bosiets Erntearbeit dazu, und am Ende hatten wir große Schulden. Wir waren ihm schon lange ein Dorn im Auge, weil ich angeblich seine Leibeigenen gegen ihn aufgehetzt hätte ... Aber ich habe mich nur für ihre Rechte eingesetzt. Auch für Leibeigene gibt es Gesetze zum Schutz von Leib und Leben, aber die sind auf Bosiets Gütern nicht gültig. Er hätte mich dafür, daß ich den Aufseher angegriffen hatte, umbringen können – er hätte mich aufhängen können, wenn ich ihm nicht nützlich gewesen wäre. Aber es war die Gelegenheit, auf die er gewartet hatte.«

»Inwiefern wart Ihr nützlich für ihn?« fragte Cadfael.

»Ich bin geschickt in feinen Lederarbeiten – Gürtel, Wämse, Geldbörsen und so weiter. Nachdem er mir das Land genommen hatte, bot er mir an, mir das Haus zu lassen, wenn ich mich verpflichtete, nur noch für ihn zu

161

arbeiten. Ich hatte keine Wahl, ich war ja sein Leibeigener. Ich begann, noch schönere Vergoldungen und Verzierungen zu erfinden. Einmal wollte er den Grafen um einen Gefallen bitten und ließ mich einen Bucheinband machen, den er dem Grafen schenken wollte. Der Prior vom Augustinerkloster in Huntingdon sah den Einband und bestellte einen Einband für die große Bibel, und der Subprior der Kluniazenser in Northampton wollte eine Schutzhülle für sein bestes Meßbuch, und so kam eins zum anderen. Alle zahlten gut, aber ich hatte nichts davon. Drogo hat an mir viel verdient. Das ist der zweite Grund dafür, daß er mich lebend haben will. Und so wird auch sein Sohn Aymer denken.«

»Wenn du so geschickte Hände hast«, sagte Eilmund anerkennend, »dann kannst du deinen Lebensunterhalt überall verdienen, sobald du von diesen Bosiets frei bist. Unser Abt könnte dir durchaus einiges zu tun geben, und mancher Händler in der Stadt wäre froh, dich in den Dienst zu nehmen.«

»Wo und wie seid Ihr Cuthred begegnet?« fragte Cadfael neugierig.

»Das war in der Priorei der Kluniazenser in Northampton. Ich lagerte dort über Nacht, aber ich wagte nicht, die Enklave zu betreten, weil mich dort einige kannten. Ich beschaffte mir etwas zu essen, indem ich mit den Bettlern am Tor kniete, und als ich vor dem Morgengrauen aufbrach, machte sich auch Cuthred auf den Weg, nachdem er die Nacht im Gästehaus verbracht hatte.« Hyacinth verzog die Lippen plötzlich zu einem düsteren Lächeln. Die strahlenden Augen blieben unter den geschwungenen goldenen Lidern verborgen. »Er schlug vor, daß wir zusammen reisten. Gewiß nur aus Barmherzigkeit. Oder damit ich nicht mein Essen stehlen mußte und noch tiefer hinabsank.« Und plötzlich blickte er auf und richtete das ganze Strahlen seiner großen Augen voll und feierlich auf Eilmund. Das Lächeln war verschwunden.

»Es ist an der Zeit, daß Ihr das Schlimmste erfahrt. Ich will nicht, daß es hier unter Freunden Lügen gibt. Ich kam hierher und war der Welt nichts schuldig. Ich war zu jeder Schandtat bereit und hätte auch ein Bandit und Vagabund sein können, und wo nötig, hatte ich mich schon als Dieb betätigt. Bevor Ihr mich noch eine weitere Stunde in Eurem Hause beherbergt, sollt Ihr Gelegenheit haben, es Euch zu überlegen. Annet«, sagte er, und seine Stimme wurde beim Klang ihres Namens weich und zärtlich, »weiß bereits, was auch Ihr jetzt erfahren müßt. Ihr habt das Recht dazu. Ich sagte ihr die Wahrheit an jenem Abend, als Bruder Cadfael hier war, um Euer Bein einzurichten.«

Cadfael erinnerte sich an die reglose Gestalt, die geduldig vor der Hütte gewartet hatte, und an das drängende Flüstern: »Ich muß mit dir reden!« Und Annet, die in die Dunkelheit hinausgetreten war und hinter sich die Tür verschlossen hatte.

»Ich war derjenige«, erklärte Hyacinth mit eiserner Entschlossenheit, »der den Damm mit Büschen versperrte, so daß die Schonung überflutet wurde. Ich war es, der die Böschung aushöhlte und den Graben überbrückte, so daß die Rehe auf die Lichtung überwechseln konnten. Ich war es, der Holz am Zaun von Eaton aufstapelte, damit die Schafe auf der anderen Seite die Eschenschößlinge fressen konnten. Ich hatte Befehl von Frau Dionisia, ein Dorn im Fleische der Abtei zu sein, bis sie ihren Enkelsohn zurückbekommen hatte. Deshalb gab sie Cuthred diese

Klause – damit ich als sein Diener bei ihm sein konnte. Damals wußte ich noch nichts von Euch, und es war mir gleichgültig. Ich wollte mich nicht weigern, weil man mir ein bequemes Leben und einen sicheren Unterschlupf bot, solange ich wollte. Es war alles mein Werk, und um so schlimmer ist es, daß der Baum umstürzte und Euch im Bach einklemmte. Es ist meine Schuld, daß Ihr gelähmt und ans Haus gebunden seid – doch der Erdrutsch kam von selbst, er geschah ohne mein Zutun. Jetzt wißt Ihr alles«, sagte Hyacinth, »und wenn Ihr mir dafür das Fell gerben wollt, dann werde ich keine Hand gegen Euch erheben, und wenn Ihr mich danach hinauswerft, dann werde ich gehen.« Er nahm Annets Hand und fügte hinzu: »Aber nicht weit.«

Es gab eine lange Pause. Die beiden starrten ihn gespannt und schweigend an, und Annet sah nicht weniger besorgt drein. Niemand sprach. Niemand erhob die Stimme gegen ihn, niemand hatte ihn bei seinem halb trotzigen Geständnis unterbrochen. Hyacinths Wahrheit war wie ein Dolchstoß, und seine Demut schien fast arrogant. Wenn er sich schämte, dann war es ihm nicht anzusehen. Doch es war ihm sicher nicht leichtgefallen, die große Freundlichkeit, die Vater und Tochter ihm erwiesen hatten, derart aufs Spiel zu setzen. Wenn er nicht gesprochen hätte, Annet hätte von sich aus kein Wort gesagt. Und er hatte nicht gefleht und keine Ausflüchte gemacht. Er war bereit, ohne Klagen anzunehmen, was kommen würde. Kein Beichtvater, so beredt oder schrecklich er auch war, würde dieses schwer faßbare Geschöpf noch einmal so nahe an den Zustand der Bußfertigkeit bekommen.

Eilmund regte sich und lehnte die breiten Schultern bequem gegen die Wand. »Nun, du hast den Baum auf mich fallengelassen und du hast ihn heruntergehoben. Und wenn du glaubst, ich gebe einen entlaufenen Leibeigenen in die Sklaverei zurück, nur weil er mir einige üble Streiche gespielt hat, dann bist du mit Leuten von meinem einfachen Schlag nicht vertraut. Ich glaube, der Schreck, den ich dir an jenem Tag einjagte, war genau die Abreibung, die du gebraucht hast. Und seitdem hast du mir nichts mehr angetan, denn soweit ich weiß, ist es seit jenem Tage ruhig im Wald. Ich glaube, die Dame ist mit ihrem Handel womöglich etwas unzufrieden. Sei vernünftig und bleib, wo du bist.«

»Ich habe ihm schon gesagt«, sagte Annet mit einem zuversichtlichen Lächeln, »daß du ihm nicht Gleiches mit Gleichem vergelten würdest. Ich habe geschwiegen, weil ich wußte, daß er selbst damit herausrücken würde. Und Bruder Cadfael weiß jetzt, daß Hyacinth kein Mörder ist, und nun hat er das Schlimmste gebeichtet, was er zu beichten hat. Niemand hier wird ihn verraten.«

Nein, gewiß nicht! Aber Cadfael hing etwas besorgt seinen Gedanken nach und überlegte, was jetzt zu tun war. Verrat war mit Sicherheit ausgeschlossen, aber die Jagd würde weitergehen, und möglicherweise würden auch die Wälder noch einmal durchkämmt werden. In der Zwischenzeit ging Hugh jedoch in die Irre, da er sich nach wie vor auf Hyacinth als Hauptverdächtigen konzentrierte, so daß wahrscheinlich jede Spur des wirklichen Mörders verlorenging. Auch Drogo Bosiet hatte gewisse Rechte, so sehr er auch die Rechte anderer einschränkte. Hugh die Beweise für Hyacinths Unschuld vorzuenthalten bedeutete zugleich, den wirklich Schuldigen entkommen zu lassen.

»Wollt Ihr mir vertrauten und mich Hugh Beringar

165

berichten lassen, was Ihr mir erzählt habt? Gebt mir die Erlaubnis«, drängte Cadfael eilig, als er sah, wie sie ihn alle entrüstet anstarrten, »unter vier Augen mit ihm zu reden.«

»Nein!« Annet legte besitzergreifend die Hand auf Hyacinths Schulter, und ihre Augen brannten wie ein frisch entfachtes Feuer. »Nein, Ihr könnt ihn nicht ausliefern! Wir haben Euch vertraut, Ihr könnt uns nicht verraten.«

»Nein, das meine ich nicht. Ich kenne Hugh gut, er würde nicht ohne weiteres einen Leibeigenen der Mißhandlung aussetzen. Er ist eher für Gerechtigkeit als für das Gesetz. Laßt mich ihm nur sagen, daß Hyacinth unschuldig ist, und ihm die Beweise vorlegen. Ich brauche ihm nicht zu erzählen, daß ich weiß, wo er sich befindet, denn Hugh wird meinem Wort glauben. Dann kann er seine Soldaten zurückrufen und Euch in Ruhe lassen, bis Ihr gefahrlos vortreten und für Euch selbst sprechen könnt.«

»Nein!« rief Hyacinth, der mit einer wilden, fließenden Bewegung aufgesprungen war. Seine Augen waren zwei erschreckt zuckende gelbe Flammen. »Kein Wort zu ihm, kein Wort! Wenn wir gewußt hätten, daß Ihr zu ihm gehen wollt, dann hätten wir Euch nicht eingeweiht. Er ist der Sheriff, er muß Bosiets Partei ergreifen – er besitzt selbst ein Gut, er hat selbst Leibeigene – glaubt Ihr, er würde sich gegen meinen rechtmäßigen Herrn auf meine Seite stellen? Aymer würde mich zurückschleppen und lebenslang einsperren.«

Cadfael wandte sich an Eilmund um Hilfe. »Ich schwöre Euch, daß ich den Verdacht von diesem Jungen nehmen kann, wenn ich mit Hugh spreche. Er wird mir glauben und die Jagd abblasen – er wird seine Männer zurückziehen oder in eine andere Richtung schicken. Er muß ja immer noch Richard finden. Eilmund, Ihr kennt Hugh Beringar gut genug, um seine Aufrichtigkeit nicht in Zweifel zu ziehen.«

Aber nein, Eilmund kannte ihn nicht, nicht wie Cadfael. Der Förster schüttelte zweifelnd den Kopf. Ein Sheriff ist und bleibt ein Sheriff und muß dem Gesetz gehorchen, und das Gesetz ist streng und nützt alles in allem eher dem Herrn als dem Bauern, Diener oder dem Besitzlosen. »Er ist ein anständiger, aufrechter Mann, das kann ich ihm zugute halten«, erwiderte Eilmund schließlich. »Aber ich würde es nicht wagen, das Leben dieses Jungen in die Hände eines Offiziers des Königs zu legen. Nein, laßt alles, wie es ist, Cadfael. Sprecht mit niemand ein Wort, solange Bosiet noch in der Gegend ist.«

Nun hatten sie sich gegen ihn verbündet. Er bemühte sich, ihnen zu erklären, welche Erleichterung es wäre, wenn sie wüßten, daß die Jagd auf Hyacinth abgeblasen war und daß seine Unschuld, wenn auch nur unter vier Augen, dem Sheriff bewiesen war. Er könnte dadurch an anderer Stelle nach Drogos Mörder suchen lassen und so auch die Möglichkeit bekommen, die Suche nach Richard gründlicher und mit mehr Männern zu betreiben, nachdem das Kind offenbar irgendwo im Wald verschwunden war. Aber auch sie hatten ihre Argumente, und die waren nicht von der Hand zu weisen.

»Selbst wenn Ihr es unter vier Augen dem Sheriff erzählt«, sagte Annet, »und selbst wenn er Euch wirklich glaubt, dann hat Hyacinth es immer noch mit Bosiet zu tun. Und der junge Bosiet wird wie der alte darauf bestehen, daß der Entlaufene sich irgendwo hier versteckt, ob er ein Mörder ist oder nicht. Er wird schließlich sogar Hunde benutzen, wenn der Sheriff seine Männer abzieht. Nein, sagt zu niemand ein Wort, noch nicht. Wartet, bis sie aufgeben und heimkehren. Dann werden wir herauskommen. Versprecht es uns! Versprecht uns, bis dahin zu schweigen!«

Er konnte nichts weiter tun. Er versprach es. Sie hatten ihn ins Vertrauen gezogen, und gegen ihre entschlossene Weigerung konnte er sich nicht durchsetzen. Er seufzte und gab sein Versprechen.

Es war schon spät, als er sich endlich erhob, um zur Abtei zurückzureiten. Er hatte diesen Menschen ein Versprechen gegeben, und er hatte auch Hugh ein Versprechen gegeben, ohne daran zu denken, wie schwer es zu halten sein könnte. Er hatte gesagt, daß Hugh es vor jedem anderen erfahren sollte, wenn er etwas zu berichten hatte. Eine feinsinnige, wenn auch arglose Wortwahl. Ein entschlossener Geist konnte hier einige Schlupflöcher finden, doch was er gemeint hatte, war Cadfael selbst so klar gewesen wie Hugh. Und nun konnte er sein Wort nicht einlösen. Nicht, solange Aymer Bosiet sich nicht besann, die Kosten seiner Rache berechnete und darauf kam, daß es besser war, heimzukehren und sein Erbe zu genießen. In der Türe drehte er sich noch einmal um und stellte Hyacinth eine letzte Frage, die ihm plötzlich in den Sinn gekommen war. »Was ist mit Cuthred? Ihr beide habt eng beisammen gelebt – hatte er mit den Unglücksfällen in Eilmunds Wald zu tun?«

Hyacinth starrte ihn ernst und etwas überrascht an. Er riß die Bernsteinaugen weit auf. »Wie sollte er?« antwortete er. »Er verläßt seine Klause nie.«

Aymer Bosiet ritt am nächsten Tag gegen Mittag in den großen Hof der Abtei ein. Ein junger Knecht begleitete ihn. Bruder Denis, der für die Gäste verantwortlich war, hatte Befehl, ihn sofort nach seiner Ankunft zu Abt Radulfus zu bringen, denn der Abt wollte die Aufgabe, ihm vom Tod seines Vaters zu berichten, keinem anderen überlassen. Anscheinend war diese Behutsamkeit überflüssig. Der Sohn nahm die Nachricht und die Folgerungen aus ihr schweigend auf, und nachdem er sie schließlich verdaut und bewältigt hatte, gab er seiner Trauer einen angemessenen Ausdruck. Doch hinter dem weniger herrischen und brutalen Gesicht als dem des Vaters schien ein gerissener, berechnender Verstand zu arbeiten, denn während die Gesichtszüge wenig von der mit Worten geäußerten Bekümmerung verrieten, ging in seinem Kopf einiges vor. Er dachte über den Vorfall nach, der ihm einige unangenehme Pflichten auferlegte. Er mußte sich einen Sarg und einen Karren beschaffen und Helfer für die Rückreise nach Hause bezahlen und unterdessen die Zeit, die ihm noch blieb, möglichst gut einteilen. Radulfus hatte bei Martin Bellecote, dem Tischler der Stadt, bereits einen schlichten Innensarg für den Leichnam bestellt. Dieser Sarg war noch nicht geschlossen worden, da man Aymer Gelegenheit geben wollte, sich von Angesicht zu Angesicht von seinem Vater zu verabschieden.

Der Sohn dachte eine Weile nach und fragte schließlich unvermittelt und scharf: »Dann hat er unseren entlaufenen Leibeigenen noch nicht gefunden?«

»Nein«, antwortete Radulfus, und wenn er erschüttert war, dann gelang es ihm, seine Gefühle zu verbergen. »Es gab Hinweise, daß der junge Mann in dieser Gegend sei, aber man war nicht sicher, ob der fragliche junge Mann tatsächlich der Gesuchte war. Ich glaube, daß niemand weiß, wohin er gegangen ist.«

»Und nach dem Mörder meines Vaters wird gesucht?«

»Äußerst gründlich. Alle Männer des Sheriffs sind im Einsatz.«

»Ich hoffe, daß auch mein Leibeigener gefunden wird. Es ist mir gleich«, sagte Aymer grimmig, »ob sich herausstellt, daß es sich um ein und denselben Mann handelt. Das Gesetz ist verpflichtet, alles zu tun, um mir mein Eigentum zurückzugeben. Der Schurke ist eine Plage, aber er ist wertvoll. Ich werde es um keinen Preis zulassen, daß er ungeschoren davonkommt.« Er bleckte die Zähne wie ein wütender Wachhund. Er war groß und hatte lange Gliedmaßen wie sein Vater, doch er war weniger massig und wirkte im Gesicht etwas schlanker; aber er hatte die gleichen, leicht verschleierten Augen, die nur Oberfläche und keine Tiefe zu haben schienen. Er war etwa dreißig Jahre alt und hatte die Veränderung seines Status sicherlich mit einiger Freude zur Kenntnis genommen. In seiner Stimme schwang die selbstgefällige Zufriedenheit eines Besitzenden mit, und er hatte tatsächlich schon von ›meinem Eigentum‹ gesprochen. Dies war ein Aspekt seines Verlustes, den er gewiß nicht übersah.

»Ich will in der Sache dieses Burschen, der sich Hyacinth nennt, mit dem Sheriff reden. Wenn er fortgelaufen ist, spricht es doch um so mehr dafür, daß er tatsächlich Brand ist und daß er beim Tode meines Vaters die Hand im Spiel hatte. Es liegen bereits schwere Anschuldigungen gegen ihn vor. Ich habe nicht die Absicht, solche Schulden unbezahlt zu lassen.«

»Das ist Sache des weltlichen Rechts, nicht die meine«, erwiderte Abt Radulfus kühl und höflich. »Es gibt keinen

Beweis dafür, wer Herrn Drogo tötete. Die Frage ist noch nicht geklärt, aber der Mann wird gesucht. Wenn Ihr mit mir kommen wollt, werde ich Euch in die Kapelle führen, in der Euer Vater aufgebahrt ist.«

Aymer trat an den Sarg, der offen auf der mit Decken verhangenen Bahre stand. Das Licht der hohen Kerzen, die am Kopf- und Fußende des Sarges brannten, zeigte keine tiefgreifende Veränderung im Gesicht des Sohnes. Er starrte mit zusammengezogenen Augenbrauen seinen toten Vater an, doch es war eher das Stirnrunzeln eines Mannes, der viel zu tun hat, als das eines trauernden oder zornigen Sohnes angesichts des toten Vaters.

»Es bekümmert mich sehr«, sagte der Abt, »daß ein Gast unseres Hauses ein so schlimmes Ende fand. Wir haben eine Messe für seine Seele gelesen, doch weiter kann ich leider nichts tun. Ich hoffe, daß die Gerechtigkeit siegen wird.«

»Ich ebenfalls!« stimmte Aymer zu, doch seine Stimme klang abwesend; er war mit anderen Dingen beschäftigt. »Ich muß ihn zur Beerdigung mit nach Hause nehmen. Aber ich kann noch nicht aufbrechen. Diese Suche darf nicht so rasch aufgegeben werden. Ich muß heute nachmittag in die Stadt reiten und Euren Meister Tischler aufsuchen und bei ihm einen Sarg mit einer Bleiverkleidung in Auftrag geben. Schade, daß er nicht hier beerdigt werden kann, doch alle Männer unseres Hauses liegen in Bosiet. Meine Mutter wäre es sonst nicht zufrieden.«

Er sagte es mit einem leicht gereizten Unterton. Wäre nicht die Notwendigkeit gewesen, eine Leiche nach Hause zu überführen, er wäre erheblich länger geblieben, um seiner Jagd nach dem entflohenen Leibeigenen nachzugehen. Doch er wollte die Zeit so gut wie möglich nutzen, und Radulfus kam zu der Ansicht, daß der Sohn vor allem den Leibeigenen und nicht etwa den Mörder seines Vaters fassen wollte.

Zufällig überquerte Cadfael gerade den Hof, als der Neuankömmling früh am Nachmittag wieder aufs Pferd stieg. Er hielt inne und zog sich etwas zurück, um Drogos Sohn interessiert zu mustern. An der Identität konnte kein Zweifel bestehen, denn er war seinem Vater ähnlich, wenn auch dieser jüngere Mann ein wenig milder schien. Die eigenartig flachen Augen, die durch die fehlenden Schatten so seltsam verkleinert schienen, zeigten die gleiche oberflächliche Bosheit. Sein Umgang mit dem Pferd, als er in den Sattel stieg, war weit rücksichtsvoller als dem Knecht gegenüber. Die Hand, die das Zaumzeug hielt, wurde mit dem Peitschenstiel zur Seite gefegt, sobald er im Sattel saß, und als Warin vor dem Schlag so hastig zurückwich, daß das Pferd scheute und unruhig auf dem Pflaster herumtrampelte, den Kopf hochwarf und schnaubte, versetzte der Reiter dem Mann so gleichgültig und mit so wenig offensichtlicher Wut einen Peitschenschlag, daß jedem Beobachter klar wurde, daß dies eben die Art war, wie man mit Untergebenen umzugehen hatte. Er nahm den jüngeren Knecht mit sich in die Stadt und ritt dabei auf dem Pferd seines Vaters, das ausgeruht war und sich nach Bewegung sehnte. Zweifellos war Warin nur zu froh, einige Stunden allein zurückzubleiben.

Cadfael überholte den Mann und begleitete ihn auf dem Rückweg zu den Ställen. Warin drehte den Kopf, um Cadfael seine rasch heilende Prellung zu zeigen, die gelb war wie altes Pergament. Im Mundwinkel war noch die abheilende Narbe zu sehen.

»Ich habe zwei Tage nicht mehr nach Euch geschaut«,

sagte Cadfael, indem er die alten Spuren der Gewalt betrachtete und aufmerksam nach neuen forschte. »Kommt doch mit mir in den Kräutergarten und laßt mich den Riß noch einmal versorgen. Ich bin sicher, daß er ein oder zwei Stunden ausbleiben wird, so könnt Ihr etwas Atem schöpfen. Und jetzt, da die Wunde sauber ist, scheint die Zeit richtig für eine zweite Behandlung.«

Warin zögerte einen Moment. »Sie haben die beiden frischen Pferde genommen, und ich soll in der Zwischenzeit die beiden anderen versorgen. Aber die können noch eine Weile warten.« Und er ging bereitwillig mit Cadfael. Diesem mageren Mann, der ein wenig vor der Zeit ergraut war, schien die Abwesenheit seines Herrn wohlzutun. In der duftenden, kühlen Hütte unter den leise raschelnden Kräutern, die an den Deckenbalken trockneten, saß er behaglich und zufrieden und ließ seine Wunde baden und einsalben. Er hatte es, als Cadfael mit ihm fertig war, nicht eben eilig, zu den Pferden zurückzukehren.

»Er ist noch hitziger hinter Brand her als sein Vater«, sagte er, während er hilflos, aber mitfühlend das Schicksal seines ehemaligen Nachbarn bedachte. »Er ist hin- und hergerissen; einerseits will er ihn hängen, andererseits will er ihn in seiner Gier bis zum Umfallen arbeiten lassen. Dabei hängt seine Entscheidung nicht davon ab, ob Brand den alten Herrn getötet hat, denn zwischen den beiden herrschte nicht gerade eitel Sonnenschein. Im ganzen Haus war es so. Beide haben lieber gehaßt als geliebt.«

»Gibt es noch mehr von dieser Sorte?« fragte Cadfael neugierig. »Hinterläßt Drogo eine Witwe?«

»Eine arme, schwache Frau, die völlig ausgezehrt ist«, erklärte Warin. »Doch sie ist von höherer Geburt als die Bosiets und hat mächtige Verwandte, also muß sie besser behandelt werden als alle anderen. Und Aymer hat einen jüngeren Bruder. Er ist nicht so laut und gewalttätig, er ist klüger und viel wendiger. Mehr gibt es nicht, aber die paar sind schon mehr als genug.«

»Und die Söhne sind unverheiratet?«

»Aymer hatte einmal eine Frau, aber sie war kränklich und starb in jungen Jahren. Nicht weit von Bosiet entfernt gibt es eine Erbin, um die beide Brüder werben – aber genaugenommen geht es nur um die Ländereien. Da Aymer nun der Erbe ist, wird Roger seine Bemühungen wahrscheinlich verdoppeln. Nicht, daß es lange halten wird, wenn er erst hat, was er will.«

Ganz egal, wer den Wettbewerb gewann, die Aussichten für das Mädchen waren recht unerfreulich. Immerhin wäre dies aber ein weiterer Grund für Aymer, möglichst schnell nach Hause zurückzukehren, wollte er nicht ins Hintertreffen geraten. Cadfael schöpfte neuen Mut. Die Abwesenheit von einem gerade geerbten Landgut konnte sogar gefährlich sein, wenn ein kluger und hinterlistiger jüngerer Bruder zurückgeblieben war, der die Gelegenheit zu nutzen wußte. Aymer mußte dies klar sein, auch wenn er nur widerwillig seinen Rachefeldzug gegen Hyacinth aufgab. Cadfael konnte sich nicht an den Namen Brand gewöhnen; der Name, den sich der Junge selbst gegeben hatte, schien viel besser zu ihm passen.

»Ich frage mich nur«, sagte Warin, unvermutet auf den Flüchtigen zurückkommend, »wohin Brand gegangen ist. Wie gut für ihn – nicht, daß mein Herr dies beabsichtigt hätte –, daß man zuerst glaubte, ein Mann mit seinem Talent wäre nach London gegangen. Sie haben eine ganze Woche darauf verschwendet, alle Straßen nach Süden abzusuchen. Wir waren schon hinter Thame, als einer

174

seiner Männer uns einholte und uns berichtete, daß Brand in Northampton gesehen worden war. Also wandten wir uns nach Norden und hielten uns dabei etwas westlich, denn Drogo glaubte, daß der Flüchtige nach Wales wollte. Ich frage mich, ob er die Grenze erreicht hat. Nicht einmal Aymer würde ihm über die Grenze folgen.«

»Und Ihr habt unterwegs keine weitere Spur von ihm gefunden?« fragte Cadfael.

»Nein, nichts. Aber wir sind hier in einer Gegend, in der ihn niemand kennt, und nicht jeder ist bereit, sich in eine solche Angelegenheit hineinziehen zu lassen. Außerdem hat er mit Sicherheit einen anderen Namen angenommen.«

Warin stand widerwillig auf, um sich seinen Pflichten zuzuwenden. »Ich hoffe, er hat es gut getroffen. Ganz egal was die Bosiets sagen, er war ein anständiger Junge.«

Bruder Winfrid harkte das Laub unter den Obstbäumen zusammen, die im feuchten Herbstwetter ihre Blätter schon abgeworfen hatten, ehe diese ihre herbstliche Färbung annehmen konnten. Auf das Gras war ein weicher grüner Regenguß niedergegangen, der allmählich versikkerte. Cadfael fand sich, nachdem Warin gegangen war, allein und ohne Beschäftigung. Es war eine Gelegenheit, sich still hinzusetzen und nachzudenken, und es konnte nicht schaden, ein oder zwei Gebete zu sprechen: Für den Jungen, der auf seinem schwarzen Pony so närrisch und selbstlos davongestürmt war, für den tollkühnen jungen Mann, den er retten wollte, und sogar für den harten, böswilligen jungen Herrn, der nicht einmal Zeit zu Reue oder Absolution fand und gewiß dringend der Gnade Gottes bedurfte.

Die Glocke, die zur Vesper rief, riß ihn aus seinen Grübeleien. Er folgte bereitwillig dem Ruf und ging durch die Gärten und über den Hof zum Kreuzgang, um durch die Südtür die Kirche zu betreten und sich rechtzeitig an seinem Platz einzufinden. In den letzten Tagen hatte er allzuviele Gottesdienste versäumt, und nun brauchte er die beruhigende Gegenwart seiner Brüder.

Es gab immer einige Leute aus der Vorstadt, die am Vespergottesdienst teilnahmen: treu ergebene alte Frauen, die in den Armenhäusern der Abtei wohnten, ältere Paare, die ihren Beruf aufgegeben hatten und sich nun über jede Gelegenheit freuten, in der Kirche ihren Freunden zu begegnen. Häufig nahmen auch Gäste der Abtei nach geschäftigen Tagen an den Gottesdiensten teil. Cadfael hörte, wie sie sich im weiten Kirchenschiff jenseits des Gemeindealtars regten. Auch Rafe von Coventry war durch den Kreuzgang hereingekommen und hatte einen Platz gewählt, von dem aus er am Gemeindealtar vorbei zum Chorgestühl blicken konnte. Auch wenn er im Gebet kniete, strahlte er die ruhige Gelassenheit aus, die Cadfael schon bei der ersten Begegnung bemerkt hatte. Ein Mann, der sich sicher und in seinem Körper wohlfühlt und der sein undurchdringliches Gesicht eher als Schild denn als Maske trägt. Er hatte noch keine Anstalten gemacht, Kontakt mit den Lieferanten in Wales aufzunehmen. An diesem Abend war er der einzige Gläubige aus dem Gästehaus. Aymer Bosiet war vermutlich noch in der Stadt mit der Bestellung des Sarges beschäftigt, oder er stöberte irgendwo in Feld und Wald herum, um seinen entlaufenen Leibeigenen zu suchen.

Die Brüder kamen herein und nahmen ihre Plätze ein, dann folgten die Novizen und Schuljungen. Ihr Anblick

176

löste eine unangenehme Erinnerung aus, denn immer noch fehlte einer von ihnen. Richard konnte nicht vergessen werden. Solange er nicht gefunden war, konnte es für keines der Kinder Seelenfrieden oder Licht im Herzen geben.

Am Ende der Vesper blieb Cadfael noch einen Augenblick auf seinem Stuhl sitzen und ließ die Prozession der Brüder und Novizen an sich vorbei in den Kreuzgang ziehen. Der Gottesdienst war schön und bot ihm Trost, doch auch die Einsamkeit danach war ihm willkommen, wenn die Echos der Musik verklungen waren. Er genoß es, um diese Abendstunde allein in der Kirche zu sitzen, sei es nun wegen des weichen, taubengrauen Lichtes oder wegen des Gefühls der Grenzenlosigkeit, das die Seele hochfliegen ließ, bis sie die letzten Winkel der großen Kuppel zu erfüllen schien, so wie ein einzelner Wassertropfen zum Ozean wird, in den er fällt. Es gab keine bessere Zeit für innige Gebete, und Cadfael glaubte, daß sie bitter nötig waren. Ganz besonders für den Jungen, der vielleicht irgendwo ebenso einsam war wie er und vielleicht große Angst hatte. Er richtete seine Gebete an St. Winifred, denn als Waliser lag es ihm nahe, eine walisische Heilige anzurufen, der er sich zudem äußerst verbunden fühlte und zu der er eine fast familiäre Zuneigung gefaßt hatte. Sie war, kaum dem Kindesalter entwachsen, als Märtyrerin gestorben, und sie würde nicht zulassen, daß einem anderen Kind etwas zustieß.

Bruder Rhun, den sie geheilt hatte, schnitt gerade die Duftkerzen zurück, die er für ihren Schrein anfertigte, als Cadfael sich näherte. Rhun drehte den schönen jungen Kopf zu seinem Bruder herum, schenkte ihm einen Blick aus aquamarinblauen Augen, die von innen heraus zu strahlen schienen, lächelte und entfernte sich. Nicht um zu warten und seine Arbeit zu beenden, nachdem Cadfael seine Gebete gesprochen hatte, nicht um sich in den Schatten zu verstecken und zuzusehen, sondern er entfernte sich wissend, auf geschwinden, beweglichen und leisen Füßen, die sich einst nur lahm und unter Schmerzen bewegt hatten, um dem Bruder die ganze Weite der Kuppel für seine laut gesprochenen Gebete zu überlassen.

Cadfael erhob sich getröstet, doch ohne den Grund zu kennen und ohne nach einem Grund zu fragen, von den Knien. Draußen verblaßte das Licht, und hier drinnen waren die Altarlampe und St. Winifreds Duftkerzen in einer weiten, alles umspannenden Finsternis kleine strahlende Inseln, die wie ein armer Mantel vor der Kälte der Außenwelt schützten. Die Gnade, deren Berührung Cadfael gerade gespürt hatte, reichte weit genug, um auch Richard zu finden, wo immer er war, um ihn zu befreien, wenn er ein Gefangener war, um ihn zu trösten, wenn er sich ängstigte, um ihn zu heilen, wenn er Schmerzen hatte.

Cadfael verließ den Chor, umrundete den Gemeindealtar und ging im Gefühl, das Wichtigste getan zu haben, durchs Kirchenschiff. Nun konnte er zufrieden und geduldig abwarten, bis sich die Gnade offen zeigte.

Anscheinend hatte auch Rafe von Coventry ernste und persönliche Gebete zu sprechen, denn er erhob sich gerade im leeren und stillen Kirchenschiff von den Knien, als Cadfael kam. Er begrüßte den Bruder mit einem verhaltenen, aber freundlichen Lächeln, das von den Lippen sogleich wieder verschwand, in den Augen jedoch als freundliches Funkeln bestehen blieb.

»Guten Abend, Bruder!« Die beiden Männer näherten

sich der Südtür. »Ich hoffe, Ihr entschuldigt«, sagte Rafe, »daß ich gestiefelt und gespornt und staubig vom Reiten in die Kirche kam, doch es war schon spät, und ich hatte keine Zeit mehr, mich angemessen zu kleiden.«

»Wie Ihr auch ausseht, Ihr seid willkommen«, erwiderte Cadfael. »Nicht jeder, der bei uns beherbergt wird, läßt sich auch in der Kirche blicken. Wir haben uns in den letzten zwei Tagen kaum gesehen, da ich in anderen Angelegenheiten unterwegs war. Sind Eure Geschäfte hier erfolgreich verlaufen?«

»Auf jeden Fall besser als für einen Eurer Gäste«, sagte Rafe, indem er zur schmalen Tür blickte, die zur Friedhofskapelle führte. »Aber nein, ich habe noch nicht gefunden, was ich brauche.«

»Sein Sohn ist inzwischen eingetroffen«, erklärte Cadfael, der den Blick bemerkt hatte. »Er kam heute morgen.«

»Ich habe ihn gesehen«, sagte Rafe. »Er kehrte kurz vor der Vesper aus der Stadt zurück. Seinem Aussehen und seinem Auftreten nach hatte er keinen Erfolg, was immer er zu tun hatte. Ich glaube, er sucht einen Mann?«

»Ganz recht. Den jungen Mann, von dem ich Euch erzählte«, antwortete Cadfael trocken und beobachtete seinen Gefährten aus den Augenwinkeln, als sie am beleuchteten Gemeindealtar vorbeikamen.

»Ja, ich erinnere mich. Dann ist er mit leeren Händen zurückgekommen, denn kein armer Wicht war an sein Pferd gebunden.« Doch Rafe waren junge Männer und die Bosiets anscheinend völlig gleichgültig. Seine Gedanken drehten sich um andere Dinge. Am Almosenkasten neben dem Altar blieb er plötzlich stehen, griff in die Gürteltasche und zog eine Handvoll Münzen heraus. Eine von ihnen glitt ihm durch die Finger, doch er bückte sich nicht sofort, um sie aufzuheben. Vielmehr steckte er zunächst drei andere in den Kasten, bevor er die heruntergefallene Münze suchte. Cadfael hatte sie unterdessen schon von den Kacheln auf dem Boden aufgehoben und hielt sie in der offenen Hand.

Wenn sie nicht im Licht der Altarkerzen gestanden hätten, wäre ihm nichts aufgefallen. Es war eine Silbermünze wie viele, das am häufigsten benutzte Zahlungsmittel. Und doch war sie anders als alle, die er bisher im Almosenkasten gesehen hatte. Sie glänzte makellos, doch sie war unsauber geprägt und wog leicht. Um das Kreuz auf der Rückseite stand in schiefen Buchstaben der Name des Münzprägers. Es war ein gewisser Sigebert, von dem Cadfael noch nie gehört hatte. Und als er die Münze umdrehte, sah er nicht das vertraute Profil von König Stephen und auch nicht das Gesicht des toten Königs Henry, sondern unverkennbar das Antlitz einer Frau mit Krone und Schleier. Den Namen am Rand brauchte er schon nicht mehr zu lesen: »Matilda Dom. Ang.« Das war der offizielle Titel der Kaiserin. Anscheinend waren ihre Münzen etwas untergewichtig. Er blickte zu Rafe auf, der ihn gleichmütig beobachtete und ihn eher ironisch als amüsiert anlächelte. Sie beäugten sich einen Augenblick schweigend. »Ja«, sagte Rafe dann, »Ihr habt recht. Man hätte es früher oder später ohnehin bemerkt. Aber auch hier hat die Münze einen gewissen Wert. Eure Bettler würden sie nicht zurückweisen, nur weil sie in Oxford geprägt wurde.«

»Und vor nicht allzulanger Zeit«, fügte Cadfael hinzu.

»Vor nicht allzulanger Zeit.«

»Meine größte Sünde«, sagte Cadfael seufzend, »ist die Neugierde.« Er hielt Rafe die Münze hin, der sie nahm

180

und zu den anderen in den Almosenkasten warf. »Aber ich bin kein Schwätzer. Und ich werfe keinem ehrlichen Mann seine Bündnistreue vor. Eine Schande, daß es Parteien geben muß, daß anständige Männer gegeneinander kämpfen und jeder überzeugt ist, auf der richtigen Seite zu stehen. Was mich angeht, so sollt Ihr kommen und gehen, wie Ihr wollt.«

»Und erstreckt sich Eure Neugierde nicht auch darauf«, fragte Rafe halblaut und abermals mit leichter Ironie, »was ein Mann der Kaiserin hier und so weit von der Schlacht entfernt zu suchen hat? Kommt, Ihr habt sicher schon erraten, wer ich bin. Vielleicht glaubt Ihr, ich hielt es für klug, aus Oxford herauszukommen, bevor es zu spät war?«

»Nein«, antwortete Cadfael entschieden, »daran würde ich nicht im Traum denken. Nicht bei Euch! Und warum sollte sich ein so verschwiegener Mann so weit nach Norden in das Land des Königs wagen?«

»Das wäre in der Tat eine Dummheit gewesen«, stimmte Rafe zu. »Was also vermutet Ihr?«

»Mir will nur eine Möglichkeit einfallen«, sagte Cadfael ernst und ruhig. »Wir hörten hier von einem Mann, der nicht aus eigenem Willen aus Oxford floh, solange noch Zeit dazu war, sondern der geschickt wurde. Im Auftrag seiner Herrin und bei sich Dinge tragend, die einen Diebstahl wert sein könnten. Und er kann nicht weit gekommen sein, da sein Pferd herrenlos und blutbefleckt gefunden wurde. Alles, was er bei sich trug, war verschwunden, und auch der Mann war wie vom Erdboden verschluckt.« Rafe hörte aufmerksam zu, das Gesicht undurchdringlich wie immer, doch das geheimnisvolle Lächeln hielt sich. »Ein Mann wie Ihr, so scheint es mir«,

181

sagte Cadfael, »könnte aus Oxford sehr wohl so weit in den Norden gekommen sein, um Renaud Bourchiers Mörder zu finden.«

Sie wechselten einen langen Blick, und beide schienen zu akzeptieren und sogar zu billigen, was sie im anderen sahen. Doch schließlich sagte Rafe von Coventry fest: »Nein.«

Er regte sich etwas, seufzte und brach den Bann des kurzen, aber tiefen Schweigens. »Es tut mir leid, Bruder, aber Ihr irrt Euch. Ich suche keineswegs Bourchiers Mörder. Es war eine gute Idee, und ich wünschte fast, sie wäre wahr. Aber sie ist es nicht.«

Und damit ging er weiter zur Südtür und trat in das Zwielicht des Kreuzganges hinaus. Bruder Cadfael folgte ihm schweigend, ohne weitere Fragen zu stellen und ohne etwas zu sagen. Er erkannte ein wahres Wort, wenn er es hörte.

10

Etwa zu der Stunde, als Cadfael und Rafe von Coventry nach der Vesper die Kirche verließen, stahl Hyacinth sich aus Eilmunds Hütte und schlich in der Deckung des dichten Waldes zum Fluß. Er war den ganzen Tag hinter verschlossenen Türen eingesperrt gewesen, denn abermals hatten Männer der Garnison den Wald durchsucht, wenn auch schnell und oberflächlich, da ihr eigentliches Ziel jenseits des Waldes lag. Und obwohl sie Eilmund kannten und keinen Anlaß sahen, seinen Besitz ein zweites Mal zu durchsuchen, war es dennoch möglich, daß sie auf gutnachbarliche Art hereinschauten und beiläufig fragten, ob Eilmund inzwischen etwas Auffälliges bemerkt habe. Hyacinth gefiel es gar nicht, den ganzen Tag eingesperrt zu sein und sich zu verstecken. Am Abend hockte er gereizt in seinem Gefängnis, aber da waren die Jäger längst auf dem Rückweg, um die Suche bis zum nächsten Morgen zu unterbrechen. So hatte er die Freiheit, jetzt selbst auf die Jagd zu gehen.

Trotz seiner Müdigkeit und der Angst, die er sich angesichts seiner Lage mit unfehlbarer, grimmiger Aufrichtigkeit eingestand, mußte er immer wieder an Richard denken, der so ritterlich und ohne lange nachzudenken gekommen war, um ihn zu warnen. Eigentlich hätte der Junge dadurch nicht in Gefahr kommen dürfen. Wer in seinen eigenen Wäldern und wer von seinen eigenen Leuten sollte ihm schon einen Schaden zufügen wollen? Zwar gab es in dem vom Bürgerkrieg zerrissenen Land gesetzlose Männer, die herrenlos herumstreunten, doch diese Grafschaft war jetzt seit mehr als vier Jahren vom Krieg verschont geblieben und schien einen Frieden und eine Ordnung genießen zu können, wie es sie weiter im Süden nicht gab. Die Stadt war kaum sieben Meilen entfernt, der Sheriff war energisch und jung und, soweit es ein Sheriff überhaupt sein kann, beim Volk beliebt. Und je länger Hyacinth darüber nachdachte, desto klarer wurde ihm, daß die einzige Gefahr, die Richard überhaupt drohen konnte, die erzwungene Heirat mit der Nachbarstochter war, durch welche Dionisia sich ein zweites Gut aneignen wollte. Sie hatte ihre Absichten mehr als deutlich gemacht, und Hyacinth hatte nicht vergessen, wie sie auch ihn als Werkzeug benutzt hatte. Sie mußte einfach für das Verschwinden des Jungen verantwortlich sein.

Der Sheriff hatte in Eaton jeden Winkel durchsucht und keine Spur von dem Jungen gefunden, und so konnte Dionisia gut die empörte Unschuld spielen. Sie hatte kein zweites Gut, auf dem sie den Jungen oder das Pony verstecken konnte. Fulke Astley mochte bereit sein, sich mit ihr zu verschwören, und glauben, er könnte auf dem Umweg über seine Tochter an Eaton herankommen, doch auch Wroxeter war gründlich und erfolglos durchsucht worden.

An diesem Tage war die Suche weitergegangen, und nach allem, was Annet von den heimkehrenden Soldaten aufgeschnappt hatte, sollte sie am nächsten Morgen fortgesetzt werden. Bis Leighton, zwei Meilen flußab, war man noch nicht vorgedrungen. Astley lebte meist in Wroxeter, doch auch das etwas entfernte Gut Leighton gehörte ihm.

Es war der einzige Ansatzpunkt, den Hyacinth finden konnte, und die Idee war es wert, ein gewisses Risiko einzugehen. Wenn Richard von einem von Astleys Männern oder von denen aus Eaton, die Dionisia ergeben waren, gefaßt worden war, dann hatte man es möglicherweise für angebracht gehalten, ihn bis Leighton fortzuschaffen, statt ihn in der Nähe der Herrenhäuser zu verstecken. Und wenn Dionisia immer noch die Absicht hatte, dem Jungen diese Ehe aufzuzwingen – auch aus dem störrischsten Kind konnte man, eher durch Schuldgefühle als durch Angst, die richtigen Antworten herausbekommen –, dann brauchte sie einen Priester. Hyacinth kannte das Dorf Eaton lange genug, um zu wissen, daß Vater Andrew ein ehrlicher Mann war, der sich keinesfalls als Werkzeug für einen üblen Zweck mißbrauchen ließ. Der Priester in Leighton jedoch, dem die verwickelte

Geschichte nicht bekannt war, mochte sich fügsamer zeigen.

Jedenfalls war es eine Idee, der er selbst auf den Grund gehen konnte. Es hatte keinen Zweck, daß Eilmund ihm vernünftig zuriet und ihn bat, zu bleiben wo er war und nicht die Gefangennahme zu riskieren. Im Grunde verstand und billigte Eilmund das, was er laut eine Dummheit nannte. Annet hatte gar nicht erst versucht, Hyacinth umzustimmen. Sie war nur so klug, ihm ein altes, abgetragenes Gewand von Eilmund zu geben, das ihm zu groß war, mit dem er aber des Nachts so gut wie unsichtbar war. Und er bekam eine dunkle Kapuze, um sein Gesicht zu verhüllen.

Zwischen dem Wald und den Windungen des Flusses, stromab von der Mühle und den Fischerhütten und einigen kleinen Kotten, erstreckten sich die weiten Feuchtwiesen, über denen sich das Licht gehalten hatte. Ein leichter Bodennebel bedeckte das Grün und folgte wie eine gewundene silberne Schlange dem Flußlauf. Im Norden reichte der Wald fast bis nach Leighton, und hinter diesem Punkt erhob sich das Gelände zu den letzten Ausläufern des Wrekin hin. Dort würde er kaum noch Deckung finden, doch an der Grenze zwischen Bäumen und Gras konnte er sich schnell bewegen, wenn er sich ein Stück im Wald hielt, wo er das Licht von den offenen Feldern nutzen konnte. Er lief leise und vorsichtig und achtete genau auf Geräusche, welche die Bewegungen eines anderen Geschöpfes in der Nacht verraten konnten.

Er hatte schon mehr als eine Meile zurückgelegt, als er die ersten Geräusche hörte. Er hielt sofort inne, spitzte die Ohren und lauschte gespannt. Es war ein einzelner metallischer Ton gewesen, irgendwo hinter ihm – ein Kettenhemd, das sich einen Augenblick bewegt hatte. Dann hörte er das Rauschen von Büschen, als käme jemand vorbei, und dann, unverkennbar und dennoch sehr leise und ein Stück entfernt, eine gedämpfte Stimme, die etwas von sich gab, das dem Tonfall nach eine Frage sein konnte, um dann sofort wieder zu verstummen. Also waren es mindestens zwei, denn einer allein würde nicht sprechen. Und beritten und ebenfalls am Saum des Waldes unterwegs wie er selbst, obwohl es einfacher gewesen wäre, über die Wiesen zu reiten. Nächtliche Reiter, die so wenig bemerkt werden wollten wie er selbst und die das gleiche Ziel hatten. Hyacinth spitzte die Ohren und verfolgte die durch das Laub gedämpften Huftritte, um festzustellen, wo genau sie sich einen Weg durch die Bäume suchten. Sie waren nahe am Waldrand, um das verbliebene Licht auszunutzen, und anscheinend kam es ihnen eher auf Verstohlenheit denn auf Eile an.

Hyacinth zog sich vorsichtig tiefer in den Wald zurück und blieb reglos in seiner Deckung stehen, um sie vorbeizulassen. Das Licht war noch hell genug, um etwas mehr zu erkennen als nur schattenhafte Umrisse, als sie herankamen und im Gänsemarsch vorbeiritten: Zuerst ein großes Pferd, das sich wie ein weißer Fleck durch den Wald bewegte; wahrscheinlich ein hellgraues Tier, das einen großen, ungeschlachten, bärtigen und kahlköpfigen Mann auf dem Rücken trug, der seine Kapuze auf die Schultern zurückgeworfen hatte. Hyacinth kannte diese Gestalt, denn er hatte diesen Mann nach Richard Ludels Beerdigung schon einmal aufsitzen und reiten gesehen. Er hing wie ein Sack, aber dennoch sicher im Sattel. Was hatte Fulke Astley des Nachts und so heimlich hier zu suchen? Warum ritt er nicht auf der Straße, sondern im

Wald, wenn er von einem seiner Landgüter zum anderen wollte. Denn ein anderes Ziel konnte er nicht haben.

Und die Gestalt, die ihm auf einem schweren Pony folgte, war eindeutig eine Frau. Es konnte niemand anders sein als seine Tochter, jene Hiltrude, die dem jungen Richard so alt und häßlich vorkam.

Also waren ihre Absichten doch nicht so geheimnisvoll. Wenn sie Richard in ihren Händen hatten, wollten sie natürlich die Ehe so rasch wie möglich schließen lassen. Sie hatten die paar Tage abgewartet, bis Eaton und Wroxeter durchsucht waren, doch nun, da sich die Suche auf das weite Land dahinter erstreckte, wollten sie nicht länger warten. Auch wenn sie jetzt ein Risiko eingingen – sobald die Verbindung geschlossen war, stellte sie eine Realität dar, die alle folgenden Stürme überstehen würde. Sie konnten es sich sogar erlauben, Richard freizugeben und zur Abtei zurückkehren lassen, denn nichts und niemand außer der Autorität der Kirche konnte ihn von einer Frau befreien.

Was konnte man nun tun, da die Dinge so lagen? Es war nicht genug Zeit, um zu Eilmunds Haus zurückzulaufen und Annet zur Burg oder zur Abtei zu schicken, und Hyacinth verspürte eine ganz menschliche Abneigung dagegen, sein eigenes Schicksal mutwillig aufs Spiel zu setzen. Dennoch mußte er etwas tun, und die Zeit war knapp. Wenn er zurückging, wäre Richard schon verheiratet, bevor er mit Helfern zurückkehren konnte. Vielleicht blieb aber noch genug Zeit, um herauszufinden, wo sie ihn versteckt hielten, und um ihn vor ihren Nasen wegzuschnappen. Diese beiden hatten es nicht eilig, und Dionisia mußte noch die Reise von Eaton herüber machen. Und der Priester – wo mochten sie einen bereitwilli-

187

gen Priester aufgetrieben haben? Solange kein Priester anwesend war, konnte nichts geschehen.

Hyacinth verließ seine Deckung und drang tiefer in den Wald ein. Jetzt kam es nicht mehr auf Verstohlenheit an, nur noch auf Geschwindigkeit. Bei dem langsamen Schritt, den die Reiter vorlegten, konnte er sie mühelos überholen, und in dieser Notlage würde er, wenn nötig, sogar die Hauptstraße und die Gefahr in Kauf nehmen, anderen zu begegnen, die ihren ehrlichen Geschäften nachgingen. Doch es gab einen Weg, der für die Zwecke der Astleys viel zu nahe an der Hauptstraße lag und sich ein Stück bergauf sogar mit dieser verband. Hyacinth erreichte ihn und rannte eilig auf dem dicken Blätterteppich los, der zu feucht und zu locker war, um unter seinen Füßen zu rascheln.

Als er den Hauptweg erreicht hatte und sich wieder bergab zum Dorf wandte, das noch fast eine Meile entfernt lag, zog er sich in die Felder am Fluß zurück und rannte von einer der verstreuten Buschgruppen zur nächsten, um deren Deckung auszunutzen. Er war jetzt sicher, daß er Astley überholt hatte. Er durchwatete den Bach, der vom Fuß des Wrekin herunterkam, um hier in den Severn zu münden, und ging am Ufer entlang. Eine Ecke des Waldlandes kam fast bis zum Wasser herunter, und aus deren Schutz sah er endlich den niedrigen Palisadenzaun des Herrenhauses und das langgestreckte Dach dahinter, das sich scharf und klar vom funkelnden Wasser und dem bleichen Himmel abhob.

Es war ein Glücksfall, daß die Bäume am Ufer so nahe an den Zaun heranreichten. Hyacinth schlich von Baum zu Baum und fand schließlich eine Eiche, deren Äste sich über den Zaun in den Hof erstreckten. Er kletterte bis zur

Astgabel hinauf, um vorsichtig in die Einfriedung zu lugen. Über die Dächer von Scheunen, Schuppen und Ställen hinweg blickte er zur langgestreckten Rückfront des Hauses. Auch hier gab es einen niedrigen Keller mit Halle und Kammer und Küche darüber; die Treppe zur einzigen Tür mußte auf der anderen Seite des Hauses sein. Von hier aus konnte er nur in den Keller. Es gab nur ein einziges Fenster, das mit Läden verschlossen war. Darunter war ein kleiner Seitenflügel vorgebaut, der über den Keller hinausragte. Das mit Schindeln gedeckte Dach war steil, die Traufen reichten weit hinunter. Hyacinth betrachtete es nachdenklich und überlegte, wie gut die Fensterläden wohl verschlossen wären. Es war kein Problem, sie zu erreichen, doch auf diesem Wege ins Haus einzudringen, mochte erheblich schwieriger sein. Andererseits war die Rückfront des Hauses der einzige Bereich, wo er vor Entdeckung sicher war. Die geheimnisvollen Aktivitäten der Astleys und Ludels würden sich sicherlich auf die einzige große Tür konzentrieren, die auf der anderen Seite des Hauses zur Halle führte.

Er ließ sich in die Einfriedung hinuntergleiten und verschwand in einer dunklen Ecke zwischen Scheune und Stall. Die Begegnung mit den beiden in aller Heimlichkeit reitenden Menschen hatte ihm zumindest eine Angst genommen: Richard war gewiß hier. Er lebte und war wohlauf und war so herausstaffiert, wie sie ihn haben wollten, gut gefüttert, gut versorgt und wahrscheinlich sogar etwas verwöhnt, weil sie hofften, ihm seine Zustimmung abzuschmeicheln. Verwöhnt mit allem und jedem, was er sich nur wünschen konnte, abgesehen von seiner Freiheit. Aber wenn es nach Hyacinth ging, sollte er die bald bekommen!

189

Nichts regte sich im dunklen Hof. Hyacinth schlich langsam aus seinem Versteck und arbeitete sich von Schatten zu Schatten am Zaun entlang, bis er die östliche Ecke des Hauses erreichte. Dort waren die Fenster nicht mit Läden verschlossen, und gedämpftes Licht drang heraus. Er verharrte vor der tief liegenden Tür des Kellers und spitzte die Ohren; er glaubte, leises Gemurmel zu hören. Als er um die nächste Ecke lugte, sah er, daß vor der Treppe zur Haupttür eine Fackel angebracht war; er erkannte es am flackernden Licht, das vor ihm über die festgetretene Erde zuckte. Auch einige Diener bewegten sich dort mit leisen Schritten und sprachen mit gedämpfter Stimme. Da hörte er dumpfe Hufschläge, die gemächlich den Hof überquerten. Braut und Brautvater trafen ein, dachte Hyacinth, und einen Augenblick fragte er sich, wie sich wohl das Mädchen angesichts der bevorstehenden Eheschließung fühlte. Vielleicht kam sie sich ebenso benutzt und betrogen vor wie Richard und vielleicht sogar noch hilfloser.

Er zog sich eilig zurück, denn gleich würden die Knechte die Pferde in die Ställe führen, die ganz in seiner Nähe lagen. Er hatte die Tiere in den Ställen gehört, als er im Baum gelauscht hatte. Der vorspringende Seitenflügel bot ihm etwas Deckung. Also drückte er sich in den dunklen Mauerwinkel hinter dem Vorsprung und wartete, bis der Stallbursche mit den Pferden kam.

Er konnte sich nicht bewegen, bevor der Mann wieder fort war, doch er stand wie auf glühenden Kohlen. Die Zeit verstrich, und er saß fest. Zum Glück beeilte sich der Bursche und verschwendete keine Zeit mit den Pferden; vielleicht wollte er rasch ins Bett, denn es war schon spät. Hyacinth hörte, wie die Stalltür geschlossen wurde, dann entfernten sich rasche Schritte um die Hausecke. Erst jetzt, als er sich von der Wand lösen und noch einmal die Rückseite des Gutshauses betrachten konnte, bemerkte Hyacinth etwas, das ihm vorher entgangen war. Durch die Bretter der massiven Fensterläden des einsamen Fensters auf dieser Seite, das trotz der milden Nacht verschlossen war, drang ein schwaches Licht. In einem der Bretter nahe am Scharnier war sogar ein Loch, ein kleines, rundes Auge aus Licht, wo ein Ast aus dem Holz gefallen war. Gewiß war dieser rückwärtige Raum mit Läden verriegelt, weil es dort einen Gast gab, der eingesperrt bleiben mußte. Hyacinth war nicht sicher, ob der Platz zwischen den steinernen Fensterpfosten ausreichte, um einen Mann hindurchzulassen, aber für einen zehnjährigen Jungen, der noch dazu für sein Alter etwas schmächtig war, mochte die Lücke groß genug sein. Sie hatten die Läden verschlossen, weil direkt unter dem Fenster das niedrige Dach lag. Weder sollte er auf diesem Wege fliehen noch sollte ihn ein neugieriges Auge dort drinnen entdecken können.

Es war einen Versuch wert. Hyacinth sprang hoch, um die überhängende Traufe zu fassen, und zog sich auf die Dachschindeln hinauf. Dann preßte er sich flach an die Steinmauer und lauschte, aber er hatte keinen Lärm gemacht und niemand war aufmerksam geworden. Er zog sich vorsichtig das schräge Dach bis zum verriegelten Fenster hinauf. Die Läden waren schwer und massiv und irgendwie von innen versperrt, denn als er eine Hand darunterschob und versuchte, sie aufzuklappen, ließen sie sich nicht bewegen, und er hatte kein Werkzeug dabei, um sie mit Gewalt aufzubrechen. Die Scharniere waren stark und gaben nicht nach, Oberkante und Unterkante

191

der Läden ließen sich nicht bewegen. Wahrscheinlich wurden sie innen von eisernen Bolzen gehalten, die zusätzlich gesichert waren. Und die Zeit wurde knapp. Richard hatte einen starken Willen, er war störrisch und erfinderisch. Wenn es möglich gewesen wäre, aus diesem Gefängnis zu fliehen, dann hätte er es schon lange getan.

Hyacinth legte das Ohr an den schmalen Spalt zwischen Mauer und Fensterladen, doch er hörte nichts. Er mußte sich vergewissern, daß er keine Zeit verschwendete. Also nahm er die Gefahr in Kauf, entdeckt zu werden, und klopfte mit dem Knöchel gegen den Fensterrahmen. Dann legte er die Lippen an das winzige Lichtauge und stieß einen schrillen Pfiff aus.

Jetzt hörte er irgendwo im Raum jemand keuchen, dann einige schnelle Geräusche, als wäre jemand, der verzweifelt in einer Ecke gehockt hatte, rasch aufgestanden. Füße tappten über den Boden, dann hielten sie inne. Hyacinth klopfte noch einmal und rief leise durch das Loch: »Richard, bist du das?«

Nun kamen die leichten Schritte ganz heran, und ein kleiner Körper drängte sich von innen gegen die Läden. »Wer ist da?« flüsterte Richard drängend, den Mund an den Spalt gepreßt. »Wer ist da?«

»Hyacinth! Richard, bist du allein? Ich kann nicht hineinkommen. Bist du wohlauf?«

»Nein!« zischte die Stimme empört und verriet damit, daß der Besitzer voller Tatkraft und in ausgezeichneter Verfassung war. »Die wollen mich nicht rauslassen, sie reden auf mich ein, daß ich mich ihnen füge und heiraten soll. Sie bringen sie heute abend her, sie wollen mich...«

»Ich weiß«, sagte Hyacinth stöhnend, »und ich kann dich nicht herausholen. Wir haben keine Zeit mehr, den

Sheriff zu benachrichtigen. Morgen hätten wir leichtes Spiel, aber ich habe sie vorhin schon kommen gesehen.«

»Sie wollen mich erst freilassen, wenn ich tue, was sie wollen«, flüsterte Richard zitternd vor Wut durch den Spalt. »Ich habe schon beinahe zugesagt. Sie haben auf mich eingeredet, und ich weiß nicht mehr, was ich machen soll. Ich habe Angst, sie schaffen mich fort und verstecken mich woanders, wenn ich mich weigere, denn sie wissen, daß alle Häuser durchsucht werden.« Nun verlor seine Stimme ihren kriegerischen, kühnen Ton. Verzweiflung machte sich breit. Es fällt einem zehnjährigen Jungen schwer, gegenüber unerbittlichen Erwachsenen, die ihn in der Hand haben, seine Position zu behaupten. »Meine Großmutter versprach, daß ich bekommen soll, was immer ich will, wenn ich sage, was sie hören will. Aber ich will nicht heiraten...«

»Richard... Richard...« Hyacinth versuchte mehrmals, das Klagelied des Jungen zu unterbrechen. »Hör zu, Richard! Sie müssen einen Priester mitbringen, um dich zu verheiraten – und es wird nicht Vater Andrew sein, denn der wird Skrupel haben. Es muß ein anderer Priester sein. Sprich mit ihm und sage ihm, daß du gegen deinen Willen verheiratet werden sollst, sage ihm – Richard, weißt du schon, wer es sein soll?« Ein neuer, sehr interessanter Gedanke war ihm in den Sinn gekommen. »Wer soll die Trauung vornehmen?«

»Ich habe sie darüber reden gehört«, flüsterte Richard, der allmählich ruhiger wurde. »Sie haben gesagt, daß sie Vater Andrew nicht trauen können. Meine Großmutter bringt den Einsiedler mit.«

»Cuthred? Bist du sicher?« Hyacinth hätte in seiner Verblüffung fast vergessen, daß er leise sprechen mußte.

»Ja, Cuthred. Ich bin sicher, ich habe es gehört.«

»Dann hör gut zu, Richard!« Hyacinth legte wieder die Lippen an den Spalt. »Wenn du dich weigerst, werden sie es dir heimzahlen und dich an einen anderen Ort schaffen. Es ist besser, du tust, was sie wollen. Nein, vertrau mir. Tu, was ich sage, es ist der einzige Weg, sie zum Narren zu halten. Glaube mir, du hast nicht zu befürchten, dir wird keine Frau aufgezwungen werden, du wirst völlig sicher sein. Tu nur, was ich sage, sei gehorsam und fügsam und mach sie glauben, sie hätten dich gezähmt. Vielleicht geben sie dir sogar dein Pony und lassen dich zur Abtei reiten, denn wenn sie erst haben, was sie wollen, werden sie glauben, daß es nicht mehr rückgängig gemacht werden kann. Aber das ist möglich! Keine Sorge, sie werden nichts weiter von dir wollen, für Jahre nicht! Vertrau mir und tue es! Wirst du? Sag es mir, rasch, bevor sie kommen! Willst du es tun?«

Verwirrt und zweifelnd gab Richard schließlich nach. »Ja.« Trotzdem protestierte er im nächsten Augenblick schon wieder: »Aber wie kann das sein? Warum, sagst du, ist es sicher?« Hyacinth preßte die Lippen an den Spalt und antwortete ihm flüsternd. Als Richard seine Worte mit einem kurzen, befreiten Lachen aufnahm, wußte Hyacinth, daß der Junge verstanden hatte. Und gerade rechtzeitig, denn er hörte, wie die Tür entriegelt und aufgerissen wurde. Und dann sprach Frau Dionisia zuckersüß und gallbitter, halb schmeichelnd und halb drohend, mit fester, lauter Stimme: »Deine Braut ist eingetroffen, Richard. Hier ist Hiltrude. Und du wirst höflich und freundlich mit ihr sein, nicht wahr, wie wir es von dir erwarten?«

Richard war anscheinend beim ersten Geräusch an der Türe vom Fenster fortgeschossen, denn seine leise, vorsichtige Stimme sagte, gerade noch hörbar und einige Meter entfernt: »Ja, Großmutter!« Gespielt fügsam, widerstrebend gehorsam, mit nur halb gebrochenem Willen, aber die Hälfte sollte reichen! Seine Großmutter rief befriedigt, aber immer noch vorsichtig: »Braver Junge!« Dies waren die letzten Worte, die Hyacinth hörte, als er sich vorsichtig über das geneigte Dach hinunterschob und auf den Boden fallen ließ.

Auf dem Rückweg konnte er sich, zufrieden mit seinem nächtlichen Werk, etwas mehr Zeit lassen. Der Junge lebte, war wohlauf und gut versorgt und relativ guter Dinge. Ihm war im Grunde nichts geschehen, und ihm würde auch nichts geschehen, so erzürnt er auch über seine Gefangenschaft war. Und am Ende würde er über seine Häscher lachen können. Hyacinth schritt leichtfüßig durch die weiche, kühle Nacht, die vom Duft des aus den Feuchtwiesen steigenden Dunstes und des tiefen, feuchten, fauligen Laubs geschwängert war. Der Mond ging auf, doch durch die Dunstschleier drang nur ein schwaches Licht. Um Mitternacht würde er wohlbehalten in seinem Versteck im Wald von Eyton liegen. Und am nächsten Morgen, Annet würde schon irgendwie dafür sorgen, sollte Hugh Beringar erfahren, wo er Bruder Pauls verlorenen Schuljungen zu suchen hatte.

Als alles vorüber war, nachdem er getan hatte, was sie wollten, wie widerwillig auch immer, hatte Richard mit etwas größerer Dankbarkeit gerechnet und sogar gehofft, daß sie ihn aus der kleinen Kammer, aus seinem Gefängnis, herausließen, so bequem es auch gewesen war. Er war nicht so dumm zu glauben, daß sie ihn sofort freigeben würden. Er mußte noch eine Weile den fügsamen

Knaben spielen und das heimliche Funkeln unterdrükken, das in seine Augen kam, wenn er im stillen über sie lachte. Irgendwann aber mußten sie ihn der Welt zurückgeben und mit irgendeiner Geschichte sein Verschwinden und sein Wiederauftauchen erklären; er wußte nicht mit welcher, aber gewiß würden sie alle die Geschichte auswendig wissen. Wahrscheinlich würden sie sagen, daß er aus eigenem Willen an der gerade beendeten Zeremonie teilgenommen habe. Ihrer Meinung nach war es ja dann für ihn viel zu spät, noch das Gegenteil zu behaupten, da sich nicht rückgängig machen ließ, was einmal geschehen war. Nur Richard wußte, daß in Wirklichkeit nichts geschehen war. Er vertraute fest auf Hyacinth. Was Hyacinth gesagt hatte, mußte einfach die Wahrheit sein.

Jedenfalls hatte er damit gerechnet, daß sie ihm für seine Fügsamkeit dankten und ihn belohnten. Er hatte sein düsteres aber braves Gesicht beibehalten, weil es zu verräterisch gewesen wäre, sie sein innerliches Gelächter sehen zu lassen. Er hatte die Worte wiederholt, die sie ihm vorgesagt hatten, und hatte es sogar über sich gebracht, Hiltrudes Hand zu nehmen, als man dies von ihm verlangte. Doch er hatte ihr keinen einzigen Blick geschenkt, bis ihre leise, resignierte Stimme, die ebenso trostlos die Worte wiederholte wie er selbst, ihn auf die Idee brachte, daß sie genau wie er zu dieser Eheschließung gezwungen worden war. Darauf war er bisher noch nicht gekommen und so warf er ihr einen verstohlenen Blick zu. Sie war eigentlich doch noch nicht so alt und auch nicht sehr groß, und sie schien jetzt weniger eine Bedrohung viel eher wie er selbst ein Opfer zu sein. Vielleicht war sie sogar ganz ansehnlich, wenn sie nicht so eingeschüchtert und düster war wie jetzt. Sein plötzliches Mitgefühl wurde gedämpft, als er etwas empört erkannte, daß sie womöglich etwas dagegen hatte, ihn zu heiraten.

Doch nachdem er sich gefügt hatte, vernahm er kein Wort des Dankes. Vielmehr musterte seine Grußmutter ihn vielsagend und lange, und er bemerkte verängstigt einen Rest von Mißtrauen in ihren Augen. Dann ermahnte sie ihn böse: »Dein Glück, daß du endlich deine Pflicht getan und dich denen gegenüber, die am besten wissen, was gut für dich ist, richtig verhalten hast. Vergiß das nicht, junger Herr. Und jetzt sage gute Nacht zu deiner Frau. Morgen sollst du sie besser kennenlernen.«

Und er hatte getan, wie sie ihm befohlen hatte, und sie hatten ihn, immer noch eingesperrt, allein zurückgelassen. Nach einer Weile hatte ein Diener etwas von dem Essen heraufgebracht, das sie jetzt zweifellos unten in der Halle genossen. Er saß brütend auf dem Bett, bedachte alles, was schon an diesem einzigen Abend geschehen war, und fragte sich, was am nächsten Tag folgen mochte. Hiltrude vergaß er, sobald sie außer Sichtweite war. Er wußte, wie man es bei diesen Dingen hielt. Wenn man erst zehn Jahre alt war, durfte man aus irgendeinem Grund nicht mit seiner Frau leben; das durfte man erst, wenn man erwachsen war. Wenn sie einmal unter dem gleichen Dach nächtigte, mußte man höflich und aufmerksam zu ihr sein, doch dann kehrte sie mit ihrem Vater in ihr Haus zurück, bis man alt genug war, Bett und Haus mit ihr zu teilen. Nun, da er ernsthaft darüber nachdachte, schien es Richard, daß mit der Heirat überhaupt keine Vorteile verbunden waren. Seine Großmutter würde ihn wie bisher als Kind behandeln, das nicht weiter zählte. Sie würde ihn herumscheuchen, ihn schelten und ihm Ohrfeigen geben und ihn sogar schlagen, wenn er sie erzürnte oder

197

ihr trotzte. Kurz gesagt schien es dem Herrn von Eaton angebracht, seine Freiheit auf jedem denkbaren Weg zurückzugewinnen und sich ihrer Hand zu entziehen. Er war jetzt nicht mehr wichtig für sie, er hatte seinen Zweck erfüllt, und die Übereinkunft über das Land war getroffen. Wenn sie glaubte, daß damit alles erledigt sei, würde sie ihn bald wieder gehen lassen.

Richard rollte sich in seine Decken ein, um zu schlafen. Wenn sie unten in der Halle überlegten und stritten, was nun mit ihm zu tun sei, dann störte ihn dies nicht in seinen Träumen. Er war zu jung und hegte zu viele unschuldige Hoffnungen, um seine Probleme mit in den Schlaf zu nehmen.

Am nächsten Morgen war seine Tür immer noch verriegelt, und der Diener, der sein Frühstück brachte, ließ ihm keine Chance, hinauszuschlüpfen. Richard hatte auch keine derartige Absicht, denn er wußte genau, daß er nicht weit kommen würde. Er mußte noch eine Weile fügsam bleiben und das verbliebene Mißtrauen abbauen. Als seine Großmutter die Tür entriegelte und zu ihm hereinkam, geschah es eher aus alter Gewohnheit denn aus Schuldbewußtsein, daß er, wie er es gelernt hatte, bei ihrem Eintreten aufstand und ihr die Wange zum Kuß bot. Der Kuß war nicht kühler als früher, und einen Augenblick lang spürte er sogar die Wärme, die jedes Kind spürt, wenn sich ein älterer Verwandter ihm zuwendet. Die Berührung ließ ihn erzittern und trieb ihm die Tränen in die Augen, während er innerlich weit zurückwich. Doch sie verstand nicht, was in ihm vorging. Sie blickte hoheitsvoll und etwas milder gestimmt auf ihn hinab.

»Nun, junger Herr, wie geht es dir heute morgen? Willst du ein braver Junge sein und mir gehorchen? Wenn ja, dann werden wir zwei gut zurechtkommen. Du hast einen Anfang gemacht, und nun fahre fort, wie du begonnen hast. Und schäm dich dafür, daß du mir solange getrotzt hast.«

Richard senkte die langen Wimpern über die Augen und blickte zu Boden. »Ja, Großmutter.« Und dann machte er einen schwachen Vorstoß: »Darf ich heute hinausgehen? Ich will nicht den ganzen Tag und die ganze Nacht eingesperrt bleiben.«

»Wir werden sehen«, antwortete sie, aber am Tonfall erkannte Richard, daß es ein klares Nein war. Sie ließ nicht mit sich reden und nicht mit sich verhandeln, sie hatte ihm etwas heimzuzahlen. »Aber jetzt noch nicht, du hast es noch nicht verdient. Du mußt zuerst beweisen, daß du auch weißt, wie du dich zu verhalten hast. Dann erst wirst du deine Freiheit zurückbekommen. Hier geht es dir gut, du hast alles, was du brauchst, also gib dich zufrieden und verdiene dir, was du haben willst.«

»Aber das habe ich doch getan!« fauchte er. »Ich habe getan, was du wolltest, jetzt mußt du auch tun, was ich will. Es ist nicht recht, mich hier einzusperren, es ist nicht freundlich und nicht gerecht. Ich weiß nicht einmal, was du mit meinem Pony gemacht hast.«

»Dein Pony steht sicher im Stall«, erwiderte Dionisia scharf, »und wird ebenso gut versorgt wie du. Und du, junger Herr, solltest in meiner Gegenwart besser deine Zunge hüten, denn sonst werde ich dich gutes Benehmen lehren. Anscheinend hast du in der Abteischule gelernt, frech zu deinen Eltern zu sein, aber das vergißt du am besten so schnell wie möglich wieder.«

»Ich bin doch gar nicht frech«, flehte er, plötzlich wieder verzweifelt. »Ich will doch nur draußen im Licht sein, ich will hinaus und nicht hier eingesperrt sein, ohne Bäume und Gras zu sehen. Ich fühle mich so allein hier...«

»Du wirst Gesellschaft bekommen«, versprach sie und griff damit die einzige Beschwerde heraus, die sie zufriedenstellen konnte, ohne ihre eigenen Ziele zu gefährden. »Ich schicke dir deine Braut, die dir Gesellschaft leisten kann. Ihr sollt euch heute noch etwas kennenlernen, denn sie wird morgen mit ihrem Vater nach Wroxeter zurückkehren, während du, Richard«, sagte sie warnend und blickte ihn scharf an, »mit mir auf dein eigenes Landgut zurückkehren wirst, um den dir gebührenden Platz einzunehmen. Ich erwarte, daß du dich dort anständig aufführst und nicht der Schule nachjammerst, denn du bist jetzt ein verheirateter Mann von hoher Stellung. Eaton ist dein, und dort ist dein Platz. Ich erwarte von dir, daß du dies sagst, sobald irgend jemand dich fragt. Hast du mich verstanden, Junge?«

Er hatte sie sehr gut verstanden. Er sollte mit Schmeicheleien, Drohungen und Erpressung dazu gebracht werden, selbst Bruder Paul und wenn nötig auch dem Vater Abt gegenüber zu erklären, daß er aus eigenem Willen zu seiner Großmutter zurückgekehrt war und aus ganzem Herzen in die Heirat eingewilligt hatte, die sie für ihn arrangiert hatte. Er verbarg sein geheimes Wissen tief in seinem Herzen und antwortete unterwürfig: »Ja, Großmutter!«

»Gut. Ich werde Hiltrude schicken. Und daß du dich ja gut benimmst. Du mußt dich an sie gewöhnen und sie sich an dich, also könnt ihr auch gleich damit beginnen.« Immerhin ließ sie sich dazu herab, ihn zum Abschied noch einmal zu küssen, wenn der Kuß ihm auch eher vorkam wie eine Ohrfeige. Sie rauschte mit wallenden Gewändern hinaus und verriegelte hinter sich die Tür.

Jedenfalls wußte er jetzt, daß sein Pony im Stall stand; wenn er es nur erreichen könnte, er würde sofort fliehen. Doch wenige Augenblicke später kam, wie seine Großmutter angedroht hatte, Hiltrude herein. Seine ganze Abneigung und seine Wut, die mit dem Mädchen selbst nur wenig zu tun hatten, entlud sich in einer Woge kindischen Zornes gegen sie.

Sie schien ihm immer noch wenigstens der Generation der Mutter anzugehören, an die er sich kaum erinnern konnte, doch häßlich war sie wirklich nicht. Sie hatte eine saubere, helle Haut, und große, verhangene braune Augen. Ihr glattes, mausbraunes Haar war voll und zu einem breiten Zopf geflochten, der bis zu ihrer Hüfte herabhing. Sie sah eigentlich gar nicht schlecht aus, nur verbittert, resigniert und elend. Sie blieb einen Augenblick in der Türe stehen und starrte nachdenklich den Jungen an, der düster auf seinem Bett hockte.

»Jetzt haben sie also dich als Wachhund geschickt«, sagte Richard unfreundlich.

Hiltrude setzte sich auf die Fensterbank vor die verschlossenen Läden und betrachtete ihn mißmutig. »Ich weiß, daß du mich nicht magst«, sagte sie; es klang nicht traurig, sondern erstaunlich heftig. »Das ist auch kein Wunder, und übrigens mag ich dich auch nicht. Anscheinend sind wir aber beide gebunden, ob wir wollen oder nicht. Warum, warum nur hast du nachgegeben? Ich willigte nur ein, weil ich sicher war, daß du in der Abtei gut aufgehoben warst und daß es nie soweit kommen könnte. Aber warum mußtest du ihnen in die Hände fallen wie ein Dummkopf und dich kleinkriegen lassen?

Und nun sitzen wir beide hier, und Gott möge uns helfen.« Sie seufzte resigniert und fügte schließlich müde, aber nicht unfreundlich hinzu: »Es ist nicht deine Schuld, du bist nur ein Kind, was hättest du tun sollen? Und es ist nicht so, daß ich dich nicht mag. Ich kenne dich ja nicht einmal. Es ist nur so, daß ich dich nicht wollte. Ich will dich genausowenig, wie du mich willst.«

Richard starrte sie mit offenem Mund und weit aufgerissenen Augen an. Er war erstaunt, in ihr nicht eine bloß lästige Person und einen Mühlstein um den Hals zu sehen, sondern einen wirklichen Menschen, der eine Menge für sich selbst zu sagen hatte und keineswegs ein Dummkopf war. Er bewegte sich langsam und setzte die Füße auf den Boden, weil er den Halt eines festen Untergrundes brauchte. Langsam wiederholte er mit kleiner, erschreckter Stimme: »Dann wolltest du mich gar nicht heiraten?«

»Ein Kind wie dich?« erwiderte sie ohne Rücksicht darauf, daß sie ihn womöglich verletzte. »Nein, das wollte ich nie.«

»Aber warum hast du dann zugestimmt?« Er war viel zu empört über ihre Kapitulation, um die abfällige Bemerkung über sein Alter zur Kenntnis zu nehmen. »Wenn du nein gesagt hättest und dabei geblieben wärst, dann wäre uns beiden nichts geschehen.«

»Weil mein Vater ein Mann ist, dem man schlecht widersprechen kann. Er sagte mir immer, daß ich allmählich zu alt würde, um noch einen Mann zu finden, und wenn ich dich nicht nähme, würde er mich ins Kloster geben, und ich müßte bis zu meinem Tod eine Jungfrau bleiben. Und das wollte ich noch weniger. Außerdem glaubte ich, der Abt hätte dich unter seiner Obhut und würde nicht zulassen, daß du ihm genommen wirst. Aber jetzt sitzen wir hier und können nichts mehr ändern.«

Er war selbst überrascht, als er fast so etwas wie Mitgefühl und Neugierde für diese Frau entwickelte, die ungeschminkt sprach und sich als ebenso lebendig und wirklich erwies wie er selbst. Richard fragte beinahe schüchtern: »Was willst du denn? Wenn du dir etwas wünschen könntest, was wäre es dann?«

»Ich würde«, antwortete Hiltrude, deren braune Augen plötzlich wütend und traurig funkelten, »einen jungen Mann namens Evrard nehmen, der für meinen Vater in Wroxeter als Aufseher arbeitet und der mich auch haben will, ob du das nun glaubst oder nicht. Aber er ist der zweite Sohn seines Vaters und besitzt kein Land, und da mit der Heirat nichts zu gewinnen ist, hat mein Vater kein Interesse an ihm. Es gibt einen Onkel, der Evrard mag und ihm, da er selbst keine Kinder hat, sein Gut überlassen könnte, aber mein Vater will jetzt sofort neues Land dazu bekommen, nicht eines Tages und vielleicht.« Das Feuer erstarb. Sie drehte den Kopf zur Seite. »Warum erzähle ich dir das alles? Du kannst es doch nicht verstehen, und es ist nicht deine Schuld. Du kannst doch nichts daran ändern.«

Richard dachte daran, daß er sehr wohl etwas äußerst Handfestes für sie tun konnte, wenn sie ihrerseits einwilligte, auch etwas für ihn zu tun. Er fragte vorsichtig: »Was machen die beiden jetzt, dein Vater und meine Großmutter? Sie sagte, du würdest morgen nach Wroxeter zurückgehen. Was haben sie vor? Und hat der Vater Abt nach mir suchen lassen, seit ich verschwand?«

»Weißt du das gar nicht? Nicht nur der Abt, sondern auch der Sheriff und alle seine Männer suchen nach dir.

Sie haben in Eaton und Wroxeter gesucht und jeden Winkel im Wald durchkämmt. Mein Vater hatte Angst, daß sie schon heute auch hierher kommen, aber deine Großmutter glaubt es nicht. Sie überlegen noch, ob sie dich in der Nacht nach Eaton zurückbringen sollen, da man dort bereits gesucht hat, aber Dionisia glaubt, daß die Offiziere noch einige Tage zu tun haben, bevor sie Leighton erreichen. Und auf jeden Fall, sagte sie, braucht man nur eine Wache aufzustellen, um genug Zeit zu haben, dich mit einer Eskorte über den Fluß und nach Buildwas zu bringen, sobald die Soldaten auftauchen. Das wäre besser, sagt sie, als dich nach Shrewsbury zurückbringen.«

»Wo sind sie jetzt?« fragte Richard gespannt. »Wo ist meine Großmutter?«

»Sie ist nach Eaton zurückgeritten, damit dort alles aussieht wie gewöhnlich. Der Einsiedler ist noch am Abend in seine Klause zurückgekehrt. Es wäre nicht gut, wenn jemand erfährt, daß er fort war.«

»Und dein Vater?«

»Er ist hier bei seinen Pächtern unterwegs, aber wahrscheinlich nicht weit entfernt. Er hat seinen Schreiber mitgenommen. Ich glaube, es gibt da noch einige Gelder einzutreiben.« Die Geschäfte ihres Vaters waren ihr herzlich gleichgültig, aber sie war neugierig, was im Kopf dieses Jungen vorging, da seine Stimme plötzlich so scharf und lebhaft klang und seine Augen alles andere als trostlos blickten. »Warum? Was bedeutet das für dich? Oder für mich?« fügte sie bitter hinzu.

»Es könnte sein«, antwortete Richard strahlend, »daß ich doch etwas für dich tun kann, etwas Gutes, wenn du auch für mich etwas tust. Hilf mir zu fliehen, wenn beide außer Haus sind. Mein Pony ist unten im Stall, das hat sie mir gesagt. Wenn ich mich mit dem Pony davonstehlen kann, könntest du die Tür wieder verriegeln. So wird man erst am Abend merken, daß ich fort bin.«

Sie schüttelte energisch den Kopf. »Und wem würde man die Schuld geben? Ich könnte es nicht auf einen Diener schieben, und ich habe keine Lust, es auf mich selbst zu nehmen. Ich habe auch so schon genug Sorgen, vielen Dank.« Aber da sie sah, daß das hoffnungsvolle Feuer in ihm keineswegs erstickt war, fügte sie vorsichtig hinzu: »Allerdings wäre ich bereit, einiges zu riskieren, wenn mir damit meine Sorgen abgenommen werden könnten. Aber wie wäre das möglich? Um aus diesem Bund entlassen zu werden, würde ich alles tun, was man vor mir verlangt. Aber was könnte uns schon befreien, nachdem wir derart gebunden sind?«

Richard sprang auf und stürmte quer durchs Zimmer, um sich vertraulich neben sie auf die breite Fensterbank zu setzen. Dicht an ihrem Ohr sagte er atemlos: »Wenn ich dir ein Geheimnis verrate, willst du dann schwören, es für dich zu behalten, bis ich fort bin, und willst du mir dann helfen, hier heraus zu kommen? Ich verspreche dir, daß es den Ärger wert ist.«

»Du träumst doch«, meinte sie mitfühlend und drehte den Kopf, um ihn aus der Nähe zu betrachten. Anscheinend wurde seine verstohlene Freude auch durch ihren Unglauben nicht gedämpft. »Aus einer Ehe kommt man nicht heraus, wenn man nicht mindestens ein Prinz ist und sich direkt an den Papst wenden kann. Wer kümmert sich um uns, die wir von niedrigerem Stand sind? Zwar teilen wir nicht Tisch und Bett, das wird erst in einigen Jahren kommen, aber wenn du glaubst, deine Großmutter und mein Vater ließen eine Annullierung der Eheschließung zu, dann hoffst du vergeblich. Sie haben ihren Willen bekommen, und sie werden uns nicht aus den Fingern lassen.«

»Nein, es ist viel einfacher«, erklärte er. »Wir brauchen nicht den Papst oder die Gesetze. Du mußt mir glauben. Versprich mir wenigstens, nichts zu verraten, und wenn du weißt, was es ist, wirst du mir auch helfen wollen.«

»Nun gut«, sagte sie und gab ihm nach, da sie schon fast überzeugt war, daß er mehr wußte als sie. Doch sie zweifelte immer noch daran, daß es sie befreien könne. »Nun gut, ich will es versprechen. Was ist nun dein Geheimnis?«

Und fröhlich flüsterte er es ihr ins Ohr, während seine Wange von einer Haarlocke gestreichelt wurde, die sich aus dem Zopf befreit hatte. Er hauchte ihr das Geheimnis ins Ohr, als hätten sogar die Dielenbretter Ohren. Und nachdem sie einen Augenblick ungläubig geschwiegen hatte, lachte sie leise, schüttelte sich kräftig vor Lachen und nahm Richard in die Arme, um ihn kräftig zu drücken.

»Dafür sollst du freikommen, was immer es mich kostet! Du hast es verdient!«

11

Nachdem sie einmal überzeugt war, übernahm sie das Pläneschmieden. Sie kannte das Haus und die Diener, und solange kein Zweifel an ihrem Gehorsam bestand, hatte sie überall Zutritt und konnte dem Gesinde nach Belieben Befehle geben.

»Wir warten am besten, bis sie dein Mittagessen gebracht und das leere Geschirr wieder abgeholt haben. Danach wird längere Zeit niemand mehr kommen. Es gibt eine Hintertüre, durch die man vom Stall aus auf die Koppel kommt. Ich könnte Jehan befehlen, dein Pony auf die Weide zu lassen, weil es schon so lange eingesperrt ist. Dort draußen auf dem Feld hinter dem Stall und dicht am Zaun gibt es einige Büsche. Ich werde versuchen, deinen Sattel und dein Zaumzeug noch vor dem Mittagessen dort zu verstecken. Ich kann dich durch den Keller hinausbekommen, solange sie alle noch in Halle und Küche beschäftigt sind.«

»Aber dein Vater wird zum Essen zurück sein«, protestierte Richard zweifelnd.

»Nach dem Mittagessen wird er schnarchen. Wenn er überhaupt nach dir sieht, dann wird er es tun, bevor er sich zu Tisch setzt, um sich zu vergewissern, daß du auch sicher in deinem Käfig sitzt. Und es ist besser für mich, da ich gehorsam meinen Morgen mit dir abgesessen haben. Wer könnte danach noch glauben, daß ich es mir später anders überlegt habe? Es könnte sogar ganz lustig sein«, sagte Hiltrude, die immer lebhafter über ihre gutgemeinte Bosheit nachdachte, »wenn sie dir dein Abendessen bringen und den Käfig leer, aber mit immer noch verschlossenem und verriegeltem Fenster vorfinden.«

»Aber dann wird man allen Vorhaltungen und Vorwürfe machen«, wandte Richard ein. »Denn irgend jemand muß ja den Riegel herausgezogen haben.«

»Dann werden wir es alle abstreiten, und falls jemand unter starken Verdacht gerät, werde ich ihn schützen, indem ich sage, daß er ständig in meiner Nähe war und deine Tür nicht berührt hat, seit du dein Mittagessen

207

bekommen hast. Und wenn es zum Ärgsten kommt«, fügte Hiltrude mit ungewohnter Entschlossenheit hinzu, »dann werde ich sagen, daß ich wahrscheinlich vergessen habe, den Bolzen zu verriegeln, nachdem ich dich verlassen habe. Was soll er schon tun? Er wird immer noch glauben, daß er dich durch die Ehegelübde gefangen hat, wohin du auch läufst. Und noch besser«, rief sie und klatschte in die Hände, »ich selbst werde diejenige sein, die dir dein Essen bringt und dir aufwartet und das Geschirr wieder herausholt – dann kann niemand anders in den Verdacht geraten, die Tür unverriegelt gelassen zu haben. Eine Frau sollte so früh wie möglich beginnen, ihrem Gatten aufzuwarten; so gehört es sich.«

»Hast du denn keine Angst vor deinem Vater?« fragte Richard mit aufgerissenen Augen und mit einigem Respekt und sogar Bewunderung; doch es widerstrebte ihm, ihr eine so gefährliche Rolle zu überlassen.

»Und ob! Aber was immer geschieht, es ist der Mühe wert. Ich muß jetzt gehen, Richard, solange niemand im Stall ist. Warte nur und vertraue mir und sei guten Mutes. Mir hast du jedenfalls Mut gemacht!«

Sie war schon an der Tür, als Richard, der nachdenklich ihren leichten, beflügelten Gang beobachtete, völlig anders als das unterwürfige, verbitterte Geschöpf, dessen kalte Hand er noch am Abend gehalten hatte, ihr impulsiv nachrief: »Hiltrude – ich glaube, ich könnte Schlimmeres tun, als dich zu heiraten.« Um mit einiger Hast hinzuzufügen: »Aber nicht in den nächsten paar Jahren!«

Sie hielt, was sie versprochen hatte. Sie brachte ihm das Mittagessen, setzte sich zu ihm und führte ein oberflächliches, linkisches Gespräch, während er aß. Es klang genau wie die Unterhaltung einer Fremden mit einem Kind, zu der man sie gezwungen und die sie widerwillig akzeptiert hatte. Und es klang, als ob sie sich bemühte, ihre Verbitterung nicht an dem unschuldigen Kind auszulassen. Weniger aus Klugheit, sondern weil er hungrig und vornehmlich mit Essen beschäftigt war, antwortete Richard nur mit unverständlichen Lauten. Hätte jemand gelauscht, er hätte das Gespräch sicherlich ebenso deprimiert wie stimmig gefunden.

Hiltrude brachte den Teller in die Küche zurück und kam noch einmal zu ihm, nachdem sie sich vergewissert hatte, daß alle im Haus beschäftigt waren. Die schmale Holztreppe zum Keller war glücklicherweise vom Flur, der zur Küche führte, nicht einsehbar. So hatten sie keine Schwierigkeiten, eilig hinunterzuhuschen und vom Inneren des Hauses aus jenen tiefen Türbogen zu erreichen, in dem Hyacinth sich verborgen hatte. Von dort mußte Richard nur noch über ein kurzes offenes Stück zur Pforte im Zaun rennen, die halb versteckt neben dem Stall lag. Sattel und Zaumzeug und alles andere hatte sie wie versprochen in den Büschen versteckt, und das schwarze Pony kam sofort zu ihm. Dicht an der Rückwand des Stalles sattelte er das Tier mit zitternden Händen und führte es aus der Koppel heraus zum Fluß hinunter, wo ihm eine Baumgruppe Schutz bot. Erst dort wagte er es, den Sattelgurt festzuziehen und aufzusitzen. Und wenn nun alles gutging, würde man ihn erst am frühen Abend vermissen.

Hiltrude stieg die Treppe aus dem Keller wieder hinauf und bemühte sich, den Nachmittag unschuldig unter den Frauen des Haushaltes zu verbringen und sich ständig blicken zu lassen. Sie beschäftigte sich mit den Dingen, die der Dame des Hauses zustanden. Sie hatte Richards Tür wieder verriegelt, denn selbst ein zehnjähriger Junge hatte genug Verstand, den Riegel wieder vorzulegen, um den Schein zu wahren. Wenn die Flucht entdeckt wurde, konnte sie ohne weiteres zunächst vorbringen, daß sie sich nicht erinnerte, die Tür unverriegelt gelassen zu haben, um es schließlich doch zuzugeben. Doch bis dahin war Richard, wenn alles gut ging, schon wieder in der Enklave der Abtei und konnte mit einiger Verspätung darüber nachdenken, wie er sich am besten als unschuldiges Opfer darstellte und wie er jede Erinnerung an den Abtrünnigen tilgte, der ohne Erlaubnis davongelaufen war und dieses ganze Durcheinander und die Aufregung angestiftet hatte. Nun, das war Richards Sache. Sie hatte ihren Teil erledigt.

Es war ein unglücklicher Zufall, daß der Knecht, der Richards Pony auf die Koppel gebracht hatte, am frühen Nachmittag ein zweites Tier, das etwas lahmte, zum Weiden hinausbringen wollte. Natürlich fiel ihm sofort auf, daß Richards Pony verschwunden war. Er hielt sich an die erste, offensichtliche, wenn auch unwahrscheinliche Möglichkeit und war schon halb über den Hof gerannt, um zu rufen, daß das Pferd gestohlen worden sei, bevor ihm einfiel, im Stall nach Sattel und Zaumzeug zu sehen. Nun erschien der Verlust in einem anderen Licht, und außerdem erhob sich die Frage, warum ein Dieb ausgerechnet das am wenigsten wertvolle Tier nehmen sollte. Und warum den Diebstahl bei Tageslicht riskieren? Dunkle Nächte waren am besten geeignet.

So stürmte er in die Halle und rief laut und atemlos, daß das Pony des jungen Bräutigams verschwunden sei, zusammen mit dem Sattel und allem anderen, und der Herr solle sich besser vergewissern, ob der Junge noch hinter Schloß und Riegel sitze. Fulke, der die Nachricht kaum glauben konnte, machte sich selbst auf den Weg und fand die Tür sicher verschlossen wie eh und je, und doch war der Raum leer. Er stieß einen lauten Wutschrei aus, der Hiltrude über ihrer Stickerei zusammenzucken ließ, doch die hielt die Augen auf ihre Arbeit gerichtet und stickte artig weiter, bis der Sturm zum Ausbruch kam und die ganze Halle erfaßte.

»Wer war es? Wer hat ihm zuletzt aufgewartet? Welcher Dummkopf unter euch, aber ihr seid ja alle Dummköpfe, hat die Tür unverriegelt gelassen? Oder hat ihn etwa einer von euch mir zum Trotz absichtlich freigelassen? Ich werde dem verräterischen Hund die Haut abziehen, wer immer es war. Sprecht! Wer hat diesem Lausebengel das Mittagessen gebracht?«

Die Kammerdiener hielten sich außer Reichweite und beteuerten stammelnd ihre Unschuld. Die Mädchen rannten herum wie aufgescheuchte Hühner und warfen sich aus den Augenwinkeln Blicke zu, doch keine wagte es, ein Wort gegen ihre Herrin zu sagen. Hiltrude nahm ihren ganzen Mut zusammen und stellte sich der Bewährungsprobe. Sie legte ihre Stickerei beiseite und sagte kühn und nicht im mindesten trotzig: »Aber Vater, du weißt doch, daß ich es selbst war. Du hast doch gesehen, wie ich danach den Teller zurückbrachte. Gewiß habe ich die Tür wieder verschlossen – ich bin ganz sicher. Und niemand hat ihn danach aufgesucht, es sei denn, du hast ihn selbst besucht, Vater. Wer sollte auch ohne Auftrag das Zimmer betreten? Und ich habe niemand einen Auftrag gegeben.«

»Bist du da wirklich so sicher, meine junge Dame?« brüllte Fulke. »Als nächstes wirst du mir wohl erzählen, daß der Bursche gar nicht verschwunden ist, sondern noch in dem Zimmer sitzt, wo er sein sollte. Wenn du als letzte in dem Zimmer warst, dann bist du auch dafür verantwortlich, daß er sich davonstehlen und fliehen konnte. Du mußt die Tür unverriegelt gelassen haben, denn wie sonst hätte er herauskommen sollen? Wie konntest du nur so dumm sein?«

»Ich habe sie nicht unverriegelt gelassen«, wiederholte sie, diesmal aber mit erheblich geringerer Selbstsicherheit. »Und selbst wenn ich es vergessen habe«, räumte sie schuldbewußt ein, »aber ich kann es nicht glauben – aber selbst wenn, spielt es denn eine Rolle? Er kann nicht ändern, was geschehen ist; das kann niemand mehr. Ich verstehe die Aufregung nicht.«

»Du verstehst es nicht, du verstehst es nicht – du siehst nicht weiter als bis zu deiner Nasenspitze, junge Dame! Er wird zu seinem Abt zurückrennen, und was wird er dem wohl erzählen?«

»Aber früher oder später mußte er doch ohnehin wieder herauskommen«, antwortete sie schwach. »Ihr konntet ihn doch nicht ewig eingesperrt lassen.«

»In der Tat, das war uns klar, aber noch nicht jetzt, da wir sein Zeichen noch nicht haben – nein, noch besser, seinen Namen, er kann ja sogar mit seinem Namen unterschreiben. Er hat die Heiratspapiere noch nicht unterschrieben, und wir haben ihm noch nicht beigebracht, seine Geschichte der unseren anzupassen und zu akzeptieren, was geschehen ist. Ein paar Tage noch, und alles wäre gewesen, wie wir es haben wollten. Aber ich will ihn nicht ungeschoren davonkommen lassen«, fluchte Fulke rachsüchtig und brüllte seine verängstigten Diener an: »Sattelt mein Pferd, und beeilt euch! Ich reite ihm nach. Er wird geradewegs zur Abtei reiten. Ich werde ihm die Hammelbeine langziehen!«

Richard wagte es nicht, am hellen Nachmittag die Straße zu nehmen, daher wich er dem Dorf in einem weiten Bogen aus. Auf der Straße wäre er schneller vorangekommen, doch er hätte auch leicht die Aufmerksamkeit von Pächtern oder Bediensteten erregen können, die ihn, um sich bei Astley beliebt zu machen, in sein Gefängnis zurückgeschleppt hätten. Außerdem hätte ihn die Straße viel zu nahe an Eaton herangebracht. Er blieb in dem Waldstück, das sich oberhalb des Flusses etwa eine halbe Meile breit erstreckte und zunehmend dünner wurde, bis nur noch eine Reihe einzelner Eichen am Wasser stand. Dahinter lagen offen und baumlos smaragdgrüne Feuchtwiesen in einer großen Krümmung des Severn. Dort hielt er sich weit genug landeinwärts, um etwas Deckung zwischen den wenigen Büschen zu finden, die an den Rainen der Felder von Leighton wuchsen. Flußaufwärts, wo sein Ziel lag, erweiterte sich das Tal zu einer ausgedehnten grünen Schüssel von Marschen, die nur an wenigen höher gelegenen Stellen von einzelnen Bäumen durchsetzt waren. Am Nordufer jedoch, wo er ritt, begann etwa eine Meile entfernt der Wald von Eyton, in dessen Deckung er mehr als den halben Weg bis Wroxeter bleiben konnte. Das bedeutete natürlich, daß er nur langsam vorankam, doch in diesem Augenblick fürchtete er weniger eine mögliche Verfolgung, sondern eher Menschen, die ihn unterwegs erkennen und aufhalten konnten. Wroxeter mußte er auf jeden Fall meiden, und die einzige Möglichkeit, die er kannte, bestand darin, kurz vor dem Dorf und außer Sichtweite des Herrenhauses den

Severn zu durchwaten, um die Straße auf der Südseite zu erreichen und von dort aus mit größter Geschwindigkeit in die Stadt zu reiten.

Im Wald beeilte er sich etwas zu sehr und ließ sich durch seine Vertrautheit mit dem Gelände verleiten, eine Abkürzung zwischen zwei Pfaden zu wählen. Er bezahlte für seine Eile mit einem Sturz, als sein Pony mit einem Huf auf die weiche Kante eines Dachsbaus trat. Doch sein Sturz wurde vom weichen Blätterteppich aufgefangen, und außer ein paar Prellungen trug er keinen Schaden davon. Das Pony war zwar erschrocken und nervös, doch es kehrte sofort zu ihm zurück, als der erste Schreck vorbei war. Danach war ihm schmerzhaft klar, daß Hast nicht unbedingt gleichbedeutend mit Geschwindigkeit war, und er ritt vorsichtiger, bis er offeneres Gelände erreichte. Er hatte bisher noch nicht über seine Flucht nachgedacht; er war einfach nur darauf aus, zur Abtei zurückzukehren, seinen Frieden zu finden und die Schelte und Strafen zu bekommen, mit denen er sicherlich rechnen mußte, nachdem die Sorge um ihn erledigt war. So unterschiedlich Erwachsene auch waren, er wußte genug über sie, um zu verstehen, daß alle auf die gleiche Weise reagierten, wenn ein Kind, das ihrer Obhut unterstellt war, aus einer Gefahr gerettet wurde: Zuerst wurde es umarmt, direkt danach folgte die Abreibung. Vielleicht kam die Abreibung sogar als erstes! Aber das war ihm egal. Nachdem man ihn mit Gewalt vom Schulunterricht, von seinen Mitschülern und sogar vom angsteinflößenden Vater Abt ferngehalten hatte, wollte er nur noch zu ihnen zurückkehren, die sicheren Mauern um sich spüren und vom behaglichen Stundenplan der mönchischen Tage eingehüllt werden wie von einem warmen Mantel. Er hätte, wäre er auf diesen Gedanken gekommen, am Fluß entlang zur Mühle von Eaton oder zum Haus des Försters reiten können und wäre, da dieses Land der Abtei gehörte, sofort in Sicherheit gewesen. Doch der Gedanke kam ihm nicht, und so zog er zur Abtei wie ein Vogel zu seinem Nest. Auch wenn er der Herr von Eaton war, in diesem Augenblick kannte er kein anderes Heim.

Als er den Wald verlassen hatte, erreichte er einen guten, öffentlichen Weg, der ihn südlich des Dorfes Wroxeter bis fast zur Furt brachte. Er legte die zwei Meilen rasch zurück, doch nicht so überstürzt, daß die Leute auf ihn aufmerksam wurden, denn hier und dort kam ihm jemand entgegen, der seinen Arbeiten auf den Feldern nachging oder ein Nachbardorf besuchen wollte. Er erkannte niemand, und seine beiläufigen Grüße wurden ebenso knapp erwidert, wie sie entboten wurden.

Schließlich sah er den Waldstreifen an der Furt: Ein paar tief über das Wasser geneigte Weiden, hinter denen die Turmspitze der Stiftskirche hervorragte. Der Rest des Dorfes und das Herrenhaus lagen dahinter. Richard näherte sich vorsichtig den schützenden Bäumen und stieg in der Deckung ab, um von einer kleinen Landzunge aus über das flache Wasser und den Weg, der vom Dorf zur Furt führte, hinauszuspähen. Bevor er sich einen Überblick verschaffen konnte, hörte er Stimmen und hielt inne, um zu lauschen. Er hoffte, die Sprecher würden den Weg zum Dorf einschlagen und nicht in seine Nähe kommen. Es waren zwei Frauen, die schwatzten und lachten und am Ufer im Wasser planschten. Dann neckte und schalt eine gelassene, freundliche Männerstimme die Mädchen. Richard wagte sich näher heran, und als er die Sprecher deutlich sehen konnte, hielt er mit angehaltenem Atem und voller Entsetzen abermals inne.

215

Die Frauen hatten ihr Leinen gewaschen und zum Trocknen über die niedrigen Büsche gelegt, und da der Tag nicht kalt war und sich ein junger und nicht unansehnlicher Mann zu ihnen gesellt hatte, hatten sie es nicht gerade eilig, das Ufer wieder zu verlassen. Die Frauen kannte Richard nicht, doch der Mann war ihm nur allzugut bekannt, wenn auch nicht dem Namen nach. Dieser große, rothaarige, stolze junge Schürzenjäger war Astleys Aufseher auf dem Herrensitz. Er war einer der beiden, die damals auf Richard getroffen und ihn sofort erkannt hatten, als er eilig durch den Wald zur Abtei wollte. Sie hatten die Gunst der Stunde und die Einsamkeit genutzt, um ihrem Herrn zu Gefallen zu sein. Diese muskulösen Arme, die sich jetzt bei einer kichernden Wäscherin Freiheiten erlaubten, hatten Richard einfach aus dem Sattel gehoben und ihn in der Luft gehalten, wo er nur ohnmächtig strampeln und wüten konnte. Und die Arme mündeten in breite Schultern, die aus Eichenholz zu sein schienen, denn Richards Gegenwehr hatte nicht das geringste ausrichten können. Schließlich hatte ihm der zweite Lump die Kapuze über den Kopf geworfen und die Arme mit den Zügeln festgebunden. Am gleichen Abend, weit nach Mitternacht, als es völlig dunkel war und alle anständigen Menschen im Bett lagen, hatten die beiden Schurken ihn festverschnürt in sein Gefängnis auf dem zweiten Landgut gebracht. Richard hatte die Gemeinheiten nicht vergessen. Und jetzt kam ihm genau dieser Mann zum zweiten Mal in die Quere. Richard konnte nicht aus seiner Deckung heraus und fortreiten, ohne dicht an ihm vorbeizukommen, ohne erkannt und mit großer Sicherheit noch einmal gefangengenommen zu werden.

Ihm blieb nichts übrig, als sich tiefer in die Deckung

zurückzuziehen und zu warten, bis sie ins Dorf und zum Anwesen zurückgekehrt waren. Es war zwecklos, einen noch weiteren Bogen um Wroxeter zu schlagen und am Nordufer des Flusses weiterzureiten, denn er war dem Dorf bereits zu nahe, und alle Wege waren gut einzusehen. Außerdem verlor er Zeit, und ohne den genauen Grund zu wissen, hatte er das Gefühl, daß er sich beeilen mußte. Er hatte bereits eine Stunde damit verloren, verzweifelt und nervös an den Fingernägeln zu kauen und darauf zu warten, daß die anderen am Ufer sich endlich davonmachten.

Als die Frauen schließlich ihre Wäsche zusammenlegten und sich auf den Heimweg begaben, hatten sie es dennoch keineswegs eilig. Sie trödelten den Weg hinauf und scherzten und lachten mit dem jungen Mann, den sie in die Mitte genommen hatten. Erst als ihre Stimmen in der Ferne verhallt waren und sich keine Menschenseele mehr an der Furt zeigte, wagte Richard sich aus der Deckung heraus und hetzte sein Pony unter lautem Platschen in das Flachwasser.

Die Furt war auf den ersten Metern leicht zu nehmen, sandig und flach, dann ging es ein Stück trockenen Fußes über die Spitze einer kleinen Flußinsel und dann wieder hinab durch viele kleine Sandbänke, zwischen denen das Wasser behäbig glänzte. Mitten im Fluß zügelte Richard sein Pferd einen Moment und sah sich um, denn die weiten, offenen grünen Wiesen gaben ihm das Gefühl, nackt und ausgeliefert zu sein. Er war aus mehr als einer Meile Entfernung zu sehen, eine kleine dunkle Gestalt auf einem Pferderücken, schutzlos und verletzlich in einer Landschaft aus Wasser, perlmuttfarbenem Licht und blassen Farben.

Und dort hinten, in vollem Galopp auf die Furt zuhaltend und auf dem gleichen Weg, den auch er benutzt hatte, noch fern und klein, aber eindeutig ihn verfolgend, kam ein einzelner Reiter auf einem großen, hellgrauen Pferd. Fulke Astley war grimmig entschlossen, seinen abtrünnigen Schwiegersohn einzuholen.

Richard stürmte in hohen Gischtwolken durch die Untiefen und galoppierte in westlicher Richtung durch die Feuchtwiesen, um den Weg zu erreichen, der ihn nach etwas mehr als vier Meilen nach St. Giles bringen würde. Von dort aus war es nicht mehr weit bis zum Torhaus der Abtei. Doch zunächst mußte er mehr als eine Meile zurücklegen, bevor er im hügeligen Gelände und zwischen verstreuten Hainen eine Deckung finden konnte. Selbst dort konnte er kaum hoffen, den Verfolger abzuschütteln, da dieser ihn inzwischen gewiß ebenso ausgemacht hatte wie er ihn. Sein Pony war dem weit ausgreifenden Schecken nicht gewachsen. Dennoch war Geschwindigkeit seine einzige Hoffnung. Er hatte immer noch einen guten Vorsprung, auch wenn er den größten Teil verloren hatte, als er darauf wartete, sicher die Furt überqueren zu können. Er gab dem Pony die Sporen, biß die Zähne zusammen und schlug die Richtung nach Shrewsbury ein, als wäre ihm ein Wolfsrudel auf den Fersen.

Das Gelände stieg zu niedrigen, mit Bäumen und Buschgruppen bewachsenen Hügeln an, die Jäger und Wild voreinander verbargen, doch die Distanz zwischen ihnen wurde ständig kleiner, und wenn der Weg ein Stück weit eben und ungeschützt war und Richard besorgt über die Schulter zurückblicken konnte, sah er jedesmal seinen Feind näher als zuvor. Schließlich bezahlte er seine Unaufmerksamkeit mit einem weiteren Sturz, doch er ließ diesmal nicht die Zügel fahren und ersparte sich so den schlimmsten Schreck und die Mühe, sein Pony wieder einzufangen. Schmutzig, angeschlagen und wütend auf sich selbst kletterte er wieder in den Sattel und ritt im Galopp davon. Er spürte Astleys starren Blick wie einen Dolch im Rücken. Es war ein Glück, daß das Pony ein kräftiges Tier aus Wales war, das einige Tage keine Bewegung bekommen hatte, und daß es ein so leichtes Gewicht trug. Dennoch ritt Richard für das Tier viel zu schnell; er wußte es und machte sich deshalb Vorwürfe, doch er konnte nicht anders. Als endlich der Zaun von St. Giles auftauchte und der Weg sich zu einer Straße verbreiterte, hörte er ein Stück hinter sich schon den Hufschlag des Verfolgers. Auch hier hätte er Schutz und Zuflucht finden können, denn das Spital wurde von der Abtei betrieben, und Bruder Oswin hätte ihn, es sei denn auf Befehl des Abtes, keinem Fremden ausgeliefert. Doch er hatte keine Zeit, anzuhalten und vom Weg abzuschwenken.

Richard drückte sich flach auf den Rücken seines Ponys und galoppierte durch die Vorstadt. Er erwartete jeden Augenblick, Fulke Astleys massigen Schatten neben sich auf der Straße zu sehen und von einer großen Hand, die sein Zaumzeug faßte, aufgehalten zu werden. Nun ging es um die Ecke der Abteimauer und das weite Wegstück bis zum Torhaus hinunter. Handwerker und Dörfler, die gerade ihr Tagewerk beendet hatten und heimkehrten, und Kinder und Hunde, die auf der Straße gespielt hatten, stoben auseinander.

Als Richard in vollem Galopp durchs Torhaus stürmte, war Fulke Astley ganze fünf Meter hinter ihm.

An diesem Abend wurde der Vespergottesdienst von einigen Gästen der Abtei besucht, wie Cadfael von seinem Platz im Chorgestühl aus bemerkte. Rafe von Coventry war da, schweigsam und unauffällig wie immer; und sogar Aymer Bosiet. Nachdem er den Tag mit der Verfolgung seines verlorenen Eigentums verbracht hatte, saß er nun mit bekümmertem, grimmigen Gesicht hier in der Kirchenbank, wahrscheinlich, um vom Himmel eine brauchbare Spur zu erflehen. Seinem Aussehen nach hatte er gewichtige Dinge im Sinn, denn seine Stirn blieb die ganze Vesper über gerunzelt wie bei einem Mann, der vor einer Entscheidung steht. Vielleicht sah er sich durch die Notwendigkeit, sich das gute Verhältnis zur Verwandtschaft seiner Mutter zu erhalten, genötigt, sogleich mit Drogos Leiche heimzukehren und einige Anzeichen der erwarteten Trauer zu zeigen. Vielleicht sprach auch der Gedanke an einen klugen, jüngeren Bruder, der an Ort und Stelle geblieben war, dafür, daß er die wilde Jagd zugunsten eines gewissen Erbes aufgeben sollte.

Was auch immer ihn beschäftigte, er wurde Zeuge der Szene, die sich vor den Brüdern und Gästen unmittelbar nach dem Gottesdienst abspielte. Die Andächtigen kamen gerade durch die Südtür heraus und begannen durch den westlichen Teil des Kreuzganges in den großen Hof zu strömen, wo sie sich verstreuen und ihren verschiedenen Abendbeschäftigungen nachgehen wollten.

Abt Radulfus hatte zusammen mit Prior Robert den Hof betreten, als die abendliche Stille durch das Donnern von Hufschlägen auf der festgestampften Erde vor dem Torhaus durchbrochen wurde. Auf dem Pflaster im Hof klang es plötzlich stählern auf, als ein stämmiges schwarzes Pony ohne Halt am Torhaus vorbeistürmte und, gefolgt von einem großen grauen Pferd, über die Steine schlitterte. Der Reiter des Grauen war ein großer, massiger, bärtiger Mann mit vor Wut oder Erregung gerötetem Gesicht, der sich gerade vorbeugte, um das Zaumzeug des Ponys zu ergreifen. Die beiden waren etwa zwanzig Meter weit in den Hof vorgedrungen, als die ausgestreckte Hand des Mannes die Zügel schnappte und beide Pferde schlitternd und schnaubend, ausgepumpt und zitternd zum Halten brachte. Das Pferd hatte er, aber nicht den Jungen, der mit einem Entsetzensschrei die Zügel losließ und jäh auf der anderen Seite des Pferdes herunterglitt. Er floh wie ein verängstigter Vogel vor die Füße des Abtes, wo er stolperte und zu Boden fiel und verzweifelt die Arme um Radulfus' Knie schlang. Er stieß einen unverständlichen Klageruf aus, der in den Falten der schwarzen Kutte erstickt wurde, und klammerte sich fest, weil er erwartete, mit Gewalt fortgerissen zu werden. Und niemand außer diesem aufrechten, festen Felsen, an den er sich klammerte, konnte dies verhindern.

Die Stille, die so grob gestört worden war, hatte sich unvermittelt wieder über den großen Hof gesenkt. Radulfus hob sein strenges, fragendes Gesicht von der kleinen Gestalt, die seine Beine umarmte, zu dem kräftigen, selbstbewußten Mann, der die zitternden, schwitzenden Pferde stehengelassen hatte und einige Schritte auf ihn zugekommen war, keineswegs beeindruckt vom Oberhaupt des Klosters.

»Mein Herr, Euer Auftritt war etwas unzeremoniell. An derart ungestüme Besucher sind wir nicht gewöhnt«, sagte Radulfus.

»Ehrwürdiger Abt, verzeiht, daß ich gezwungen wurde, Euch zu stören. Wenn unser Eindringen gegen die

Gebote der Höflichkeit verstieß, dann bitte ich Euch um Vergebung. Und dies eher für Richard als für mich selbst«, antwortete Fulke, den Abt absichtlich und selbstbewußt herausfordernd. »Seine Dummheit ist der Grund. Ich hoffte, Euch diese alberne Störung ersparen zu können, indem ich ihn früher einholte und sicher nach Hause brachte. Und genau dies will ich jetzt tun, damit er Euch nicht noch einmal solche Unannehmlichkeiten bereitet.«

Anscheinend war er seiner Sache recht sicher, auch wenn er nicht weiter vortrat, um den Jungen am Kragen zu packen. Er erwiderte ungerührt den Blick des Abtes. Hinter Prior Robert traten die Brüder aus ihrer Reihe und sammelten sich verstohlen in einem Halbkreis. Sie betrachteten erschrocken den am Boden kauernden Jungen, der gedämpfte Proteste und Bitten ausstieß, die immer noch nicht zu verstehen waren, da er den Kopf nicht hob und seinen verzweifelten Griff nicht lockerte. Nach den Brüdern kamen die Gäste, die sich ebenfalls für dieses ungewöhnliche Schauspiel interessierten. Cadfael umrundete die Gruppe, bis er die Szene deutlich sehen konnte. Dabei bemerkte er den unbeteiligten, doch aufmerksamen Blick in Rafe von Coventrys Augen und sah, wie ein flüchtiges Lächeln um die bärtigen Lippen des Falkners spielte.

Statt Astley zu antworten, blickte der Abt stirnrunzelnd zu dem Jungen hinab und sagte kurz angebunden: »Hör auf zu jammern, Kind, und laß mich los. Du bist nicht in Gefahr. Steh auf!«

Richard löste widerstrebend seinen Griff und hob sein Gesicht, das von Schlamm und grünen Blättern von seinen Stürzen, vom Schweiß der Eile und der Furcht und von einigen ängstlichen Tränen der Erleichterung verschmiert war. »Vater, laßt nicht zu, daß er mich mitnimmt! Ich will nicht zurück, ich will hierbleiben, ich will bei Bruder Paul bleiben, ich will lernen. Schickt mich nicht fort! Ich wollte gar nicht so lange ausbleiben! Ich war auf dem Rückweg, als sie mich aufhielten. Ich war auf dem Rückweg, wirklich!«

»Anscheinend«, erklärte der Abt trocken, »steht hier zur Debatte, wo dein Zuhause ist, da Herr Fulke dir sein Geleit zu deinem Heim anbietet, während du der Meinung bist, du seist bereits dort. Wie du dich erklären willst, kann eine Weile warten. Wohin du gehörst, anscheinend nicht. Steh sofort auf, Richard, und halte dich aufrecht, wie es sich geziemt.« Und er faßte Richard mit schlanker, aber kräftiger Hand am Unterarm und zog ihn auf die Beine.

Nun erst sah Richard sich um und stellte zu seinem Unbehagen fest, daß viele Augenpaare ihn anstarrten. Verlegen, daß er den versammelten Brüdern einen so zerzausten und verschmutzten Anblick bot, ganz zu schweigen von der Peinlichkeit der verkrustenden Tränenspuren auf seinen Wangen, richtete er sich auf und wischte sich eilig mit einem Ärmel durch das schmutzige Gesicht. Dann suchte er im Kreis der Kuttenträger nach Bruder Paul, fand ihn und war etwas getröstet. Und Bruder Paul, dem es schwerfiel, nicht sofort zu seinem verirrten Lamm zu eilen, setzte sein ganzes Vertrauen auf Abt Radulfus und hielt den Mund.

»Ihr habt gehört, Herr«, sagte der Abt, »was Richards Wille ist. Zweifellos wißt Ihr, daß sein Vater ihn in meine Obhut gab und wünschte, daß er hier bleibe und lerne, bis er das rechte Alter erreicht hat. Mir ist vertraglich und unter Zeugen die Obhut über diesen Jungen übertragen worden, und aus dieser meiner Obhut verschwand er vor einigen Tagen. Ich habe bisher nicht vernommen, mit welchem Recht Ihr ihn beansprucht.«

»Richard ändert jeden Tag seine Meinung«, erwiderte Fulke selbstbewußt und laut, »denn erst gestern abend traf er bereitwillig eine völlig entgegengesetzte Entscheidung. Übrigens bin ich ohnehin nicht der Ansicht, daß ein Kind für sich selbst entscheiden soll, wenn seine Eltern besser wissen, was gut für es ist. Und was *meinen* Anspruch angeht, so will ich ihn Euch darlegen. Richard ist mit Wissen und Zustimmung seiner Großmutter mein Schwiegersohn, da er gestern abend mit meiner Tochter verheiratet wurde.«

Durch den Kreis der Zuhörer lief ein empörtes Murmeln. Abt Radulfus zeigte äußerlich keine Regung, doch Cadfael sah, wie sich die Linien in seinem hageren Gesicht spannten, und wußte, daß der Pfeil getroffen hatte. Genau dies war von langer Hand von Dionisia vorbereitet worden; dieser überhebliche Nachbar war für sie doch kaum mehr als ein Werkzeug. Aber was er vorgebracht hatte, mochte der Wahrheit entsprechen, wenn sie den Jungen die ganze Zeit in ihren Händen gehabt hatten. Und Richard, der entsetzt herumfuhr, um herauszuschreien, daß es nicht die Wahrheit sei, begegnete dem strengen Blick des Abtes, der auf ihm ruhte, und es verschlug ihm die Sprache. Er hatte Angst, vor diesem gerechten Mann zu lügen, vor diesem Mann, den er ebenso bewunderte wie fürchtete. Er wollte nicht lügen, aber verstört durch Fulkes nüchterne Erklärung wußte er nicht mehr, was die Wahrheit war. Denn man hatte ihn tatsächlich mit Hiltrude verheiratet, bloßes Abstreiten war also nicht genug. Und dann durchfuhr ihn ein neuer Schreck und nahm ihm

224

den Atem. Was, wenn Hyacinth sich getäuscht hatte und die Gelübde, die er willig abgelegt hatte, ihn wirklich für das ganze Leben banden?

»Ist das wahr, Richard?« fragte Radulfus.

Seine Stimme war sachlich und ruhig, doch unter diesen Umständen klang sie für Richard schrecklich. Er suchte nach Worten, die ausreichen würden, und Fulke antwortete ungeduldig für ihn: »Es ist wahr, er kann es nicht abstreiten. Zweifelt Ihr an meinem Wort, Ehrwürdiger Vater?«

»Schweigt!« sagte der Abt bestimmt, aber immer noch ruhig. »Ich will Richards Antwort hören. Sprich, Junge! Hat diese Eheschließung tatsächlich stattgefunden?«

»Ja, Ehrwürdiger Vater«, stimmte Richard zu, »aber es ist nicht –«

»Wo? Und welche Zeugen waren zugegen?«

»In Leighton, Vater, gestern abend, das ist wahr, aber ich bin trotzdem nicht –«

Abermals wurde er unterbrochen und konnte nur noch frustriert und enttäuscht schluchzen.

»Und du hast die Worte des Sakramentes freiwillig aus eigenem Wunsch gesprochen? Du wurdest nicht gezwungen? Geschlagen? Bedroht?«

»Nein, Vater, nicht geschlagen, aber ich hatte Angst. Sie haben so auf mich eingeredet –«

»Man hat ihm gut zugeredet, und er wurde überzeugt«, sagte Fulke knapp. »Nun will er zurücknehmen, was er gestern gelobt hat. Er hat die Worte gesprochen, ohne daß jemand Hand an ihn legte. Aus eigenem Willen!«

»Und Euer Priester hat die Ehe bereitwillig geschlossen? Im Bewußtsein, daß die Zustimmung beider Eheleute freiwillig gegeben wurde? Ein guter Mann von gutem Ruf?«

»Ein Mann, dessen Frömmigkeit außer Zweifel steht, Ehrwürdiger Abt«, erwiderte Fulke triumphierend. »Die Leute auf dem Land nennen ihn sogar einen Heiligen. Es war der heilige Einsiedler Cuthred.«

»Aber Vater«, schrie Richard mit dem Mut der Verzweiflung und fest entschlossen, endlich die unverblümte, klare Wahrheit herauszubringen, »ich tat, was sie von mir verlangten, damit sie mich wieder freiließen und damit ich zu Euch zurückkehren konnte. Ich habe die Gelübde gesprochen, aber nur, weil ich wußte, daß sie mich nicht banden. Ich bin *nicht* verheiratet! Es war *keine* Eheschließung, weil –«

Der Abt und Fulke begannen gleichzeitig zu sprechen, um diesen Ausbruch zu unterdrücken und dem Jungen Schweigen zu gebieten, doch Richards Blut kochte. Wenn es denn hier vor allen sein mußte, dann mußte die Wahrheit eben vor allen heraus. Er ballte die Fäuste und brüllte so laut, daß seine Worte zwischen den steinernen Mauern des Kreuzganges hallten: »*Weil Cuthred gar kein Priester ist!*«

12

Trotz der allgemeinen Unruhe, der Ausrufe des Erstaunens, des Zweifels und der Empörung, die wie plötzliche Windböen durch die versammelten Menschen fuhren, von Prior Robert, der entsetzt Luft holte, bis zu den neugierigen und fast schadenfroh flüsternden Novizen, entging Cadfael nicht, daß Fulke Astley dastand wie vor den Kopf geschlagen. Der Mann hatte keine Ahnung gehabt, was kommen würde, es hatte ihm den Atem geraubt. Seine Arme baumelten ungelenk und hilflos herab, als wäre ein Teil seines Wesens aus ihm geglitten und hätte ihn lahm und stumm zurückgelassen. Als er wieder bei Atem war und sprechen konnte, sagte er nur, was man ohnehin von ihm zu erwarten hatte, doch er sagte es ohne Selbstvertrauen und Überzeugungskraft, da er seine Panik mit Gewalt niederkämpfen mußte.

»Ehrwürdiger Abt, das ist verrückt! Der Junge lügt. Er wird einfach alles sagen, nur um sich aus der Schlinge zu ziehen. Natürlich ist Vater Cuthred ein Priester! Die Brüder aus Buildwas brachten ihn zu uns, fragt sie, sie haben keine Zweifel. Und es hat nie ein Zweifel bestanden. Es ist böse, einem heiligen Mann übel nachzureden.«

»Eine solche Verleumdung wäre tatsächlich sehr bösartig«, stimmte Radulfus zu und richtete stirnrunzelnd die tiefliegenden Augen auf Richard. »Überlege gut, junger Herr, ehe du deine Worte wiederholst. Wenn es dir nur darum geht, deinen Willen zu bekommen und hier bei uns zu bleiben, dann besinne dich und gestehe. Du sollst nicht dafür bestraft werden. Was auch sonst geschehen ist, anscheinend wurdest du genötigt, entführt und eingeschüchtert, und dies soll deine Entschuldigung sein. Ich will Herrn Fulke an diese Umstände erinnern. Aber wenn du jetzt nicht die Wahrheit sagst, Richard, dann steht dir eine Bestrafung bevor.«

»Ich habe die Wahrheit gesagt«, erklärte Richard störrisch und schob das Kinn vor, um dem schrecklichen Blick fest und sicher zu begegnen. »Ich spreche die Wahrheit. Ich schwöre es! Ich tat, was sie von mir verlangten, weil ich wußte, daß der Einsiedler kein Priester ist und daß eine von ihm geschlossene Ehe keine Ehe ist.«

»Woher wußtest du es?« rief Fulke, der sich allmählich aus seiner Verwirrung befreite. »Wer hat dir das gesagt? Mein Herr, dies ist die List eines Kindes und eine schändliche dazu. Er lügt!«

»Nun? Beantworte die Fragen«, sagte Radulfus, ohne den Blick von Richard zu wenden. »Woher weißt du es? Wer hat es dir gesagt?«

Aber dies waren genau die Fragen, die Richard nicht beantworten konnte, ohne Hyacinth zu verraten und die Häscher mit neuem Eifer auf seine Fährte zu setzen. Er zwang sich, höflich zu sein und antwortete: »Vater, ich will es Euch erzählen, aber nicht hier und nur Euch allein. Bitte glaubt mir, ich lüge nicht.«

»Ich will dir glauben«, erwiderte der Abt und entließ ihn aus dem prüfenden Blick, unter dem der Junge gezittert hatte. »Ich glaube, daß du sagst, was man dir erzählt hat und was du für die Wahrheit hältst. Aber diese Angelegenheit ist weit ernster, als du begreifen kannst. Sie muß aufgeklärt werden. Ein Mann, gegen den eine solche Anklage vorgebracht wird, hat das Recht, für sich selbst zu sprechen und den Gegenbeweis anzutreten. Ich werde morgen früh selbst zur Klause reiten und den Einsiedler fragen, ob er ein Priester ist oder nicht und wer ihn wann und wo geweiht hat. Diese Dinge können und müssen bewiesen werden. Es liegt sicher auch in Eurem Interesse, mein Herr, herauszufinden und ein für alle Mal zu klären, ob diese Eheschließung gültig war. Allerdings muß ich Euch warnen«, fügte er fest hinzu, »daß die Ehe, da sie offenbar nicht vollzogen wurde, auch dann aufgelöst werden kann, wenn sie gültig ist.«

»Versucht es nur«, gab Astley zurück, der allmählich seine Fassung wiedergewann, »und wir werden mit allen Mitteln dagegen angehen. Doch ich bin ebenfalls der Meinung, daß die Wahrheit ans Licht gebracht werden muß. Wir müssen jeden Zweifel ausräumen.«

»Seid Ihr dann bereit, morgen früh direkt nach der Prim mit mir zur Einsiedelei zu gehen? Ich halte es für angebracht, daß wir beide anhören, was Cuthred zu sagen hat. Ich bin mir wohl bewußt«, sagte er einlenkend, nachdem er die Folgen von Richards Ausbruch gesehen hatte, »daß Ihr fest überzeugt wart, daß der Mann tatsächlich ein Priester war und das Recht hatte, die Ehe- und Sterbesakramente zu spenden. Dies steht nicht in Frage. Richard hat Grund, das Gegenteil zu glauben. Nun laßt uns die Wahrheit finden.«

Dagegen konnte Astley nichts weiter sagen, und Cadfael hatte den Eindruck, daß er keineswegs gewillt war, dieser Prüfung auszuweichen. Der Gedanke, daß er getäuscht worden sein könnte, hatte ihn gewiß sehr erschreckt, und er wollte sich von jedem Zweifel befreien. Allerdings machte er einen weiteren Versuch, den Jungen wieder in seine Gewalt zu bekommen. Er legte Richard eine Hand auf die Schulter. »Ich werde zu dem Treffen kommen«, sagte er, »und sehen, wie dieses verführte Kind widerlegt wird. Aber an diesem Abend ist er nach wie vor mein Sohn und muß mit mir kommen.«

Die Hand griff nach Richards Arm, aber der Junge fuhr zurück und riß sich los. Bruder Paul konnte sich nicht mehr zurückhalten. Er stürmte aus der Reihe der starrenden Brüder hervor und zog den Ausreißer an seine Seite.

»Richard bleibt hier«, entschied Radulfus energisch. »Sein Vater vertraute ihn mir an, und es gibt für mich keine zeitliche Begrenzung seines Aufenthaltes bei uns. Aber wessen Schwiegersohn und wessen Ehemann das Kind ist, das müssen und werden wir prüfen.«

Fulke lief vor unterdrückter Wut purpurn an. Er war nahe daran gewesen, den fortgelaufenen Jungen zu schnappen, und sah sich nun um seine Beute betrogen. Zugleich wurden seine und Dionisias Pläne mit den Ländereien gefährdet. Er wollte nicht ohne weiteres nachgeben.

»Ihr nehmt viel auf Euch, Ehrwürdiger Abt«, begann er, »wenn Ihr, der Ihr keine Blutsbande zu ihm habt, seinen Verwandten ihre Rechte verweigert. Ich glaube fast, auch Ihr habt etwas mit seinen Ländereien und seinem Besitz im Sinn, wenn Ihr ihn hier behaltet. Ihr wollt nicht, daß der Junge heiratet. Er soll hier Eure Schule besuchen, bis er die Außenwelt nicht mehr kennt und gezähmt sein Noviziat beginnt, damit Eurem Haus sein Erbe zufällt...«

Er wurde derart vom Schwung seiner Anklage mitgerissen, und alle Anwesenden erschraken so sehr über seine Unverschämtheit, daß niemand den Neuankömmling am Torhaus bemerkte. Aller Augen ruhten auf Astley, alle hatten erstaunt die Münder aufgerissen. Unterdessen hatte Hugh sein Pferd am Tor angebunden und war zu Fuß und fast geräuschlos herangekommen. Er hatte gerade zehn Schritte in den Hof hinein getan, als sein Blick zuerst auf das graue Pferd und das schwarze Pony fiel, deren Mäuler nach dem hastigen Ritt von trocknendem Schaum verkrustet waren. Ein Knecht hielt beide Pferde; auch er starrte zur Gruppe hinüber, die im Bogen des Kreuzganges stand. Hugh folgte dem faszinierten Starren des Mannes und nahm mit einem Blick das fes-

230

selnde Schauspiel in sich auf: Abt und Fulke Astley von Angesicht zu Angesicht und offenbar im Streit, während Bruder Paul schützend den Arm um die Schultern eines kleinen, drahtigen, schmutzigen und zerzausten Jungen gelegt hatte, der mit großen Augen, halb erschreckt und halb trotzig, die Ereignisse verfolgte.

Radulfus, der die Anklagen mit verächtlichem Schweigen aufgenommen hatte, bemerkte den Neuankömmling als erster. Er blickte über den Kopf seines Gegenspielers hinweg, was angesichts seiner Größe nicht schwer war, und sagte trocken: »Der Sheriff wird Eure Anklagen zweifellos gern anhören. Und ebenso wird er interessiert sein zu erfahren, wie Richard gestern abend zu Euch nach Leighton kam. Ihr solltet Euch mit Euren Beschwerden an ihn wenden.« Fulke wirbelte so hastig auf dem Absatz herum, daß er beinahe das Gleichgewicht verloren hätte; und schon kam Hugh mit raschen Schritten quer über den Hof, um sich zu ihnen zu gesellen. Er hatte die fragend gekrümmten Augenbrauen fast bis zum schwarzen Haar hochgezogen, und die Augen darunter richteten sich, hell und wissend glänzend, auf Fulke.

»Nun, mein Herr!« sagte Hugh liebenswürdig. »Wie ich sehe, habt Ihr gerade den Ausreißer entdeckt und hergebracht, den ich auf Eurem Gut in Leighton leider nicht finden konnte. Ich bin gekommen, um abermals dem Abt als Richards Vormund von einer ergebnislosen Suche zu berichten, und nun muß ich feststellen, daß Ihr schon meine Arbeit getan habt, während ich Phantomen hinterherjagte. Ich bin Euch dafür sehr dankbar. Ich werde dies nicht vergessen, wenn es darum geht, Kleinigkeiten wie Entführung und Freiheitsberaubung zu beurteilen. Anscheinend hat das Vögelchen im Wald, das mir ins

Ohr flüsterte, daß Richard in Leighton sei, die Wahrheit gesagt, obwohl ich keine Spur von ihm fand, als ich das Haus durchsuchte, und obwohl niemand zugab, daß Richard dort gewesen war. Als ich über die Hauptstraße zum Gut kam, hattet Ihr es knapp eine halbe Stunde zuvor auf einem anderen Weg verlassen.« Sein prüfender Blick streifte Richards gespannte Gestalt und sein besorgtes Gesicht und richtete sich schließlich auf den Abt. »Findet Ihr ihn guten Mutes und wohlauf nach der Gefangenschaft, Ehrwürdiger Vater? Ist ihm kein Schaden geschehen?«

»Körperlich gewiß nicht«, antwortete Radulfus. »Aber es gibt eine Angelegenheit, die noch nicht geklärt ist. Anscheinend hat gestern abend in Leighton zwischen Richard und der Tochter des Herrn Fulke eine Art Eheschließung stattgefunden. Soweit stimmt Richard zu, doch sagt er, daß es keine wirkliche Eheschließung sei, da der Einsiedler Cuthred, der sie durchführte, kein geweihter Priester sei.«

»Was Ihr nicht sagt.« Hugh zog die Lippen zusammen und stieß einen leisen Pfiff aus. Er drehte sich zu Fulke herum, der stumm, aber aufmerksam zusah und sehr wohl wußte, daß er vorsichtig auftreten und gut überlegen mußte, ehe er das Wort ergriff. »Und was habt Ihr dazu zu sagen, Herr?«

»Ich sage, das ist eine absurde Behauptung, die der Wahrheit nicht standhalten wird. Er kam zu uns mit dem Segen der Brüder von Buildwas. Ich hörte nie jemand ein Wort gegen ihn sagen, und ich will es auch jetzt nicht glauben. Wir haben uns in gutem Glauben an ihn gewandt.«

»Das will ich Euch gern zugestehen«, räumte der Abt

gerechterweise ein. »Wenn diese Behauptung der Wahrheit entspricht, dann haben jene, die die Eheschließung wollten, nichts davon gewußt.«

»Aber Richard, glaube ich, wollte sie nicht«, sagte Hugh mit einem etwas grimmigen Lächeln. »Dies kann nicht ungeklärt bleiben, wir müssen die Wahrheit herausfinden.«

»In diesem Punkt sind wir alle einer Meinung«, bestätigte Radulfus, »und Herr Fulke hat sich einverstanden erklärt, mich morgen nach der Prim bei der Einsiedelei zu treffen und anzuhören, was der Mann selbst zu sagen hat. Ich wollte ohnehin nach Euch schicken, Sheriff. Ich wollte Euch mitteilen lassen, wie die Angelegenheit steht und Euch bitten, mich morgen zu begleiten. Diese Szene«, sagte er, indem er einen herrischen Blick auf seine allzu neugierige Herde richtete, »soll einstweilen ihren Abschluß finden. Wenn Ihr mit mir zu Abend speisen wollt, Hugh, dann sollt Ihr erfahren, was geschehen ist. Robert, nun laßt die Brüder weitergehen. Es tut mir leid, daß unser Abend so grob gestört wurde. Und, Paul...« Er blickte zu Richard hinab, der sich mit einer Faust fest an Pauls Kutte klammerte und diesen Griff nicht aufgeben wollte, solange seine Position unsicher war. »Nehmt ihn mit Euch, Paul, wascht ihn, gebt ihm zu essen und bringt ihn danach zu mir. Er hat vieles zu erzählen, was noch nicht erzählt worden ist. Und Ihr anderen, Ihr mögt Euch zerstreuen, es gibt hier nichts mehr zu sehen.«

Die Brüder entfernten sich gehorsam und zerstreuten sich allmählich, um ihre unterbrochenen Abendbeschäftigungen wieder aufzunehmen, aber natürlich würde es im Speisesaal eine Menge verstohlenes Geflüster geben, und eine Menge aufgeregtes Gerede später in der Mußestunde vor der Collatio. Bruder Paul führte unterdessen sein wiedergefundenes Lamm fort, um es zu waschen und ansehnlich herzurichten, damit es nach dem Abendessen vor Abt und Sheriff treten konnte. Aymer Bosiet, der mit einer etwas boshaften Befriedigung die Sorgen eines anderen als willkommene Ablenkung von den eigenen betrachtet hatte, entfernte sich mürrisch und ging über den großen Hof zum Gästehaus. Als Cadfael sich noch einmal umsah, bemerkte er, daß einer fehlte. Rafe von Coventry war nirgends zu entdecken, und als Cadfael darüber nachdachte, fiel ihm auf, daß der Mann sich offenbar schon eine ganze Weile vor dem Ende der peinlichen Szene entfernt hatte. Weil er kein Interesse an ihr hatte und durchaus fähig war, sich von einem Schauspiel abzuwenden, das die meisten Menschen in Bann hielt? Oder hatte ihn die Szene auf etwas gebracht, das ihn sehr interessierte und zu sofortigem Handeln nötigte?

Fulke Astley stand zögernd Auge in Auge mit Hugh und schien unsicher, ob er es mit Erklärungen und Rechtfertigungen versuchen oder sich – falls man ihm dies erlaubte – einfach zurückziehen sollte.

»Also morgen, Herr«, sagte er und entschied sich für Knappheit. »Ich werde wie versprochen zu Cuthreds Einsiedelei kommen.«

»Gut! Und es scheint mir geraten«, antwortete Hugh, »daß Ihr der Gönnerin des Einsiedlers berichtet, was gegen ihn vorgebracht wird, denn sie mag den Wunsch haben, selbst zugegen zu sein. Im Augenblick, mein Herr, brauche ich Euch nicht mehr. Und sollte ich Euch noch einmal brauchen, weiß ich, wo ich Euch finden kann. Möglicherweise habt Ihr allen Grund, froh zu sein, daß Richard Euch entkam, denn ein wiedergutgemachtes Un-

234

recht ist schnell vergessen. Vorausgesetzt natürlich, es wird kein weiteres Unrecht in Erwägung gezogen.«

Fulke machte das Beste aus der Situation. Nach einem kurzen Gruß zum Abt drehte er sich um, nahm sein Pferd, stieg auf und ritt betont gemessen und eindrucksvoll langsam zum Tor hinaus.

Bruder Cadfael, der auf Hughs ausdrücklichen Wunsch eingeladen worden war, nach dem Abendessen am Gespräch in den Gemächern des Abtes teilzunehmen, bog, einem plötzlichen Impuls folgend, von seinem Weg ab und betrat den Stallhof. Richards schwarzes Pony stand, nach dem anstrengenden Ritt gestriegelt, getränkt und gefüttert, zufrieden und behaglich in seinem Verschlag. Doch der große Braune mit der weißen Blesse auf der Stirn war samt Sattel und Zaumzeug verschwunden. Was auch immer der Grund für seinen stillen Abgang war, Rafe von Coventry war in seinen eigenen Geschäften unterwegs.

Richard saß vor den Knien des Abtes auf einem niedrigen Schemel, gewaschen und gebürstet und einigermaßen dankbar, wieder daheim zu sein. Er erzählte seine Geschichte oder jedenfalls so viel, wie er für angebracht hielt. Er hatte sehr interessierte Zuhörer. Außer dem Abt waren Hugh Beringar, Bruder Cadfael und Bruder Paul zugegen, der seinen wiedergefundenen Schützling keinen Moment aus den Augen lassen wollte. Richard hatte sogar mit einem gewissen Genuß das Schütteln, Abreiben und Schrubben über sich ergehen lassen, bis er einigermaßen wiederhergestellt vor die Augen des Abtes treten konnte.

Seine Geschichte hatte einige Lücken, und er wußte, daß man entsprechende Fragen stellen würde, doch Ra-

235

dulfus war von edler Geburt. Er würde verstehen, daß ein Edelmann nicht jene verraten konnte, die ihm geholfen hatten, und nicht einmal gewisse Dienstboten, die auf Drängen ihrer Herren einen Schaden angerichtet hatten.

»Würdest du die beiden wiedererkennen, die dich ergriffen und nach Wroxeter gebracht haben?« fragte Hugh.

Richard dachte einen Augenblick an die Aussicht, sich an dem frechen jungen Burschen zu rächen, der einmal über seinen Widerstand gelacht und ihn dann auch noch am Überqueren der Furt gehindert hatte, doch er verwarf den Gedanken als Laune, die für ihn als Adligen unwürdig war.

»Ich bin nicht ganz sicher. Es war schon dunkel.«

Sie bohrten nicht weiter. Statt dessen fragte der Abt. »Hat dir jemand bei deiner Flucht aus Leighton geholfen? Du bist wohl kaum ganz allein ausgebrochen, denn sonst hättest du es schon lange vorher getan.«

Diese Frage zu beantworten, stellte ihn vor ein Problem. Wenn er die Wahrheit berichtete, drohte Hiltrude von seinen Freunden hier gewiß kein Nachteil, doch wenn die Wahrheit ihren Vater erreichte, konnte ihr einiges blühen. Es war besser, bei der Geschichte zu bleiben, die sie erzählt haben mußte, nämlich daß die Tür versehentlich unverriegelt geblieben und er aus eigener Kraft geflohen war. Cadfael bemerkte die leichte Röte, die den Jungen in die sauber geriebenen Wangen strömte, als er diesen Teil seines Abenteuers ausgesprochen knapp und bescheiden berichtete. Wäre es die Wahrheit gewesen, hätte er ausführlicher gesprochen.

»Er hätte wissen sollen, was für einen schlüpfrigen Fisch er gefangen hatte«, warf Hugh lächelnd ein. »Aber du hast uns immer noch nicht erzählt, warum du die Abtei verlassen hast und wer dir erzählt hat, daß der Einsiedler gar nicht der Priester ist, der er zu sein behauptet.«

Das war der entscheidende Punkt, über den Richard die ganze Zeit mit ungewohnter Konzentration und Mühe nachgedacht hatte, während er Bruder Pauls liebevollen und reinigenden Aufmerksamkeiten ausgesetzt war. Er blickte zuerst besorgt zum Abt und dann zu Hugh, dessen Reaktionen als Vertreter der weltlichen Macht weniger berechenbar waren. Er sagte ernsthaft: »Vater, ich sagte, daß ich es Euch erzählen würde, aber es soll niemand außer Euch zugegen sein. Es gibt jemand, dem ein Schaden drohen könnte, wenn ich es erzähle, was ich über ihn weiß, und ich weiß, daß er es nicht verdient hat. Ich kann ihn nicht in Gefahr bringen.«

»Ich will dich nicht veranlassen, deine Treue zu irgend jemanden zu brechen«, erwiderte Radulfus ernst. »Morgen werde ich selbst deine Beichte anhören, und dann sollst du es mir sagen und zufrieden sein, daß du richtig gehandelt hast, und dein Vertrauen soll ernst genommen werden. Und nun gehst du am besten zu Bett, denn ich glaube, du brauchst jetzt Schlaf. Nehmt ihn mit, Paul!«

Richard, froh, so leicht davongekommen zu sein, verabschiedete sich in aller Form. Doch als er an Hugh vorbeikam, zögerte er und blieb stehen; offensichtlich war ihm noch etwas in den Sinn gekommen.

»Mein Herr, Ihr sagtet, alle in Leighton hätten behauptet, ich sei nie dort gewesen, denn natürlich hatten sie Angst, etwas anderes zu sagen. Aber hat Hiltrude dies auch behauptet?«

Hugh konnte schneller als die meisten anderen Menschen zwei und zwei zusammenzählen, doch wenn er dies hier tat, so gab er es äußerlich nicht zu erkennen. Mit

gemessenem Ernst und undurchdringlichem Gesicht antwortete er: »Die Tochter Astleys? Mit ihr habe ich überhaupt nicht gesprochen, sie war nicht im Haus.«

Nicht im Haus! Damit sie nicht lügen mußte. Sie hatte
sich heimlich davongestohlen, sobald ihr Vater aufgebrochen war. Richard sagte froh und dankbar gute Nacht und
ging mit leichtem Herzen zu Bett.

»Natürlich hat sie ihn hinausgelassen«, sagte Hugh,
sobald sich die Tür hinter dem Jungen geschlossen hatte.
»Sie war ebenso ein Opfer wie er. Allmählich erkenne ich
die Zusammenhänge. Richard wird ergriffen, als er durch
den Wald von Eyton zurückkreitet, und was gibt es da im
Wald von Eyton außer Eilmunds Hütte und der Einsiedelei? Und wir wissen, daß er nicht in der Einsiedelei war.
Und wer kommt heute mittag nach Shrewsbury und
schickt mich stehenden Fußes nach Leighton, wohin ich
sonst erst morgen gegangen wäre? Eilmunds Tochter. Sie
hat mir nicht erzählt, woher sie es wußte. Ein Dörfler hätte
einen Jungen gesehen, auf den Richards Beschreibung
paßte. Und auch Richard will nicht sagen, warum er allein
das Kloster verließ, und auch nicht, wer ihm sagte, daß
der Einsiedler kein richtiger Priester ist. Vater, es scheint
mir, als hätte jemand – wir wollen nicht so weit gehen,
ihm einen Namen zu geben – sehr gute Freunde, die auch
uns bekannt sind. Ich hoffe nur, daß ihr Urteil richtig ist.
Nun, morgen wird es jedenfalls keine Jagd geben. Richard
ist wohlbehalten wieder bei Euch, und um die Wahrheit
zu sagen, ich bezweifle, daß der zweite Flüchtige sich
fassen läßt. Was wir morgen früh zu tun haben, steht fest.
Wir wollen uns zuerst darum kümmern.«

Direkt nach der Prim saßen sie auf und ritten los: Abt Radulfus, Hugh Beringar und Bruder Cadfael, der an diesem Tag ohnehin zu Eilmunds Hütte wollte, um zu sehen, welche Fortschritte die Genesung des Försters machte. Es war keineswegs das erste Mal, daß er seinen Ausgang benutzte, um zugleich auch seine begründete Neugierde zu befriedigen. Außerdem kam ihm zugute, daß Hugh seinen Plänen stets Vorschub leistete, und schließlich mochte ein zusätzlicher Zeuge mit einem scharfen Blick für die winzigen Veränderungen, durch die ein menschliches Gesicht die Gedanken dahinter verrät, bei dieser Begegnung von unschätzbarem Wert sein.

An diesen Morgen war der Nebel dünner als an den vergangenen Tagen, denn es hatte sich ein gleichmäßiger, trockener Wind erhoben, der im Laub auf den Waldwegen raschelte und mit den stumpfgoldenen Blättern spielte, die noch an den Bäumen hingen. Der erste Frost würde die Kronen des Waldes rostbraun und gelb aufflammen lassen. Noch ein oder zwei Wochen, dachte Cadfael, dann wird Hyacinth zwischen den Bäumen keinen Schutz mehr finden, wenn ungebetene Besucher zur Hütte kommen; selbst die Eichen werden dann halb entblättert sein. Aber in ein paar Tagen, so Gotte es wollte, würde Aymer seine Rache vergessen und sich eilig auf den Weg machen, um daheim zu sichern, was noch zu sichern war. Die Leiche seines Vaters war eingesargt, und die beiden Burschen, die er mitgebracht hatte, konnten unterwegs auf jeder Etappe der Reise durch angeheuerte Sargträger unterstützt werden. Er hatte bereits die ganze Gegend erfolglos abgesucht und schien zwischen seinen beiden Bedürfnissen hin- und hergerissen, doch am Ende würde zweifellos das einträglichere den Sieg davontragen. Hyacinths Freiheit mochte näher sein, als er selbst wußte. Und er hatte sich bereits sehr nützlich gemacht, denn wer außer ihm konnte Richard verraten haben, daß der Einsiedler nicht war, was er zu sein behauptete? Hyacinth war mit ihm gereist und hatte ihn schon gekannt, bevor die beiden nach Buildwas gekommen waren. Hyacinth mochte einige Dinge über seinen verehrten Herrn und Meister wissen, die niemand sonst bekannt waren.

Das dichte Waldland verbarg die Einsiedelei vor ihren Blicken, bis sie in ihrer unmittelbaren Nähe waren. Plötzlich teilten sich die Bäume vor ihnen und ließen eine kleine grüne Lichtung frei, auf der sie den niedrigen Gartenzaun und die gedrungene Klause aus grauem Stein sahen, die mit neuerem, hellerem Stein repariert worden war. Die Haustür stand offen, denn Cuthred hatte gesagt, jeder Besucher sei jederzeit willkommen. Niemand arbeitete im halb gejäteten Garten, kein Geräusch drang aus dem Innern der Klause, als sie am Gartenzaun abstiegen und die Pferde festbanden. Cuthred mußte im Innern der Hütte sein; vielleicht betete er schweigend.

»Geht Ihr zuerst, Vater«, sagte Hugh. »Hier ist eher Eure Amtsgewalt gefragt als meine.«

Der Abt mußte den Kopf neigen, als er durch den steinernen Türbogen trat. Er blieb einen Moment ruhig stehen, bis seine Augen sich an das Halbdunkel gewöhnt hatten. Da die Äste der Bäume weit herunterhingen, fiel durch das einzige schmale Fenster um diese Stunde nur gedämpftes Licht, und die Schatten in dem schlichten Raum nahmen nur langsam Gestalt an: die schmale Liege an der Wand, der kleine Tisch und die Bank, ein paar Gefäße, Teller, Tasse und getöpferte Schalen. Durch den türlosen Eingang der Kapelle konnte der Abt im Licht der

240

kleinen Lampe die Steinplatte des Altars sehen, doch alles darunter blieb im Dunkel. Die Lampe war weit heruntergebrannt, kaum mehr als ein Fünkchen.

»Cuthred!« rief Radulfus in die Stille. »Seid Ihr hier? Der Abt von Shrewsbury grüßt Euch im Namen Gottes.«

Außer dem kleinen, steinernen Echo kam keine Antwort. Hugh schob sich am Abt vorbei, tat einen Schritt in die Kapelle hinein und blieb plötzlich stehen. Er atmete erschrocken ein.

Cuthred war tatsächlich in der Kapelle, doch nicht im Gebet versunken. Er lag ausgestreckt auf dem Rücken neben dem Altar, Kopf und Schultern gegen den Stein gelehnt, als wäre er, mit dem Gesicht zur Tür gewandt, gestürzt oder zurückgeschleudert worden. Seine Kutte war zu dunklen Falten hochgeschoben und ließ sehnige Füße und Fußgelenke frei, und die Brust des Gewandes war feucht und geschwärzt von einem länglichen Fleck – das Blut aus der Stichwunde, die ihn getötet hatte. Sein Gesicht war zwischen der dunklen Haarmähne und dem Bart zu einer Grimasse verzogen, die gleichermaßen an Wut und Schmerz denken ließ – die Lippen von den kräftigen Zähnen zurückgezogen, die Augen funkelnd und halb geöffnet. Die Arme waren weit ausgebreitet, und dicht neben der rechten Hand, als hätte er ihn im Augenblick des Sturzes losgelassen, lag ein langer Dolch auf dem Steinboden.

Priester oder nicht, Cuthred würde nie wieder zu seiner Verteidigung sprechen. Man brauchte nicht zu fragen und ihn nicht zu berühren, um zu sehen, daß er schon einige Stunden tot war. Gestorben durch Gewalt.

»Gütiger Himmel!« flüsterte der Abt heiser. Er stand starr wie eine Statue über der Leiche. »Gott sei gnädig mit einem ermordeten Mann! Wer kann das getan haben?«

Hugh kniete schon neben dem Toten und berührte die Haut, die kalt und wächsern geworden war. Den Einsiedler Cuthred konnte man nichts mehr fragen, und abgesehen von der ausgleichenden Gerechtigkeit konnte man in dieser Welt nichts mehr für ihn tun. »Er ist schon einige Stunden tot. Ein zweiter Mord in meiner Grafschaft, und der erste noch nicht aufgeklärt! Um Gottes willen, was ist in diesen Wäldern nur Teuflisches am Werk?«

»Könnte hier möglicherweise ein Zusammenhang zu dem bestehen«, fragte der Abt schwermütig, »was der Junge uns erzählt hat? Hat jemand zugeschlagen, um zu verhindern, daß der Einsiedler zu seiner Verteidigung spricht? Um die Beweise zusammen mit dem Mann unter die Erde zu bringen? Die Eheschließung wurde von langer Hand geplant, und nur aus Gier nach Land, aber man wird doch nicht bis zu einem Mord gehen?«

»Wenn es wirklich ein Mord war«, meinte Bruder Cadfael, mehr zu sich selbst als zu den anderen. Er war die ganze Zeit still und schweigend in der Tür stehengeblieben und hatte sich genau in dem Zimmer umgesehen, das er schon einmal betreten hatte; einen Raum, der so sparsam möbliert war, daß er jede Einzelheit im Gedächtnis behalten hatte. Die Kapelle war größer als der Wohnraum der Klause, hier war etwas Platz, um sich frei zu bewegen, selbst im Kampf. Nur die östliche Wand war unter dem winzigen quadratischen Fenster verstellt; dort stand der große Steinaltar und darauf der kleine geschnitzte Reliquienschrein, auf dem wieder das silberne Kreuz und zu beiden Seiten silberne Kerzenleuchter mit langen Kerzen

242

standen. Vor dem Reliquienschrein stand die Lampe und ordentlich ausgerichtet davor – aber es lag nichts davor. Eigenartig, daß der Mann im Tod so unordentlich und zerzaust war, während der Altar sauber und unbefleckt geblieben war. Und Cadfael dachte die ganze Zeit an das einzige Ding, das fehlte, das Brevier mit dem Ledereinband, das mit den kunstvoll beschriebenen Blättern und Seiten und den goldenen Ornamenten auch für einen Prinzen ein würdiges Geschenk gewesen wäre.

Hugh erhob sich und trat zurück, um den Raum wie Cadfael im ganzen zu überblicken. Sie hatten ihn zusammen gesehen, und deshalb mußten ihre Erinnerungen die gleichen sein. Er warf Cadfael einen scharfen Blick zu. »Seht Ihr einen Grund, daran zu zweifeln?«

»Ich sehe, daß er bewaffnet war.« Hugh betrachtete den langen Dolch, der dicht neben Cuthreds geöffneter Hand lag. Er hatte die Waffe bei der ersten Untersuchung nicht berührt, und auch jetzt blieb er ruhig stehen. »Cuthred ließ den Dolch fallen, als er stürzte. Es ist sein Dolch, und er wurde benutzt. Das Blut an der Klinge – das ist nicht Cuthreds Blut. Was immer hier geschah, es war jedenfalls kein heimtückischer Stich in den Rücken.«

Das war sicher. Die Wunde lag vorn knapp über dem Herzen. Der Dolch, der den Mann getötet hatte, war hineingestoßen und zurückgezogen worden, und der Lebenssaft war herausgeströmt. Das zweite Messer auf dem Boden war von der Spitze aus nur auf Daumeslänge blutig, und neben ihm auf dem Steinboden war kaum ein Blutstropfen zu entdecken.

»Wollt Ihr sagen«, fragte der Abt, der sich aus seiner erschreckten Starre löste, »daß hier ein Kampf stattgefunden hat? Aber wie könnte ein heiliger Einsiedler ein

Schwert oder einen Dolch besitzen? Selbst zur Verteidigung gegen Diebe und Vagabunden darf ein solcher Mann nicht zur Waffe greifen, sondern muß auf Gott vertrauen.«

»Wenn es ein Dieb war«, erwiderte Cadfael, »dann war es ein höchst seltsamer Dieb. Hier sind Kreuz und Kerzenhalter aus Silber, die er nicht mitgenommen hat. Sie wurden beim Kampf nicht einmal berührt, oder sie wurden danach wieder aufgestellt.«

»Das ist wahr«, stimmte ihm der Abt zu und schüttelte angesichts des unerklärlichen Geheimnisses den Kopf. »Also war es kein Raub. Aber was sonst? Warum sollte irgend jemand einen einsamen frommen Mann angreifen, der nichts besitzt und dessen einzige Wertgegenstände zum Schmuck seines Altars dienen? Er war bei allen beliebt, er war für jeden da, der mit Sorgen und Schwierigkeiten zu ihm kam. Warum sollte jemand ihn getötet haben? Kann es die gleiche Hand gewesen sein, die auch den Herrn von Bosiet getötet hat, Hugh? Oder müssen wir fürchten, daß zwei Mörder frei herumlaufen?«

»Da ist immer noch sein Bursche«, antwortete Hugh, der bei diesem Gedanken, den er nicht ganz von der Hand weisen konnte, die Stirn runzelte. »Wir haben ihn noch nicht gefunden, und ich war inzwischen schon der Überzeugung, daß er nach Westen gegangen und nach Wales entkommen sei. Aber es ist möglich, daß er in der Nähe geblieben ist. Es mag Menschen geben, die ihm Schutz gewähren und an ihn glauben; wir haben jedenfalls einige Hinweise dafür. Wenn er tatsächlich der Leibeigene ist, der vor Bosiet floh, dann hatte er einen guten Grund, sich seines Herrn zu entledigen. Und nehmen wir einmal an, Cuthred, der sich von ihm getäuscht sah und ihn hinauswarf, fand sein Versteck – ja, dann könnte er auch einen

Grund gehabt haben, Cuthred zu töten. Das sind nur Mutmaßungen, die man aber nicht ganz von der Hand weisen kann.«

Nein, dachte Cadfael, das kann man nicht, solange Aymer Bosiet nicht nach Northamptonshire zurückgekehrt und Hyacinth für sich selbst gesprochen hat. Eilmund und Annet und Richard, auch sie würden natürlich für Hyacinth sprechen. Die drei zusammen konnten ohne jeden Zweifel belegen, wo Hyacinth die ganze Zeit über gewesen war; und er war gewiß nicht in der Klause. Nein, um Hyacinth brauchen wir uns keine Sorgen zu machen. Aber ich wünschte, dachte Cadfael bedauernd, ich wünschte, die drei hätten mir erlaubt, Hugh ins Vertrauen zu ziehen.

Die Sonne, die jetzt höher am Himmel stand, fand mehr und mehr Lücken im Blattwerk der Bäume und warf ein immer stärkeres Licht auf den gekrümmten, bedauernswerten Körper. Die Falten des dunklen Gewandes waren an einer Seite zusammengerafft, als hätte dort eine große Faust die Kutte gepackt, und dort war das Wolltuch auch von einem klebrigen dunklen Fleck verschmutzt. Cadfael kniete nieder und zog die Falten auseinander. Sie lösten sich widerstrebend und mit einem schwach knisternden Geräusch.

»Hier hat er seinen Dolch abgewischt«, erklärte Cadfael, »bevor er ihn wieder in die Scheide steckte.«

»Zweimal sogar«, sagte Hugh, indem er auf eine zweite, kaum wahrnehmbare Verunreinigung deutete. Kühl und ordentlich, ein methodischer Mann, der sein Handwerkszeug nach der Arbeit reinigt! »Und schaut hier, der Schrein auf dem Altar.« Er hatte vorsichtig den Leichnam umrundet, um die geschnitzte Holzkiste genau zu betrachten und mit einem Finger über die Kante des Deckels und das Schloß zu fahren. Die Stelle war nicht größer als ein Daumennagel; doch es war deutlich zu sehen, daß eine Dolchspitze in den Spalt gedrückt worden war, um die Kiste aufzubrechen. Er nahm das Kreuz herunter und hob den Deckel, der sich mühelos öffnen ließ. Das Schloß war aufgesprungen und zerbrochen, die Kiste leer. Nur der schwache Duft des Holzes stieg ihnen entgegen. Im Innern war keine Staubschicht; die Kiste war gut gebaut.

»Also wurde doch etwas entwendet«, stellte Cadfael fest. Das Brevier erwähnte er nicht, doch er zweifelte nicht daran, daß Hugh sein Fehlen ebenso bemerkt hatte wie er selbst.

»Aber nicht das Silber. Was könnte ein Einsiedler bei sich haben, das wertvoller ist als Frau Dionisias Silber? Er kam zu Fuß nach Buildwas, er hatte nur einen Ranzen wie jeder andere Pilger, wenn auch sein Junge Hyacinth den größten Teil seiner Utensilien trug. Nun frage ich mich«, sagte Hugh, »ob auch diese Kiste ein Geschenk der Dame war, oder ob er sie mitbrachte.«

Sie hatten sich so sehr auf das Innere der Hütte konzentriert, daß sie nicht mehr auf die Geschehnisse draußen geachtet hatten, und es hatte kein warnendes Geräusch gegeben. Und im Schrecken nach dieser Entdeckung hatten sie fast vergessen, daß zu diesem Treffen zumindest noch ein weiterer Zeuge kommen sollte. Doch es war eine Frau und nicht Fulke, die plötzlich hinter ihnen in der Tür das Wort ergriff; sie sprach hochmütig und selbstbewußt und mit arroganter Mißbilligung.

»Was sollt Ihr lange grübeln, Herr, es wäre viel einfacher und höflicher, mich zu fragen.«

Die drei Männer fuhren erschrocken herum und starr-

246

ten Frau Dionisia an, die hoch und aufrecht und herrisch zwischen ihnen und dem Tageslicht stand, aus dem sie geblendet ins Halbdunkel der Klause getreten war. Sie versperrten ihr den Blick auf den Toten, und außer der Tatsache, daß das Kreuz beiseite gerückt war und Hugh die Hand auf die offene Kiste gelegt hatte, war für sie nichts zu sehen, was sie erschrecken oder beunruhigen konnte. Dies aber sah sie sehr deutlich, während die winzige Altarlampe den Rest der Kapelle nicht ausleuchten, konnte. Dionisia war sehr aufgebracht.

»Mein Herr, was hat das zu bedeuten? Was tut Ihr mit diesen heiligen Dingen? Und wo ist Cuthred? Habt Ihr es gewagt, in seiner Abwesenheit herumzuschnüffeln?«

Der Abt trat noch weiter zwischen sie und den toten Mann und machte Anstalten, sie aus der Kapelle zu führen.

»Madam, Ihr sollt es erfahren, aber ich bitte Euch, in den anderen Raum zu kommen und Euch zu setzen und einen Augenblick zu warten, bis wir alles in Ordnung gebracht haben. Ich versichere Euch, hier ist nichts Heimliches geschehen.«

Als nun Astley über ihre Schulter blickte, wurde es noch dunkler. Der Mann versperrte den Ausgang, durch den der Abt sie drängen wollte. So blieb sie stehen, herrisch und empört.

»Wo ist Cuthred? Weiß er, daß Ihr hier seid? Wie kommt es, daß er seine Klause verlassen hat? Das tut er doch nie.« Die Lüge brach mit einem scharfen Laut ab. Neben dem Gewand des Abtes hatte sie einen kleinen bleichen Fleck zwischen dem Gewirr der dunklen Gewänder entdeckt, einen Fuß, der die Sandale verloren hatte. Inzwischen konnte sie besser sehen. Sie wich der Hand des Abtes aus und schob sich energisch an ihm vorbei. Alle ihre Fragen wurden mit einem Blick beantwortet. Cuthred war tatsächlich hier und hatte seine Klause nicht verlassen.

Ihr längliches, edles Gesicht wurde wachsgrau und schien sich aufzulösen. Die scharfen Falten erschlafften. Sie stieß einen lauten Klageschrei aus, eher vor Schreck als vor Kummer, und sank rücklings in die Arme von Fulke Astley.

13

Sie verlor nicht das Bewußtsein, und sie weinte auch nicht. Sie war eine Frau, die beides nicht ohne weiteres tat. Doch sie saß eine ganze Weile bolzengerade auf Cuthreds Pritsche im Wohnraum, hölzern und sehr bleich, und starrte ins Leere, durch die Steinmauer vor ihrem Gesicht hindurch in weite Ferne. Es war zweifelhaft, ob sie irgendeines der sorgfältig gewählten Worte des Abtes hörte oder ob sie die ungestümen Ausbrüche Astleys vernahm. Teils mit Galanterien, die sie weder brauchte noch wollte, versuchte er ihr Trost zu spenden. Dann wieder erklärte er erbost, daß dieses Verbrechen alle Fragen unbeantwortet lasse, um nicht eben logisch fortzufahren, es sei der Beweis dafür, daß der Einsiedler tatsächlich ein Priester gewesen und die von ihm geschlossene Ehe gültig sei. Sie achtete nicht auf ihn. Sie war weit über derartige Überlegungen hinaus. Alle ihre Pläne waren hinfällig geworden. Sie hatte mehr als einen plötzlichen Todesfall ohne Beichte und Absolution gesehen, und sie wollte nichts damit zu tun haben. Cadfael las es in ihren

Augen, als er die Kapelle verließ, nachdem er so gut wie möglich versucht hatte, Cuthreds Körper gerade und schicklich auszurichten, da dieser nun alles verraten hatte, was es zu verraten gab.

Sie war durch diesen Tod mit ihrem eigenen konfrontiert worden, und sie hatte nicht die Absicht, ihm mit all den Sünden zu begegnen, die sie auf sich geladen hatte. Und wenn überhaupt, dann erst in vielen Jahren; doch sie hatte die Warnung verstanden, daß der Tod vielleicht nicht warten würde, bis sie von sich aus bereit war.

Endlich fragte sie mit völlig ruhiger, alltäglicher Stimme, vielleicht etwas weicher als der Ton, den sie sonst gegenüber ihren Bediensteten oder Pächtern anschlug, doch ohne sich zu regen und ohne die Augen von ihrem ärgsten Feind zu wenden: »Wo ist der Sheriff?«

»Er ist gegangen, um Männer zu holen, die den Einsiedler forttragen können«, antwortete der Abt. »Nach Eaton, falls Ihr dies wünscht, damit er dort bestattet werden kann, denn Ihr wart seine Herrin, oder, wenn Ihr Euch die schmerzlichen Erinnerungen ersparen wollt, zur Abtei. Auch dort wird er in aller Form empfangen werden.«

»Ich wäre Euch dankbar«, sagte sie langsam, »wenn Ihr ihn nehmen könntet. Ich weiß gar nicht, was ich denken soll. Fulke hat mir berichtet, was mein Enkelsohn gesagt hat. Der Einsiedler kann nicht mehr für sich selbst sprechen, und auch ich kann nichts dazu sagen. Ich habe unbesehen geglaubt, daß er ein Priester war.«

»Daran, Madam«, erwiderte Radulfus, »habe auch ich nie gezweifelt.«

Sie starrte jetzt nicht mehr ins Leere, und in ihr wächsernes Gesicht war etwas Farbe zurückgekehrt. Sie war

249

auf dem Weg zurück ins Leben, und bald würde sie wieder aufstehen, sich zusammennehmen und der wirklichen Welt um sie herum zuwenden, statt sich in der öden Ferne des Jüngsten Gerichtes zu verlieren. Und sie würde sich mit dem gleichen wilden Mut und der gleichen Beharrlichkeit, mit der sie bisher ihre Schlachten geschlagen hatte, den Dingen stellen, die ihr bevorstanden.

»Vater«, sagte sie plötzlich und wandte sich entschlossen an den Abt, »wollt Ihr meine Beichte hören, wenn ich heute abend zur Abtei komme? Ich werde besser schlafen können, wenn ich mich meiner Sünden entledigt haben.«

»Das will ich tun«, antwortete Radulfus.

Nun war sie bereit, sich nach Hause begleiten zu lassen, und Fulke bot sich sofort an, ihren Begleitschutz zu übernehmen. Der Mann würde sich, wenn er erst mit ihr allein war, zweifellos erheblich mitteilsamer zeigen als hier in der Gesellschaft von Fremden. Er besaß nicht ihre Intelligenz und nicht annähernd ihre Phantasie. Wenn Cuthreds Tod ihn überhaupt belastete, dann empfand er höchstens Zorn darüber, daß er die Gültigkeit der Eheschließung seiner Tochter nicht mehr beweisen konnte. Er spürte keineswegs eine Knochenhand auf der Schulter. Das dachte jedenfalls Bruder Cadfael, als er Fulke zusah, der Dionisia zu ihrem angepflockten Pony führte; anscheinend hatte er es eilig, sie aus der einschüchternden Gegenwart des Abtes zu bringen.

Im letzten Augenblick, sie hatte schon die Zügel in der Hand, drehte sie sich noch einmal um. Ihr Gesicht hatte seine stolze Spannung und Kraft zurückgewonnen, sie war wieder ganz die Alte.

»Mir fällt erst jetzt wieder ein«, sagte sie, »daß der Sheriff sich Gedanken über das Kästchen dort auf dem

Altar gemacht hat. Es gehörte Cuthred. Er hat es mitgebracht.«

Als sich der Abt, die Leichenträger und Hugh auf ihrem langsamen und bedrückten Rückweg zur Abtei befanden, nahm Cadfael sich noch Zeit für einen letzten Blick in die verlassene Kapelle. Er wollte die Gelegenheit nutzen, sich allein und ohne Ablenkung gründlich umzusehen. Auf den Bodenplatten, wo der Körper gelegen hatte, war kein einziger Blutstropfen zu sehen; nur ein oder zwei Tropfen, die von der Spitze von Cuthreds Dolch heruntergefallen waren. Cuthred hatte seinen Gegner also verletzt, wenn die Wunde auch nicht tief war. Cadfael bemerkte eine Spur von Blutstropfen vom Altar bis zur Tür und folgte ihr mit einer neuen Kerze in der Hand. In der Kapelle fand er nichts weiter, und im Vorraum bestand der Boden aus festgetretener Erde, auf der nach so vielen Stunden derart schwache Spuren kaum noch zu entdekken waren. Doch auf der Türschwelle fand er drei weitere Tropfen, getrocknet, aber deutlich zu sehen, und auf dem neuen, makellos sauberen Holz, mit dem der linke Türpfosten repariert worden war, entdeckte er in der Höhe seiner eigenen Schulter eine Blutspur – dort war ein aufgeschnittener, blutiger Ärmel vorbeigestreift.

Also ein Mann, der nicht größer war als er selbst, und den Cuthreds Dolch links an der Schulter oder am Oberarm erwischt hatte, wie es bei einem aufs Herz gezielten Stoß wohl geschehen mochte.

Cadfael hatte ursprünglich die Absicht gehabt, zu Eilmunds Hütte zu reiten, doch nun besann er sich. Es schien ihm, daß es besser war, die Reaktionen der Anwesenden zu beobachten, wenn Cuthred in den Hof der

Abtei gebracht wurde – das Entsetzen der meisten, die Erleichterung einiger weniger und verräterische Gesten bei einem einzigen. Statt die Abkürzung über die Waldwege zu nehmen, ritt er eilig auf der Hauptstraße nach Shrewsbury zurück, um die Leichenprozession zu überholen.

Sobald sie die Vorstadt betraten, bekamen sie ein neugieriges Publikum, und die Schar vorlauter Jungen und der zugehörigen Hunde blieb ihnen auf der ganzen Hauptstraße auf den Fersen. Sogar die respektableren Bürger folgten ihnen in etwas diskreterem Abstand – eingeschüchtert von Abt und Sheriff und dennoch begierig alle Neuigkeiten aufschnappend und eifrig Gerüchte ausbrütend. Als der Zug zum Torhaus einbog, sammelten sich die Leute vom Markt und aus den Werkstätten und Schenken vor dem Tor, um ihnen erwartungsvoll nachzustarren und begeistert alle möglichen Spekulationen auszutauschen.

Und als die Bahre aus der Welt von draußen in den großen Hof getragen wurde, da stand eine zweite Leichenprozession zum Aufbruch bereit. Drogo Bosiets versiegelter Sarg war auf einem niedrigen, leichten Karren festgezurrt, der samt Fahrer für die erste Tagesreise, die über gute breite Straßen gehen würde, in der Stadt angeheuert worden war. Warin hielt die Zügel zweier gesattelter Pferde, während der jüngere Knecht eine pralle Sattelrolle herumrückte, um das Gewicht gleichmäßig zu verteilen, bevor er sie festzurrte. Als Cadfael dies sah, atmete er tief und dankbar auf, denn nun war wenigstens eine Gefahr beseitigt, und sogar früher, als er zu hoffen gewagt hatte. Aymer hatte sich endlich entschlossen: Er wollte heim, um sich seines Erbes zu versichern.

Die Begleiter des einen Toten konnten es sich nicht verkneifen, die Träger des anderen anzustarren. Aymer kam gerade, begleitet von Bruder Denis, der dem Trauerzug eine gute Reise wünschen wollte, aus dem Gästehaus. Er blieb auf den Stufen stehen, um die Szene überrascht und sehr nachdenklich in sich aufzunehmen; seine Augen ruhten lange auf der bedeckten Gestalt und dem verhüllten Gesicht. Dann kam er energisch die Treppe herunter und näherte sich zielstrebig Hugh, der gerade abstieg.

»Was hat das zu bedeuten, Herr? Noch ein Todesfall? Hat Eure Jagd endlich zur Ergreifung des Gesuchten geführt? Ist er tot?« Er war nicht sicher, ob er angesichts der Möglichkeit, daß der Tote sein abtrünniger Leibeigener sein konnte, Freude oder Kummer empfinden sollte. Das Geld und die Vorteile, die Hyacinths Geschicklichkeit ihm einbringen konnten, waren nicht zu unterschätzen, aber auch die Rache wäre eine Genugtuung, da er sich schon damit abgefunden hatte, auf beides verzichten und unbefriedigt heimreisen zu müssen.

Auch Abt Radulfus war vom Pferd gestiegen und betrachtete mit ausdruckslosem Gesicht die beiden Gruppen, die sich als bizarre, beunruhigende Spiegelbilder um den eintreffenden und den scheidenden Toten sammelten. Die Stallburschen der Abtei, die gekommen waren, um Abt und Sheriff die Pferde abzunehmen, drückten sich am Rande der Versammlung herum, weil sie nichts verpassen wollten.

»Nein«, antwortete Hugh, »dies ist nicht Euer Mann. Falls der Junge, den wir gejagt haben, überhaupt der Eure ist. Aber wie dem auch sei, wir haben keine Spur von ihm entdeckt. Ihr wollt also heimkehren?«

»Ich habe Zeit und Mühe genug verschwendet, und ich

will nicht noch mehr verschwenden, wenn ich ihn auch ungern ungeschoren davonkommen lasse. Ja, wir brechen jetzt auf. Ich werde daheim gebraucht, dort wartet Arbeit auf mich. Wen bringt Ihr da mit?«

»Den Einsiedler, der erst vor kurzem seine Klause im Wald von Eyton bezog. Euer Vater suchte ihn auf«, erklärte Hugh. »Er glaubte, der Diener des Einsiedlers könnte der Bursche sein, den Ihr sucht. Doch der Junge war bereits verschwunden, und deshalb konnten wir es nicht überprüfen.«

»Ich erinnere mich. Das hat mir auch der Abt berichtet. Also der Einsiedler ist es! Ich bin nicht noch einmal zu ihm geritten, denn das wäre sinnlos gewesen, da der Junge nicht mehr bei ihm war.« Er betrachtete neugierig die verhüllte Gestalt. Die Träger hatten ihre Last abgesetzt und warteten auf Anweisung, wohin sie den Toten bringen sollten. Aymer bückte sich und zog die Decke von Cuthreds Gesicht. Man hatte die wilde Haarmähne aus den Schläfen gekämmt und den buschigen Bart ordentlich gebürstet, und nun fiel das volle Mittagslicht auf das schmale Gesicht, in die tiefliegenden Augen, auf die Augenlider, die bläulich angelaufen waren, auf die lange, gerade edle Nase und die vollen Lippen im dunklen Bart. Der Blick der halb geöffneten Augen war verschleiert, und die zurückgezogenen Lippen waren glatt, so daß der Mann im Tode streng, doch würdig wirkte. Aymer beugte sich erschrocken und ungläubig nahe über ihn.

»Aber ich kenne diesen Mann! Nicht, daß das viel zu bedeuten hätte; er hat mir seinen Namen nicht genannt. Aber ich habe ihn gesehen und mit ihm gesprochen. Der soll ein Einsiedler sein? Davon habe ich damals nichts bemerkt! Er trug das Haar nach der Mode der Normannen und hatte einen kurzen, sauber geschnittenen Bart und nicht diesen ungepflegten Busch, und er trug ausgezeichnete Reitkleidung mit Stiefeln und allem anderen anstelle dieser armseligen Kutte und der Sandalen. Und außerdem trug er Schwert und Dolch«, sagte Aymer entschieden, »und er trug sie, als wäre er im Umgang mit ihnen sehr erfahren.«

Erst als er wieder aufblickte, bemerkte er, daß seine Worte für die Umstehenden eine tiefere Bedeutung haben mußten. Hughs gespanntes Gesicht und seine Frage bewiesen, daß Aymer etwas angesprochen hatte, das viel wichtiger war, als er selbst überblicken konnte.

»Seid Ihr sicher?« fragte Hugh.

»Ganz gewiß, Herr, wir übernachteten nur eine Nacht in der gleichen Herberge, aber ich spielte am Abend mit ihm Würfel, und mein Vater spielte mit ihm Schach. Ich bin ganz sicher!«

»Wo war das? Und wann?«

»In Thame, als wir uns in Richtung London nach Brand umsahen. Wir übernachteten dort in der neuen Abtei der Weißen Mönche. Der Mann hier war schon vor uns da. Wir kamen erst spät am Abend und zogen am nächsten Tag nach Süden weiter. Ich kann den genauen Tag nicht nennen, aber es war Ende September.«

»Und wenn Ihr ihn nun wiedererkannt habt«, fragte Hugh, »obwohl er sich inzwischen sehr verändert hat, würde Euer Vater ihn dann ebenfalls wiedererkannt haben?«

»Aber gewiß, Herr, seine Augen waren sogar schärfer als meine. Außerdem hat er mit dem Mann am Schachbrett gesessen. Er hätte ihn wiedererkannt.«

Und der Vater hatte ihn wiedererkannt, als er auf seiner

Menschenjagd die Klause im Wald erreicht und Auge in Auge dem Einsiedler Cuthred gegenübergestanden hatte, der einen Monat zuvor noch kein Einsiedler gewesen war. Und er hatte den Rückweg zur Abtei, wo er sein Wissen hätte preisgeben können, nicht überlebt. Und wenn er in dieser Verwandlung gar nichts Böses gesehen hatte? Er hätte dennoch zufällig anderen, denen sie mehr bedeutete, ein Wort verraten können, worauf jemand die Klause im Wald von Eyton aufgesucht hätte, auf der Suche nach mehr als nur einem entlaufenen Leibeigenen. Und gewiß nach Schlimmerem als einem falschen Priester. Doch Bosiet hatte den Rückweg nicht überlebt und war im dichten Unterholz des Waldes gestorben; weit genug von der Einsiedelei entfernt, um nicht den Verdacht auf einen Heiligen zu lenken, der angeblich seine Klause nie verließ.

Die Schlüssigkeit von Umständen bietet keinen eindeutigen Beweis, doch Cadfael hatte keinen Zweifel mehr. Vor ihnen lagen der Tote im Sarg und der neue Tote auf der Bahre ein paar Augenblicke Seite an Seite, bis Prior Robert die Leichenträger zur Friedhofskapelle schickte und Aymer Bosiet Cuthreds Gesicht bedeckte, um sich wieder seinen Reisevorbereitungen zu widmen. Er war mit anderen Dingen beschäftigt; warum ihn ablenken und aufhalten? Aber Cadfael hielt es plötzlich für wichtig, eine eigenartige Frage zu stellen.

»Was für ein Pferd ritt er, als er in Thame übernachtete?«

Aymer, der die Riemen seiner Satteltaschen festgezurrt hatte, hielt überrascht inne, öffnete den Mund, um zu antworten, und stellte fest, daß er nicht antworten konnte. Er dachte über seine Erinnerung an jenen Abend nach.

»Er war schon vor uns da. In den Ställen der Priorei

standen zwei Pferde, als wir kamen. Und am nächsten Morgen brach er vor uns auf. Aber da Ihr nun fragt – als wir unsere Pferde holten, standen die beiden Tiere, die wir am Abend vorher gesehen hatten, noch in ihren Verschlägen. Das ist seltsam! Warum sollte ein so begüterter Mann, nach Aussehen und Waffen mindestens ein Ritter, warum sollte ein solcher Mann ohne Pferd reisen?«

»Ah, vielleicht hatte er es woanders untergestellt«, meinte Cadfael und tat seine Frage als nebensächlich ab.

Doch sie war alles andere als nebensächlich, denn sie enthielt den Schlüssel für eine bislang versperrte Tür in seinem Kopf. Dort, vor den Augen vieler Menschen, lagen Mörder und Ermordeter Seite an Seite, und die Gerechtigkeit hatte gesiegt.

Aber wer hatte den Mörder ermordet?

Dann waren sie alle fort, Aymer auf dem schön gebauten leichten Rotbraunen seines Vaters, Warin auf dem Pferd, das Aymer auf dem Herweg geritten hatte, der junge Knecht am Karren. Nach einigen Tagereisen würde Aymer vermutlich vorausreiten und es den Dienern überlassen, mit dem Sarg langsam nachzukommen.

Cadfael hatte dafür gesorgt, daß Cuthred in der Friedhofskapelle ordentlich aufgebahrt wurde. Haar und Bart mußten nachgeschnitten werden; sicher nicht so modisch wie der Ritter sie in Thame getragen hatte, doch sauber genug, um ein im Tode starres und strenges Gesicht zu schmücken, das durchaus zu einem frommen Mann gehören mochte. Es schien ungerecht, daß ein Mörder im Tode so edel aussah wie ein Ritter der Kaiserin.

Hugh hatte sich mit dem Abt zurückgezogen und Cadfael gegenüber bisher noch nicht zu erkennen gegeben, wie er über Aymers Aussage dachte. Doch aus den Fragen, die er gestellt hatte, ging hervor, daß er die gleichen Verbindungen geknüpft hatte wie Cadfael und zwangsläufig zu den gleichen Schlußfolgerungen gelangt war, die er zunächst mit Abt Radulfus besprechen wollte. Und meine Aufgabe, dachte Cadfael, besteht jetzt darin, Hyacinth aus seinem Versteck zu holen und dafür zu sorgen, daß er von jedem Verdacht reingewaschen wird. Abgesehen natürlich von einem gelegentlichen Diebstahl, den er begehen mußte, als er im Wald lebte und Hunger hatte, und abgesehen von ein oder zwei Lügen, die er vorbringen mußte, um am Leben zu bleiben. Aber das wird Hugh ihm nicht übel nehmen. Und damit dürfte auch die Frage nach Cuthreds Priesterweihe ein für alle Mal erledigt sein, falls überhaupt noch jemand zweifelt. Durch eine plötzliche Bekehrung mag ein Soldat durchaus zum Eremiten werden, aber zum Priesteramt gehört doch etwas mehr.

Er wartete in seiner Werkstatt im Kräutergarten auf Hugh, der nach dem Gespräch mit dem Abt sicher zu ihm kommen würde. Cadfael hatte die Vertrautheit seiner stillen, heimelig duftenden Hütte in der letzten Zeit nur selten genießen können. Er durfte nicht vergessen, seine Vorräte für den Winter zu ergänzen, bevor die Erkältungen und Hustenanfälle kamen und die Gelenke der älteren Brüder krachten und knirschten. Bruder Winfrid kam mit der Arbeit im Garten, mit Umgraben und Jäten und Pflanzen, allein zurecht, doch was die Kräuter anging, hatte er noch einiges zu lernen. Noch ein Ritt zu Eilmund, dachte Cadfael, um zu sehen, wie es ihm geht und um Hyacinth wissen zu lassen, daß er jetzt aus seinem Versteck kommen und für sich selbst sprechen kann. Und dann will ich froh sein, mich wieder meiner Arbeit hier im Kräutergarten widmen zu können.

Hugh kam nach einer Weile durch die Gärten und setzte sich mit einem kurzen, nachdenklichen Lächeln neben seinen Freund. Er schwieg eine Weile. »Was ich nicht verstehe«, sagte er schließlich, »ist, warum er es tat. Was immer er war, was immer er davor getan hat, anscheinend hat er sich nichts zuschulden kommen lassen. Welche Gefahr kann er nur gesehen haben, die ihn veranlaßte, Bosiets Mund für immer zu verschließen? Es mag verdächtig erscheinen, die Kleidung, die ganze Erscheinung und die Lebensart so plötzlich zu verändern, aber es ist kein Verbrechen. Was gab es, das einen Mord gerechtfertigt hätte? Was kann von solcher Tragweite sein außer einem anderen Mord?«

»Ah!« erwiderte Cadfael mit einem erleichterten Seufzen. »Ich dachte mir schon, daß Ihr die Dinge gesehen habt wie ich. Allerdings glaube ich nicht, daß es ein Mord war, den er unter dem Schutz des Einsiedlergewandes und der Klause im Wald verbergen wollte. Das war in der Tat mein erster Gedanke, aber ganz so einfach ist es nicht.«

»Wie so oft«, sagte Hugh und lächelte etwas verschlagen, »wißt Ihr anscheinend etwas, das mir entgangen ist. Und was hatte die Frage nach seinem Pferd unten in Thame zu bedeuten? Was hat sein Pferd überhaupt damit zu tun?«

»Nicht sein Pferd, sondern die Tatsache, daß er keines hatte. Wann reist schon ein Soldat oder ein Ritter ohne Pferd? Aber ein wandernder Pilger fällt nirgends auf. Und was mein Wissen um Geheimnisse angeht, so gibt es tatsächlich etwas, das ich Euch schon lange berichtet hätte, wenn man es mir erlaubt hätte – ja, Hugh, ich weiß etwas. Ich weiß, wo Hyacinth ist. Gegen meinen Willen mußte ich versprechen, nichts zu sagen, solange Aymer Bosiet nicht seine Suche aufgegeben hatte und abgereist war. Das hat er jetzt getan, und nun kann der Junge herauskommen und für sich selbst sprechen, was er, vertraut mir, durchaus tun kann.«

»Das war es also«, sagte Hugh und beäugte seinen Freund ohne besondere Überraschung. »Nun, man kann ihm seine Vorsicht nicht verdenken, denn er kannte mich ja nicht. Und nach allem, was ich wußte, hätte er durchaus Bosiets Mörder sein können. Wir wußten von keinem anderen, der einen Grund zu einer solchen Tat gehabt hätte. Nun braucht er über diese Angelegenheit kein Wort mehr zu verlieren, das Verbrechen ist aufgeklärt und gesühnt. Und was seine Freiheit angeht, so hat er in dieser Hinsicht nichts von mir zu befürchten. Ich habe genug zu tun und bin nicht bereit, für Northamptonshire den Botenjungen zu spielen. Holt ihn aus dem Versteck, wann immer Ihr wollt. Er könnte einige Dinge erklären, die wir noch nicht wissen.«

Das dachte auch Cadfael, als er überlegte, wie wenig Hyacinth über seine Beziehung zu seinem ehemaligen Herrn verraten hatte, obwohl er sonst offen alles über seine Flucht und die Anschläge in Eilmunds Wald erzählt hatte. Nun aber war Cuthred tot und als Mörder bekannt, und Hyacinth mochte bereit sein, seine Offenheit auf den Toten auszudehnen, auch wenn ihm gewiß nichts Böses über seinen Reisegefährten bekannt war, und ganz gewiß nichts über einen Mord.

»Wo steckt er denn?« fragte Hugh. »Nicht allzuweit entfernt, würde ich meinen, wenn er es war, der dem jungen Richard sagte, daß dieser sich ruhig auf die Eheschließung einlassen könne. Denn wer hätte besser als er wissen können, daß Cuthred ein Schwindler war?«

»Nicht weiter«, erwiderte Cadfael, »als Eilmunds Hütte, wo er Vater und Tochter gleichermaßen willkommen war. Und genau dorthin will ich nun reiten, um nach Eilmund zu sehen. Soll ich den Jungen mitbringen?«

»Ich weiß etwas Besseres«, sagte Hugh freundlich. »Ich begleite Euch. Es ist besser, ihn nicht aus der Deckung zu zerren, ehe ich die Jagd offiziell abgeblasen und bekanntgegeben habe, daß er sich nicht mehr zu rechtfertigen hat und die Freiheit besitzt, wie jeder andere anständige Mann die Stadt zu betreten und sich eine Arbeit zu suchen.«

Als er im Stallhof sein Pferd sattelte, bemerkte Cadfael das schöne kastanienbraune Pferd mit der weißen Blesse, das wie eine glänzende Statue unter den liebevollen Händen seines Herrn stillhielt und sich nach einem gemächlichen Ausritt zufrieden und vertrauensvoll abreiben ließ. Rafe von Coventry drehte sich um und schenkte Cadfael das verhaltene, ruhige Lächeln, an das dieser sich allmählich gewöhnte.

»Wollt Ihr wieder ausreiten, Bruder? Es muß ein anstrengender Tag für Euch sein.«

»Für uns alle«, antwortete Cadfael, während er seinen Sattel holte. »Aber wir hoffen, daß nun das Schlimmste vorbei ist. Und Ihr? Konntet Ihr Euren Auftrag endlich erfolgreich ausführen?«

»Danke der Nachfrage, es ging gut, wirklich gut! Morgen früh nach der Prim«, sagte er, indem er Cadfael sein Gesicht zeigte und wie immer gemessen und ruhig

261

sprach, »werde ich aufbrechen. Ich habe bereits Bruder Denis Bescheid gegeben.«

Cadfael wandte sich schweigend wieder seinen Reisevorbereitungen zu. In den Unterhaltungen mit Rafe von Coventry waren längere Pausen keineswegs unhöflich. »Wenn Ihr morgen einen weiten Weg vor Euch habt«, meinte er schließlich, »dann braucht Ihr vielleicht meine Dienste, bevor Ihr aufbrecht. Ihr seid verletzt«, sagte er knapp, um seinen Vorschlag zu erklären. Und als Rafe nicht antwortete: »Ein Teil meiner Arbeit besteht darin, Kranke und Verletzte zu pflegen. An das Beichtgeheimnis bin ich nicht gebunden, doch besitze ich eine gewisse Zurückhaltung.«

»Es ist nicht das erste Mal, daß ich verletzt bin«, erwiderte Rafe und lächelte etwas breiter als sonst.

»Wie Ihr wollt. Ich stehe Euch jedenfalls zur Verfügung. Kommt zu mir, wenn Ihr mich braucht. Es ist nicht klug, eine Wunde zu vernachlässigen und verletzt allzu scharf zu reiten.« Er prüfte sein Sattelzeug und nahm die Zügel, um aufzusteigen. Das Pferd regte sich ungeduldig und aufgeregt; es freute sich auf die Bewegung.

»Ich werde daran denken, und ich danke Euch, doch werdet Ihr meinen Aufbruch nicht verzögern können«, entgegnete Rafe freundlich. Die Warnung war nicht zu überhören.

»Habe ich das denn versucht?« fragte Cadfael. Er schwang sich in den Sattel und ritt in den Hof hinaus.

»Ich habe nicht die ganze Wahrheit gesagt«, gestand Hyacinth, der in Eilmunds Hütte neben dem Herd saß. Das Feuer warf einen kupfernen Glanz auf seine Wangenknochen, auf sein Kinn und seine Stirn. »Nicht einmal zu

Annet hier. Was mich selbst anging, so erfuhr sie alles, was ich zu sagen hatte, doch nicht über Cuthred. Ich wußte, daß er ein Gauner und Vagabund war, aber das war ich auch, und da mir nichts Böses über ihn bekannt war, hielt ich den Mund. Ein Vagabund, der ein Versteck findet, verrät seinen Gefährten nicht. Aber nun sagt Ihr mir, daß er ein Mörder ist, und jetzt ist er tot!«

»Und vor den Händeln dieser Welt sicher«, fügte Hugh nüchtern hinzu. »Ich muß alles wissen, was Ihr zu sagen habt. Wo seid Ihr mit ihm zusammengekommen?«

»In der Priorei der Kluniazenser bei Northampton, wie ich Annet und Eilmund bereits sagte; allerdings war es etwas anders, als ich erzählte. Damals war er noch kein Pilger in einer Kutte, sondern er trug gute dunkle Kleider, Mantel und Kapuze, und er war bewaffnet, wenn er auch sein Schwert verborgen hielt. Wir kamen eher durch Zufall ins Gespräch; jedenfalls glaubte ich das damals. Heute vermute ich, daß er mir ansah, daß ich vor etwas auf der Flucht war. Er machte kein Geheimnis aus dem, was er war, und schlug vor, daß wir gemeinsam sicherer und vor allem unbemerkt weiterreisen könnten. Wir wollten beide nach Norden und Westen. Der Pilger war seine Idee, er hatte das Gesicht und das Gehabe dafür. Nun, Ihr kennt ihn ja, Ihr wißt es selbst. Ich stahl die Kutte für ihn aus dem Lager der Priorei. Auch die Pilgermuschel war schnell beschafft. Die Medaille von St. James hatte er schon – vielleicht gehörte sie ihm sogar wirklich, wer weiß? Als wir nach Buildwas kamen, war ihm die Rolle schon in Fleisch und Blut übergegangen, und Haar und Bart waren kräftig nachgewachsen. Er kam der Dame in Eyton sehr gelegen. Oh, sie wußte nichts Schlimmeres über ihn, als daß er bereit war, sich bei ihr den Lebensunterhalt zu verdienen. Er gab sich als Priester aus, und sie glaubte ihm. Ich wußte, daß er kein Priester war, das verriet er mir einmal, als wir allein waren. Er lachte darüber. Aber er konnte gut reden, und er war ein guter Schauspieler. Sie gab ihm die Einsiedelei, die so praktisch und nahe an den Wäldern der Abtei lag, wo er, dem Abt zum Ärger, all die Bosheiten anrichten konnte. Ich sagte, ich sei dafür verantwortlich gewesen, und er habe nichts davon gewußt, doch in diesem Punkt habe ich für ihn gelogen. Er hat mich nie verraten, und deshalb wollte ich auch ihn nicht verraten.«

»Aber er hat sich von Euch getrennt«, sagte Hugh trocken, »als er hörte, daß Ihr gejagt wurdet. Ihr braucht nun keine Skrupel mehr zu haben, alles über ihn zu erzählen.«

»Nun, ich lebe, und er ist tot«, erwiderte Hyacinth. »Ich habe keinen Grund, ihm etwas nachzutragen. Wißt Ihr von Richard? Ich hatte nur einmal mit ihm gesprochen, doch er hielt mich für einen aufrichtigen Mann, über den er nichts Böses wußte. Er wollte nicht, daß ich verfolgt und in die Leibeigenschaft zurückgeschleppt werde. Seine Hilfe machte mir Mut. Ich erfuhr erst viel später, daß er auf dem Rückweg geschnappt worden war. Ich mußte fortlaufen oder mich verstecken, und ich entschied mich für das Verstecken, bis ich es wagen konnte, ihn zu suchen. Wenn Eilmund nicht so gut gewesen wäre, und das auch noch, nachdem ich ihm ein Dorn im Fleische war, dann hätten Eure Männer mich schon ein Dutzend Mal geschnappt. Aber jetzt wißt Ihr, daß ich nie eine Hand gegen Bosiet erhoben habe. Und Eilmund und Annet können Euch bestätigen, daß ich keinen Schritt mehr unbeobachtet getan habe, seit ich aus Leighton zurückkehrte. Über Cuthreds Schicksal weiß ich ebensowenig wie Ihr.«

»Noch weniger, wage ich zu behaupten«, sagte Hugh freundlich und blickte lächelnd zum Feuer hinüber, wo Cadfael saß. »Nun, alles in allem könnt Ihr Euch als Glückspilz bezeichnen. Von Morgen an habt Ihr von meinen Leuten nichts mehr zu befürchten, Ihr könnt nach Belieben in die Stadt gehen und Euch einen Meister suchen. Aber welchen Namen wollt Ihr für Euer neues Leben wählen? Es ist besser, nur einen zu haben, den alle kennen und benutzen.«

»Es soll der sein, der Annet gefällt«, antwortete Hyacinth. »Denn vor allem sie soll mich mein Leben lang mit diesem Namen rufen.«

»Da habe ich wohl auch noch etwas dazu zu sagen«, brummte Eilmund aus seiner Ecke auf der anderen Seite des Herdes. »Ich werde dir deine Unverschämtheiten schon austreiben.« Doch er sagte es bemerkenswert selbstzufrieden, als hätten die drei bereits ein Verständnis füreinander entwickelt, in dem ein mürrischer Tadel eher ein liebevoller Scherz war.

»Hyacinth hat mir sehr gefallen«, erklärte Annet. Sie hatte sich bisher herausgehalten, wie es sich für eine Tochter geziemte, und Becher und Krüge serviert, ohne sich in das Gespräch einzumischen. Nicht etwa aus Bescheidenheit oder Unterwürfigkeit, dachte Cadfael, sondern weil sie schon hatte, was sie wollte, und völlig sicher war, daß kein Sheriff und kein Vater und kein Lehnsherr die Macht besaß, es ihr wieder zu entreißen. »Du sollst Hyacinth bleiben«, sagte sie heiter, »und Brand für immer vergessen.«

Sie war klug, denn es war sinnlos, die Vergangenheit

zurückzuholen oder zurückzublicken. Brand war in Northamptonshire ein Leibeigener und ein Mann ohne Land und Besitz gewesen, Hyacinth würde als freier Handwerker in Shrewsbury leben.

»In einem Jahr und einem Tag«, verkündete Hyacinth, »wenn ich einen Meister gefunden habe, will ich herkommen und Euch um die Hand Eurer Tochter bitten, Herr Eilmund. Aber nicht vorher!«

»Und wenn ich glaube, daß du sie verdient hast«, erwiderte Eilmund, »dann sollst du sie bekommen.«

Sie ritten in der Abenddämmerung heim, wie sie schon so oft geritten waren, seit sie einander das erste Mal begegnet waren; zuerst in vorsichtigem Wettstreit, Klugheit gegen Klugheit, bis sie ein beide Seiten zufriedenstellendes Patt erreicht hatten und Freunde geworden waren. Es war eine stille, milde Nacht, und der Morgen versprach neuen Nebel. Die üppigen Wiesen und Felder im Tal waren ein schimmerndes blaues Meer. Der Wald roch nach Herbst, nach reifer, feuchter Erde, nach würzigen Pilzen und nach süßlich faulenden Blättern.

»Ich habe gegen meine Gelübde verstoßen«, sagte Cadfael, durch die Jahreszeit und die Stunde zugleich getröstet und etwas niedergedrückt. »Und ich weiß es. Ich wandte mich dem mönchischen Leben zu, aber ich glaube, ohne Eure Hilfe könnte ich es nicht durchstehen – ohne diese heimlichen Ausflüge außerhalb der Klostermauern. Denn heimlich sind sie. Zwar werde ich oft in völlig legitimen Geschäften nach draußen geschickt, aber ich bin ein Dieb, denn ich nehme mehr, als mir von Rechts wegen zusteht. Noch schlimmer, Hugh, ich bereue es nicht einmal! Glaubt Ihr, es gibt Gnade für einen, der seine

266

Hand an den Pflug gelegt hat, um hin und wieder doch den Acker zu verlassen und sich den Schafen und Lämmern zuzuwenden?«

»Die Schafe und Lämmer sind bestimmt dieser Meinung«, antwortete Hugh mit ernstem Lächeln. »Und Er wird ihre Gebete schon hören. Selbst die der schwarzen Schafe, für die Ihr Euch oft gegen Gott und gegen mich eingesetzt habt.«

»Es gibt nur sehr wenige, die durch und durch schwarz sind«, sagte Cadfael. »Gefleckt vielleicht, wie dieses große, ungelenke Tier, das Ihr gerade reitet. Die meisten Menschen haben ein paar Flecken am Leib. Nun, das hilft, die anderen Geschöpfe Gottes etwas nachsichtiger zu beurteilen. Trotzdem habe ich gesündigt, und was noch schlimmer ist, ich habe meine Sünden genossen. Ich werde Buße tun, indem ich den Winter über peinlich genau allen meinen Pflichten nachkomme, bis ich wieder hinausgeschickt werde, und dann werde ich mich beeilen, meinen Auftrag zu erledigen und rasch zurückzukommen.«

»Bis Euch das nächste verlorene Schaf in die Quere kommt. Wann soll die Buße überhaupt beginnen?«

»Sobald diese Angelegenheit hier ihren Abschluß gefunden hat.«

»Oh, Ihr und Eure Orakelsprüche!« meinte Hugh lachend. »Und wann wird das sein?«

»Morgen«, antwortete Cadfael. »Wenn Gott es will, dann wird es morgen sein.«

14

Als er fast eine Stunde vor der Komplet sein Pferd über den Hof zu den Ställen führte, sah Cadfael Frau Dionisia aus den Gemächern des Abtes kommen und mit zierlichen Schritten und artig bedecktem Kopf zum Gästehaus gehen. Ihr Rücken war aufrecht wie immer, ihre Schritte fest und stolz, aber irgendwie etwas langsamer als sonst, und der verschleierte Kopf war gesenkt. Die Augen blickten vor ihr auf den Boden, statt herausfordernd in große Ferne. Über ihre Beichte würde nie ein Wort bekannt werden, aber Cadfael bezweifelte, daß sie etwas ausgelassen hatte. Dionisia war keine Frau, die sich mit Halbheiten zufriedengab. Sie würde keinen Versuch mehr machen, Richard aus der Obhut des Abtes zu entführen. Das Schicksal hatte sich mit solcher Wucht gegen Dionisia gewendet, daß sie ein solches Risiko nicht mehr eingehen würde, bis sich der Schleier der Zeit über die Erinnerung an die plötzlichen, gewaltsamen Todesfälle gesenkt hatte.

Anscheinend hatte sie die Absicht, in der Abtei zu übernachten; vielleicht, um auf ihre eigene selbstgerechte Art am nächsten Morgen mit einem Enkelsohn Frieden zu schließen, der um diese Zeit schon tief schlummernd im Bett lag, glücklicherweise immer noch unverheiratet und genau an dem Ort, an dem er sein wollte. Die Jungen würden in dieser Nacht gut schlafen, da sie von ihren Sünden losgesprochen waren und ihren verlorenen Gefährten zurückbekommen hatten. Es war ein Anlaß für ein demütiges Dankgebet. Und der tote Mann in der Friedhofskapelle, bekannt unter einem Namen, der kaum sein eigener war, konnte keinen Schatten über die Welt der Kinder werfen.

Cadfael hatte sein Pferd in den Stallhof geführt, der von zwei Fackeln am Tor beleuchtet wurde. Er nahm den Sattel herunter und rieb das Tier ab. Es war völlig still, abgesehen vom leisen Seufzen des Windes, der am Abend aufgekommen war, und einem gelegentlichen Hufscharren und leisen Bewegungen in den Ställen. Er brachte sein Tier zum Verschlag, hängte sein Sattelzeug auf und wandte sich zum gehen.

Jemand stand in der Tür, ein kleiner, ruhiger Schatten. »Guten Abend, Bruder!« sagte Rafe von Coventry.

»Seid Ihr es?« fragte Cadfael. »Und Ihr habt mich gesucht? Es tut mir leid, daß Ihr meinetwegen lange aufbleiben mußtet, da Ihr morgen doch zu Eurer Reise aufbrechen wollt.«

»Ich sah Euch über den Hof kommen. Ihr habt ein Angebot gemacht«, sagte er mit ruhiger Stimme. »Wenn es noch gilt, dann würde ich es gern annehmen. Es ist nicht leicht, eine Wunde mit nur einer Hand ordentlich zu verbinden.«

»Dann kommt!« antwortete Cadfael. »Laßt uns zu meiner Hütte im Garten gehen, dort sind wir ungestört.«

Es dämmerte stark, aber es war noch nicht ganz dunkel. Die Herbstrosen im Garten hingen dürr auf hochgeschossenen Stielen, die Hälfte der Blätter hatten sie abgeworfen, und die verbliebenen schienen wie helle Punkte im Zwielicht zu schweben. Zwischen den hohen, schützenden Mauern des Kräutergartens hatte sich etwas Wärme gehalten. »Wartet«, sagte Cadfael, »ich will Licht machen.«

Er brauchte einige Minuten, bis er einen Funken geschlagen und zu einer kleinen Flamme angeblasen hatte, die er an den Docht seiner Lampe halten konnte. Rafe

269

wartete schweigend und reglos, bis das Licht gleichmäßig brannte. Dann betrat er die Hütte und betrachtete interessiert die Reihen von Töpfen und Flaschen, die Waagen und Mörser und die raschelnden Kräuterbüschel an den Deckenbalken, die sich im Luftzug von der Tür leise bewegten. Er legte schweigend den Mantel ab und zog sein Hemd von der Schulter, bis er den Arm aus dem Ärmel bekam. Cadfael brachte die Lampe heran und stellte sie so auf, daß ihr Licht den befleckten und verknitterten Verband auf der Wunde gut beleuchtete. Rafe saß geduldig und aufmerksam auf der Bank an der Wand und betrachtete unentwegt das verwitterte Gesicht, das über ihn gebeugt war.

»Bruder«, sagte er schließlich, »ich glaube, ich sollte Euch meinen Namen sagen.«

»Ich kenne Euren Namen«, erwiderte Cadfael. »Rafe soll mir reichen.«

»Euch vielleicht, aber nicht mir. Wenn ich Eure großzügige Hilfe annehme, dann will ich sie Euch mit der Wahrheit vergelten. Mein Name ist Rafe de Genville...«

»Haltet jetzt still«, sagte Cadfael. »Der Verband ist verklebt, es wird wehtun.«

Er löste den verschmutzten Verband mit einem Ruck, und wenn der Mann dabei wirklich Schmerzen hatte, dann nahm de Genville sie ebenso gleichgültig hin wie den Schmerz, der mit der Entstehung der Wunde einhergegangen war. Es war ein langer Schnitt von der Schulter bis zum Oberarm, aber zum Glück nicht tief, doch das Fleisch war gespalten und die Ränder klafften auseinander. Eine einzelne Hand hätte sie nicht zusammenfügen können. »Haltet still! Wir werden es schon richten, denn sonst behaltet Ihr eine häßliche Narbe zurück. Ihr werdet aber weitere Hilfe brauchen, nachdem ich Euch verbunden habe.«

»Sobald ich Euch verlassen habe, werde ich Hilfe bekommen, und wer weiß schon, wie ich an den Schnitt kam? Aber Ihr wißt es, Bruder. Ich wurde verletzt, sagtet Ihr. Es gibt nicht viel, was Ihr nicht wißt, aber einige Dinge kann ich Euch vielleicht doch noch sagen. Mein Name ist Rafe de Genville, und ich bin ein Vasall und bei Gott auch ein Freund von Brian FitzCount und ein Lehnsmann meiner Herrin, der Kaiserin. Und so lange ich lebe, will ich nicht zulassen, daß einem der beiden etwas angetan wird. Nun, jetzt wird er niemand mehr verletzen, weder die Leute des Königs, noch auf dem Kontinent in den Diensten von Geoffrey von Anjou – wohin er, glaube ich, gehen wollte, sobald der richtige Zeitpunkt gekommen war.«

Cadfael zog einen neuen Verband über den langen Schnitt. »Legt Eure Hand auf das Leinen und haltet den Verband fest. Die Kräuter werden die Wunde schnell verschließen. Ihr werdet nicht mehr oder nur noch sehr wenig bluten, und die Wunde sollte sauber verheilen. Aber ruht Euch unterwegs so gut wie möglich aus.«

»Das will ich tun.« Der Verband wurde sauber und ordentlich um Schulter und Arm gewickelt. »Ihr habt geschichte Hände, Bruder. Wenn ich könnte, würde ich Euch als Kriegsbeute mitnehmen.«

»Ich fürchte, in Oxford werden alle Ärzte und Heiler gebraucht, derer man nur habhaft werden kann«, stimmte Cadfael wehmütig zu.

»Ah, nicht dort und nicht jetzt. Nach Oxford kommt man nicht hinein, solange der Graf nicht mit seiner Armee kommt. Wahrscheinlich nicht einmal dann. Nein, ich gehe zuerst nach Wallingford zu Brian, um ihm zurückzugeben, was ihm gehört.«

Cadfael legte den Verband über dem Ellbogen fest und hielt Rafe fürsorglich den Hemdsärmel, damit dieser den Arm wieder hineinstecken konnte. Die Wunde war versorgt. Cadfael setzte sich zu ihm, Angesicht zu Angesicht, Auge in Auge. Das Schweigen, das sich über sie senkte, war wie die Nacht – mild, voll tiefer Stille und etwas melancholisch.

»Es war ein fairer Kampf«, erklärte Rafe nach einer langen Pause. Er blickte in und durch Cadfaels Augen, während er sich an die graue Steinkapelle im Wald erinnerte. »Ich legte mein Schwert zur Seite, als ich sah, daß er keines hatte. Den Dolch hatte er behalten.«

»Und er benutzte ihn«, sagte Cadfael, »gegen den Mann, der ihn in anderer Aufmachung in Thame gesehen und seine Berufung als Priester in Frage gestellt hatte. Was der Sohn dann tat, als Cuthred schon tot war, und ohne zu wissen, daß er dem Mörder seines Vaters gegenüberstand.«

»Ach, so war das! Ich hatte mich schon gewundert.«

»Und habt Ihr gefunden, was Ihr suchtet?«

»Ich kam um seinetwillen«, antwortete Rafe grimmig. »Aber das war nicht Eure Frage. Ja, ich fand es, im Reliquienschrein auf dem Altar. Es waren nicht viele Münzen, hauptsächlich Edelsteine, die klein und leicht zu transportieren sind. Es war ihr eigener Schmuck, der ihr besonders am Herzen lag. Und noch mehr lag ihr der Mann am Herzen, dem sie die Juwelen schicken wollte.«

»Es soll auch einen Brief gegeben haben.«

»Es gibt einen Brief. Ich habe ihn. Habt Ihr das Brevier gesehen?«

»Ja. Das Buch eines Prinzen.«

»Einer Kaiserin. Im Einband ist ein verborgenes Fach, in dem man ein dünnes, schmales Blatt verstecken kann. Nach ihrer Trennung ging das Brevier mit einem vertrauenswürdigen Boten zwischen den beiden hin und her. Gott mag wissen, was sie ihm jetzt schreiben würde, da ihr Stern so tief gesunken ist. Nur durch ein paar Meilen ist sie von ihm getrennt, doch es könnte ebensogut die halbe Welt sein, da die Armee des Königs sie belagert und ihr schon den Würgegriff angesetzt hat. Wer handelt schon überlegt, wer hütet schon Zunge oder Feder, wenn er sehr verzweifelt ist? Ich wollte es gar nicht wissen. Er sollte den Brief bekommen und lesen und den Trost finden, der gespendet werden sollte. Doch las ihn jemand anders, der ihn für seine Zwecke benutzen wollte«, sagte Rafe bitter. »Aber das spielt keine Rolle mehr.«

Seine Stimme klang jetzt leidenschaftlich, doch die Erregung konnte seine eiserne Kontrolle nicht zerbrechen, wenn sie auch seinen gestählten Körper zittern ließ wie einen fliegenden Pfeil. Den Brief trug er bei sich, mit dem gebrochenen Siegel als Zeugnis eines eiskalten, schändlichen Verrats. Er würde ihn niemals entfalten, denn der Inhalt des Briefs war ihm heilig wie die Beichte – bestimmt nur für die Frau, die ihn geschrieben hatte, und den Mann, der ihn bekommen sollte. Cuthred hatte sich auch gegen dieses heilige Gebot vergangen, aber Cuthred war tot. Es schien Cadfael, daß die Sühne angesichts der Schwere der Verfehlungen nicht zu hart war.

»Sagt mir, Bruder«, fragte Rafe de Genville, während sich seine Leidenschaft wieder legte und seine übliche Gelassenheit die Oberhand gewann, »war es eine Sünde?«

»Was wollt Ihr von mir hören?« antwortete Cadfael. »Fragt das Euren Beichtvater, wenn Ihr wohlbehalten in Wallingford angekommen seid. Ich weiß nur, daß es eine Zeit gab, in der ich gehandelt hätte wie Ihr.«

Die Frage, ob de Genvilles Geheimnis gehütet werden sollte, stellte sich nicht; Frage und Antwort waren schon ohne Worte zwischen ihnen ausgetauscht. »So ist alles gesagt«, erklärte Rafe und stand auf. »Ich will morgen Euren Stundenplan nicht durcheinander bringen; ich will früh aufbrechen und meinen Platz gereinigt und aufgeräumt für den nächsten Gast hinterlassen, und ich werde leichter reisen, weil nun ein kluger Mann mein Geheimnis kennt. Ich will mich jetzt schon von Euch verabschieden. Gott sei mit Euch, Bruder!«

»Und Er möge bei Euch sein«, sagte Cadfael.

Damit verschwand Rafe de Genville in der dichter werdenden Dunkelheit. Seine Schritte auf dem Kiesweg klangen fest und gleichmäßig und verstummten, als er das Gras dahinter erreichte. Und genau in diesem Augenblick begann die ferne Glocke zur Komplet zu läuten.

Cadfael ging noch vor der Prim zu den Ställen hinunter. Es war ein trockener und sonniger, aber kühler Morgen; gutes Reitwetter. Der große Braune mit der weißen Blesse war aus dem Stall verschwunden. Der Stall lag leer und still; nur im letzten Verschlag war fröhliches Zwitschern und Schnattern und Gelächter zu hören. Richard war früh heruntergekommen, um sein Tier zu streicheln und zu loben, nachdem es ihn so tapfer getragen hatte. Edwin, der sich freute, wieder mit seinem Spielgefährten zusammen zu sein, war ihm gefolgt. Sie machten Lärm wie ein Schwarm junger Schwalben, bis sie Cadfael kommen hörten. Da verfielen sie sofort in ein sehr ernstes und züchtiges Schweigen, bis sie um die Ecke lugten und erkannten, daß es weder Bruder Jerome noch Prior Robert war. Wie um sich zu entschuldigen, begrüßten sie ihn mit einem breiten Grinsen und kehrten in den Verschlag des Ponys zurück, um es weiter zu streicheln und zu bewundern.

Cadfael war neugierig, ob Frau Dionisia schon ihren Enkelsohn aufgesucht hatte und wieviel Mühe sich die herrische Frau gegeben hatte, mit ihm ein gutes Einvernehmen herzustellen. Auf keinen Fall würde sie sich selbst demütigen. Eher paßte eine Art selbstgerechter Bescheidenheit zu ihr: »Richard, ich habe mit dem Abt über deine Zukunft gesprochen und mich einverstanden erklärt, dich einstweilen in seiner Obhut zu belassen. Cuthred hat mich schrecklich enttäuscht, er war gar kein Priester, wie er behauptete. Dieses Zwischenspiel ist vorbei, und wir sollten es so bald wie möglich vergessen.« Und wahrscheinlich hatte sie mit einer Bemerkung geschlossen, die etwa so klang: »Und wenn ich dich hier bleiben lasse, junger Herr, dann sorge dafür, daß ich nur das Beste von dir höre. Sei deinen Herren gegenüber gehorsam und steck die Nase in die Bücher...« Und zum Abschied vielleicht einen Kuß, der etwas wärmer gegeben und etwas weniger ängstlich und respektvoll aufgenommen wurde als sonst, da ihm inzwischen klar war, was er gegen sie aufbieten konnte, wenn er wollte. Und innerlich hatte Richard gewiß triumphiert. Ihm fiel es nicht schwer, die Ängste um die eigene Zukunft und um die Menschen, die ihm teuer waren, zu vergessen. Er war kein Kind, das lange einen Groll gegen irgend jemand auf der Welt hegen konnte.

Um diese Stunde war Rafe de Genville, Vasall und

Freund von Brian FitzCount und ergebener Diener der Kaiserin Maud, wahrscheinlich schon weit von Shrewsbury entfernt auf seinem langen Ritt in den Süden. Ein stiller, unaufdringlicher und unscheinbarer Mann, dessen Anwesenheit man kaum bemerkt hatte und den man bald wieder vergessen würde.

»Er ist fort«, sagte Cadfael. »Ich wollte Euch nicht mit der Entscheidung belasten, obwohl ich zu wissen glaube, was Ihr getan hättet. Aber so habe ich es Euch abgenommen. Er ist fort, und ich habe ihn gehen gelassen.«

Sie saßen wie so oft nach einer überstandenen Krise müde, aber entspannt, auf der Bank an der Nordmauer des Herbariums beisammen, wo sich die Mittagwärme etwas hielt und der leichte Wind sie nicht erreichen konnte. In ein oder zwei Wochen würde es zu kalt und trostlos sein, um hier draußen zu sitzen. Der ausgedehnte, milde Herbst konnte nicht mehr lange halten, und die Wetterfühligen begannen schon, in der Luft zu schnüffeln und die ersten harten Fröste und reichlich Schnee für den Dezember vorauszusagen.

»Ich habe nicht vergessen«, erwiderte Hugh, »daß dies der Morgen ist, für den Ihr mir ein passendes Ende versprochen habt. Er ist also fort! Und ihr habt ihn gehen gelassen! Bosiet könnt Ihr nicht meinen, denn Ihr habt ja ungeduldig darauf gewartet, daß er endlich seiner Rache überdrüssig wird und aufbricht, und wäre es nach Euch gegangen, so hättet Ihr ihn liebend gern schon früher fortgeschickt. Nun sprecht, ich höre.«

Er war ein guter Zuhörer, der Cadfael nicht mit Ausrufen oder sinnlosen Fragen unterbrach. Er saß nur da, starrte sinnend und in aufmerksamem Schweigen in den umgegrabenen Garten, ohne seinen Freund durch einen Blick zu stören, ohne ein Wort zu verpassen und ohne viele Worte hören zu müssen, um zu verstehen.

»Ich muß die Beichte ablegen. Wollt Ihr mein Priester sein?« fragte Cadfael.

»Und Eure Beichte vertraulich behandeln – ich weiß schon! Meine Antwort ist ja. Aber bisher brauchte ich Euch noch nie die Absolution zu erteilen. Wer ist dieser Mann, der fort ist?«

»Sein Name ist Rafe de Genville«, antwortete Cadfael. »Er nannte sich hier Rafe von Coventry, Falkner des Grafen von Warwick.«

»Der stille ältere Mann mit dem kastanienbraunen Pferd? Ich glaube, ich habe ihn nur ein einziges Mal gesehen«, sagte Hugh. »Er war der einzige Gast hier, der mich nichts zu fragen hatte, und ich war dankbar dafür, da ich mit den Bosiets alle Hände voll zu tun hatte. Was hat Rafe von Coventry getan, daß Ihr oder ich zögern solltet, ihn fortzulassen?«

»Er hat Cuthred getötet. In einem fairen Kampf. Er legte sein Schwert ab, weil Cuthred keines hatte. Dolch gegen Dolch kämpfte er mit ihm und tötete ihn.« Hugh hatte kein Wort gesagt, er hatte nur den Kopf einen Moment herumgedreht und mit durchdringendem Blick Cadfaels Gesicht gemustert. Er wartete. »Aus einem guten Grund«, fuhr Cadfael fort. »Ihr habt sicher die Geschichte über den Boten der Kaiserin gehört, der, kurz bevor König Stephen seinen eisernen Ring um die Burg legte, nach Oxford geschickt wurde. Geschickt mit Geld und Schmuck und einem Brief für Brian FitzCount, der von der Kaiserin abgeschnitten in Wallingford saß. Und Ihr erinnert Euch, daß sein Pferd in der Nähe der Straße herrenlos im Wald streunte, das Geschirr blutbefleckt, die Satteltaschen geleert. Die Leiche wurde nie gefunden; in der Nähe fließt die Themse, und in den Wäldern ist genug Platz für ein Grab. So wurde dem Herrn von Wallingford der Schatz der Kaiserin geraubt. Er hat sich für sie ohne Murren in große Unkosten gestürzt, aber seine Garnison muß essen. Und zusammen mit allem anderen wurde auch der für ihn bestimmte Brief gestohlen. Rafe de Genville ist ein Vasall, ergebener Freund von Brian FitzCount und ein treuer Lehnsmann der Kaiserin und wollte dieses Verbrechen nicht ungesühnt lassen.

Ich habe ihn nicht gefragt, welche Spuren er unterwegs fand, die ihn in unsere Grafschaft brachten, aber jedenfalls kam er hierher. Am Tag, als er eintraf, begegnete ich ihm in den Ställen, und zufällig erwähnte ich, daß Drogo Bosiet tot in der Friedhofskapelle lag. Ich weiß noch, daß ich Bosiets Namen nicht genannt hatte, aber wahrscheinlich hätte er ohnehin getan, was er dann tat, denn einen Namen kann man wechseln. Er ging sofort los, um den toten Mann anzusehen, doch ein Blick, und er hatte sein Interesse an ihm verloren. Er suchte offenbar jemand, einen Gast, einen Fremden, einen Reisenden, aber es war nicht Bosiet. Auch an einem zwanzigjährigen Jungen wie Hyacinth war er nicht interessiert. Es mußte ein Mann seines Alters und seines Standes sein. Er hatte gewiß von Frau Dionisias heiligem Mann gehört, doch einen Priester und Pilger, der Gelübde abgelegt hat und über jeden Verdacht erhaben ist, konnte er sofort ausschließen. Aber dann hörte er den jungen Richard herausbrüllen, daß der Einsiedler gar kein Priester, sondern ein Betrüger sei. Ich sah mich danach nach Rafe um, aber er war mit seinem Pferd verschwunden. Er suchte einen Schwindler und

Betrüger. Und er fand ihn, Hugh, in dieser Nacht in der Einsiedelei. Er fand ihn, kämpfte mit ihm und tötete ihn. Und er nahm alles zurück, was der andere gestohlen hatte: den Schmuck und die Münzen aus der Kiste auf dem Altar und das Brevier, das der Kaiserin gehörte und das benutzt wurde, um Briefe zwischen ihr und FitzCount zu schmuggeln, wenn sie getrennt waren. Ihr erinnert Euch, daß Cuthreds Dolch blutig war. Ich habe Rafe de Genvilles Wunde verbunden und dadurch sein Vertrauen gewonnen, und jetzt schenke ich Euch mein Vertrauen, nachdem ich ihm alles gute für den Rückweg nach Wallingford gewünscht habe.«

Cadfael lehnte sich mit einem tiefen, dankbaren Seufzen zurück und lehnte den Kopf an die rauhen Steine der Mauer. Ein langes, aber entspanntes Schweigen senkte sich über sie. Schließlich fragte Hugh: »Woher wußtet Ihr, was er wollte? Ihr müßt Euch öfter als nur dieses eine Mal gesehen haben, wenn er Euch in seine Geheimnisse einweihte. Er sprach wenig, er jagte allein. Was ist geschehen, daß Ihr so nahe an ihn herangekommen seid?«

»Ich war zugegen, als er einige Münzen in unseren Almosenkasten warf. Eine fiel auf den Boden, und ich hob sie auf. Es war ein Silbergroschen der Kaiserin, erst vor kurzem in Oxford geprägt. Er machte kein Geheimnis daraus. Ob ich mich nicht wunderte, fragte er, was ein Lehnsmann der Kaiserin so weit vom Schlachtfeld entfernt zu suchen hätte? Und ich gab einen Schuß ins Blaue ab und sagte, daß er sehr wohl nach dem Mörder suchen könnte, der Renaud Bourchier auf der Straße nach Wallingford beraubt und erschlagen hatte.«

»Und er gab es zu?« fragte Hugh.

»Nein. Er sagte, es sei nicht so. Es sei ein guter Gedanke, räumte er ein, und er wünschte fast, es wäre wahr, aber so sei es nicht. Und er sprach die Wahrheit. Jedes Wort, das er mir sagte, war die Wahrheit, und ich wußte es. Nein, Cuthred war kein Mörder; das wurde er erst, als Drogo Bosiet auf der Suche nach dem entlaufenen Leibeigenen seine Klause betrat und sich von Angesicht zu Angesicht dem Mann gegenübersah, mit dem er vor einigen Wochen in Thame geredet und Schach gespielt hatte. Ein Mann, der damals völlig anders bekleidet gewesen war, der Waffen getragen und sich verhalten hatte wie ein Ritter, der dennoch zu Fuß gegangen war, weil es in den Ställen in Thame kein Pferd für ihn gab. Er war unberitten gekommen und unberitten gegangen. Das war Anfang Oktober. All dies erzählte Aymer uns, nachdem sein Vater zum Schweigen gebracht worden war.«

»Allmählich«, sagte Hugh langsam, »beginne ich, Euer Rätsel zu verstehen.« Er kniff die Augen zusammen und blickte nachdenklich in die Ferne, durch die halbnackten Äste hindurch, die über der Südmauer des Gartens zu sehen waren. »Wann hättet Ihr schon einmal eine verblüffende Frage ohne Hintergedanken gestellt? Ich hätte es gleich wissen sollen, als Ihr nach dem Pferd fragtet. Ein Reiter ohne Pferd in Thame und ein Pferd ohne Reiter, das in Wallingford herumstreunt, das paßt zusammen, wenn man es zusammenfügt. Aber nein!« rief er, schockiert und wütend und war entsetzt über die Folgerungen. »Wohin habt Ihr mich geführt? Ist es die Wahrheit, oder gehe ich fehl? War es *Bourchier selbst*?«

Die ersten kalten Abendwinde schüttelten die abgeernteten Sträucher, und Hugh schüttelte sich ungläubig und entsetzt mit ihnen. »Was könnte einen so schrecklichen Verrat wert sein? Das war doch schlimmer als Mord.«

280

»So dachte Rafe de Genville auch. Und er hat angemessene Rache dafür genommen. Nun ist er fort, und ich wünschte ihm alles Gute.«

»Das hätte ich auch getan. Ich auch!« Hugh starrte mit geschürzten Lippen in den Garten und dachte an den schrecklichen, gemeinen Verrat. »Ich kann mir nicht vorstellen, was man sich um einen solchen Preis kaufen kann.«

»Renaud Bourchier war anscheinend anderer Meinung, anscheinend hatte er andere Wertvorstellungen. Zunächst gewann er sein Leben und seine Freiheit«, erklärte Cadfael und zählte seine Argumente an den Fingern ab, während er jeden Punkt mit einem Kopfschütteln kommentierte. »Indem sie ihn aus Oxford herausschickte, bevor sich der stählerne Ring schloß, gab sie ihm die Freiheit, in sichere Gefilde zu fliehen. Ich glaube nicht, daß er billigerweise einfach ein Feigling war. Er hat eiskalt überlegt, wie er der Gefahr von Tod oder Gefangennahme entgehen könnte, die den Truppen der Kaiserin in Oxford näher auf den Fersen war als irgendwo bisher. Ganz kalt und nüchtern sagte er sich von allen Treueschwüren los und verkleidete sich, um auf die nächste Gelegenheit zu warten. Zweitens hatte er durch den Diebstahl des Schatzes, den sie ihm anvertraute, genug zum Leben, wohin auch immer er ging. Und drittens und am schlimmsten hatte er eine mächtige Waffe, eine Waffe, die benutzt werden konnte, um wieder als Soldat dienen zu können, um Land zu erhalten und um sich eine Stellung zu verschaffen, die der aufgegebenen mindestens ebenbürtig war. Ich meine den Brief der Kaiserin an Brian FitzCount.«

»Im verschwundenen Brevier«, sagte Hugh. »Ich

281

konnte mir den Diebstahl zunächst nicht erklären, obwohl das Buch natürlich einen gewissen Wert besitzt.«

»Der Wert des Briefes darin war noch größer. Rafe erzählte es mir. In den Einband kann ein dünnes Blatt Pergament gesteckt werden. Bedenkt ihre Situation, Hugh, als sie den Brief schrieb. Die Stadt verloren, nur die Burg hielt sie noch, und die Armeen des Königs rückten heran. Und Brian, der ihre rechte Hand gewesen war, ihr Schild und Schwert und in ihrer Gunst der zweite nach ihrem Bruder, war nur durch wenige Meilen von ihr getrennt, die ebensogut ein Ozean hätten sein können. Gott weiß, ob die Gerüchte zutreffen«, sagte Cadfael, »aber die beiden sollen Geliebte sein; auf jeden Fall aber lieben sie sich! Und nun in dieser extremen Lage, angesichts der Hungersnot, angesichts der Niederlage, der Gefangenschaft, der Trennung und sogar des Todes, vielleicht in der Angst, sich nie wieder zu sehen – mag sie ihm da nicht die letzte Wahrheit zugerufen haben, ohne jede Umschreibung, Dinge, die nicht niedergeschrieben werden sollten, die kein anderer auf der Erde jemals sehen sollte? Ein solcher Brief könnte für einen skrupellosen Mann von ungeheurem Wert sein, wenn er sich eine neue Karriere aufbauen und die Gunst der Prinzen in Anspruch nehmen will. Sie hat einen Gatten, der Jahre jünger ist und keine große Liebe für sie empfindet und nicht bereit war, in diesem Sommer auch nur einen Mann zu ihrer Hilfe zu schicken. Angenommen, Geoffrey kommt es eines Tages in den Sinn, seine ältere Frau zu verstoßen und eine zweite, profitable Ehe zu schließen? In den Händen eines Mannes wie Bourchier ist ein solcher Brief pures Gold wert. Wer dem Gemahl der Kaiserin einen solchen Brief bringt, darf damit rechnen, Rang, Stellung und sogar Ländereien in der Normandie zu bekommen. Geoffrey hat dort neu eroberte Burgen an jeden zu vergeben, der sich ihm nützlich macht. Ich sage nicht, daß der Graf von Anjou ein solcher Mann ist, aber ich sage, daß ein gerissener Verräter wie Bourchier mit dieser Möglichkeit rechnen und den Brief behalten würde, um ihn gegebenenfalls zu benutzen. Ich weiß nicht, und ich fragte nicht, welches Wissen und welcher Verdacht Rafe de Genville auf den Gedanken brachte, an jenem Todesfall an der Straße nach Wallingford zu zweifeln. Aber gewiß ist, daß ihn nichts mehr davon zurückhielt, den Schuldigen zu verfolgen und ihn zu bestrafen, sobald der Funke des Mißtrauens entflammt war. Und die Strafe traf keinen Mörder, sondern den Dieb und Verräter selbst: Renaud Bourchier.«

Der Wind wurde stärker, der Himmel klarte auf und einige zerfetzte Wolken flohen vor der Brise. Der lange Herbst ging merklich in den Winter über.

»Ich hätte mich verhalten wie Rafe«, erklärte Hugh entschieden und stand plötzlich auf, wie um seinen Widerwillen abzuschütteln.

»Ich ebenfalls, als ich noch Waffen trug. Es wird kalt«, sagte Cadfael und stand ebenfalls auf. »Sollen wir hineingehen?«

Der späte November würde Frost und Stürme bringen und die letzten an den Ästen zitternden Blätter fortreißen. Die verlassene Einsiedelei im Wald von Eyton mochte kleinen Tieren des Waldes im Winter Unterschlupf bieten, und der jetzt wieder ungestört wachsende Garten würde die kleinen Geschöpfe während des Winterschlafes in ihren Nestern schützen, Frau Dionisia würde wohl nie wieder einem Eremiten die Klause geben. Die Wildnis würde sie in aller Unschuld erobern.

»Nun«, sagte Cadfael, während er seinen Freund zur Hütte führte, »jetzt ist es vorbei. Endlich, endlich ist der Brief mit den Worten, die sie schrieb, zu dem Mann unterwegs, für dessen Herz sie bestimmt sind. Und ich bin froh darüber! Wie immer man über dieses Paar urteilen mag, in den Klauen von Gefahr und Verzweiflung ist die Liebe berechtigt, sich zu offenbaren, und alle anderen sollten blind und taub sein. Außer Gott natürlich, der die Zeilen und zwischen den Zeilen lesen kann und der am Ende, ob es um leidenschaftliche Gefühle oder um Gerechtigkeit geht, das letzte Wort sprechen wird.«

ELLIS PETERS

»Ein Geheimtip für Krimi-
fans mit gehobenen Ansprüchen«
Abendpost Frankfurt

Ellis Peters spannende mittelalterliche Krimi-
nalromane gehören zu den Kultbüchern einer
Generation, die mit Umberto Eco das Mittel-
alter neu entdeckt hat.

Ein Leichnam zuviel
01/6523

Die Jungfrau im Eis
01/6629

Das Mönchskraut
01/6702

**Der Aufstand
auf dem Jahrmarkt**
01/6820

Der Hochzeitsmord
01/6908

Zuflucht im Kloster
01/7617

Des Teufels Novize
01/7710

Lösegeld für einen Toten
01/7823

Ein ganz besonderer Fall
01/8004

Mörderische Weihnacht
01/8103

Der Rosenmord
01/8188

Wilhelm Heyne Verlag München

Große Romane

01/8155

01/7995

01/8082

01/7910

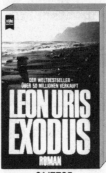

01/7735

01/7781

01/7908

01/7890

01/7851

großer Autoren

01/8037

01/7730

01/8141

01/7917

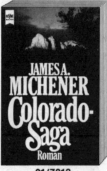

01/7813

01/8044

01/7897

01/8057

01/8126

MARY WESTMACOTT
besser bekannt als
AGATHA CHRISTIE

Ihr Name ist eine Legende: Unter dem Pseudonym Mary Westmacott hat Agatha Christie, die große alte Dame der angelsächsischen Spannungsliteratur, diese Romane geschrieben – raffinierte und fesselnde Psycho-Thriller.

01/6832

01/6853

01/6955

01/7680

01/7743

01/7841

Wilhelm Heyne Verlag München